JN172522
「凄い……上も下も全部空」
「ついに、ここまで来たんですね」
期待と不安。そんな心を抱えながら終わりの空を進む。やがて――
リュエ
レイス
暇人、魔王の姿で異世界へ
時々チートなぶらり旅
12

「お前の話の通りなら残る
七星は一体。
そして天変地異が起きて隔離された
俺達の世界が最後の大陸で、
神界に辿り着く為の唯一の
道が失われている。
そして、その手がかりに触れた
結果……世界の鎖が解かれ、
チーム機能が復活。これはもう――」
カイヴォン

「何者かが、言っているのでしょうね。
私達に全ての決着を付けろと。
まぁ、途中から聞いただけですので
お話は分かりませんが。
こんにちは、皆さん」
「っ！　ああ、お前か……
やっぱり見慣れないな、
オインク」
シュンの考察を補強するように
口を出したのは、
またしてもいつの間にか
現れていた我らが豚ちゃん、
オインクだった。
「オインクだ！」
「おっとっと……
ふふふ、お久しぶりです、
リュエ」
シュン
オインク

暇人、魔王の姿で異世界へ 時々チートなぶらり旅 12

Bored, Sacred and Now a Devil!

Contents

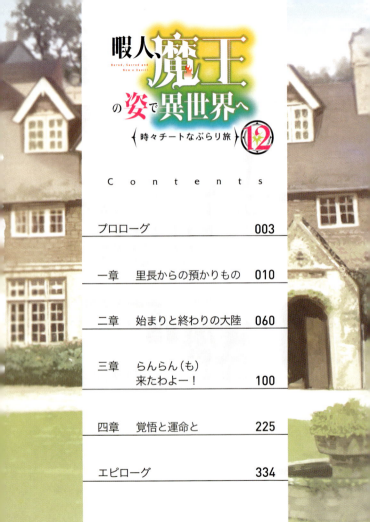

暇人、魔王の姿で異世界へ

時々チートなぶらり旅12

藍敦

FB
ファミ通文庫

イラスト／桂井よしあき

プロローグ

「うーん……なんて言えばいいのかな？　絵を描く前に、私は物を描く階層を最初に決めて、それを最後に合わせるイメージで……レイヤーの概念って説明しづらいね」

「なるほど、描写の奥行がそれまでの作品より綺麗《きれい》に描かれているのはそういう技法のお陰なのですね……カイさんのいた世界は芸術面でもかなり進歩しているのですね……」

「うーん、よく分からないけど、エルは凄《すご》いって事でいいんだよね？」

「うん、私は凄い。あーもう可愛《かわい》いなぁリュエっちは」

ガルデウスにある商業区画。その一角に若い女性が多く集まるエリアがある。

女性受けしそうなおしゃれなカフェで楽しそうに話しているのは、我が家の娘さん二人と、今セカンダリア大陸の為《ため》に動き出そうとしている王女、エルだった。

エルに対する反応は、やはりレイスが凄《すさ》まじく大きく、もう拝み倒すのではないかという勢いの感激ぶりで、さすがのエルも引き気味だったのだが。

「今回はあまり時間がとれないけれど、いずれじっくりお話したいわ」

「私もだよ。これから大変だと思うけど、私達に手伝える事はなんでも言っておくれ」

「カイさんも無理を言ってごめんね？　肩身が狭かったでしょ？」

「ははは……まぁ多少は。三人が楽しく過ごせたならそれに越したことはないさ」

「ここ……凄く女性が多いですもんね……」

店内に男が俺一人なので、マジで色々視線が集中していたのですよはい。

「カイさん達はこれからどうするの？　私は国に帰るけど、もうちょっとこの国に？」

「いや、エルのお陰で心配事も減ったし、そろそろファストリア大陸に向かうよ」

そう伝えると、まるで俺が素《す》っ頓狂《とんきょう》な事を言っているかのような表情をするエル。

「ファストリア……そんなの地球のムー大陸みたいなものよ？　さすがに無理よね？」

「は？　それは一体……」

「ムー大陸ってなんだい？　なんだか可愛い名前だね」

ファストリア大陸は地球のムー大陸と違って実在するだろ？　そこの遺物が漂着したという話だってあるくらいだ。だが、続けて彼女は言う。

「うーん説明が難しいけど、誰《だれ》も辿《たど》り着けない大陸なのよね。たぶん、カイさんの旅立ちにはこの国の王様も協力してくれると思うから……やるだけやってみても良いかも」

「ふむ……分かった。王様にも相談してみるよ」

どこか不穏《ふおん》な言葉に促されるように、彼女を見送ったその足で城へ戻るのだった。

またな、エル。きっとまた近いうちに会いに行くからな。

§§§

「そうか……三人共、ついに旅立ってしまうのか」

「ええ。メイルラントとの関係も、このままいけば悪い方向には向かわないでしょう」

「そうだな。そもそも客人を引き留める訳にもいかない。して、この後はどこに向かうのですかな？　またサーディス大陸か、それとも直接セミフィナル大陸か」

「実はその事で相談があるのですが――」

エルに語ったのと同じ内容。即《すなわ》ち、ファストリア大陸を目指している旨《むね》を伝える。

するとやはり国王もその表情をどこか複雑なモノに変化させた。

「其方達《そなたたち》ならばあるいは……しかし向かう為の船を用意するのが難しいのだ」

「王女にも似たような事を言われました。その、具体的な話をお聞かせください」

「分かった。ファストリア大陸は確かに存在していると言われている。事実、漂着物が時折商人の元に渡る事もある。だが、大陸へ向かう為の航路が存在しないのだ。ある距離まで海を南下すると、船の動力が機能を失う。まず、これが一つ」

「つまり、動力である魔導具が止まってしまう、という事なのでしょうか？」

「うむ。そしてもう一つ。そもそも大陸南にある海岸一帯に近づく事が難しいのだ」

「どうしてだい？　何か魔物でも棲《す》みついているならやっつけてあげるよ？」

「魔物ではない。いつからか、南の海岸一帯を守護している者達がいるのだ。初めはメイルラントの軍かと思っていたのだが、どうやらメイルラント側も立ち入れない様子。恐らくどこからか流れてきた流浪の民だとは思うのだが……」

「対話を試みる事も出来ないのでしょうか」

「出来ない。立ち去れと警告されるのみだった。先走った者達との交戦もあったと聞くが、瞬《また》く間《たま》に殲滅《せんめつ》、命こそ奪われはしなかったが、完全に戦意を喪失していたのだ」

騎士団を返り討ちにするほどの手練《てだ》れ……か。

「その場所にもダンジョンがあり、当然ナオ達も向かったが、諦《あきら》めた程だ。あの場所はもう誰も手出し出来ない場所となっている。当然、調査など出来ようはずもない」

「それは少し気がかりですね。それほどまでの力を持った集団がそこで何を……」

ナオ君達ですら撤退を選ぶ……ヨロキに匹敵《ひってき》するのではないか、そこに住む存在は。

「ねぇねぇ、だったら北の港から、ぐるっと海をまわって南側に行けば良いんじゃないかい？　それで、問題の海域からは魔法に頼らないで帆を張って進むんだ」

「確かに。王様、この手段はもう……試されたようですね」

「うむ。その周辺の海流は複雑で、帆船《はんせん》として動くには少々危険すぎるのだ」

「むー……困ったね、それは」

「一度その海岸に行ってみます。その集団にもなんとか対話を試みてみますよ」

「うむ。その者達は、近づかなければ決して我らに害をなさないのだ。魔物から行商人を守るという事もしていると聞く。出来れば……その者達との交戦は避けたい」

「もちろんです。では……俺達は明日にでも出立しようと思います」

「そうか……本来ならば盛大に見送りたいところではあるが、今はそれも出来ず申し訳ない。が、せめて海岸までの魔車《ましゃ》の手配と、何かあった時の為に伝令も付けよう」

「助かります国王様。相談に乗って頂き、ありがとうございました」

　城を後にした俺達は、滞在させてもらっているスティリアさんの屋敷に戻り、出立の旨をナオ君、そしてスティリアさんの父親であるシェザード卿《きょう》に伝える。すると——

「僕も海岸までご一緒させてください。付近の森の地理は頭に入っていますから案内も出来ます。それに……戦いについてもお話出来ると思います」

「南海の民に挑むとは……娘もナオ殿と挑んだという話であったが……」

「南海の民、ですか？　一体いつからそこにいたのでしょうか……」

「戦争が激化する前、少なくとも……スティリアが生まれる前から、でしたな」

「そんな昔から……じゃあ向こうも代々戦っている、という事になるのかな」

　話を聞くと、その南海の民は皆一風かわった甲冑《かっちゅう》を纏《まと》った『女性』であるらしい。

だが、まるで一つの意思で統一されているかのような連携で歯が立たなかったと。

「カイヴォンさんに分かりやすく言うと……まるでどこかの特殊部隊でした」

「それは……まさかとは思うけど、銃すら使うって意味かい？」

「分かりません……どちらかというとレイスさんが使う弓みたいな、光線みたいな」

「私の魔弓《まきゆう》と似た？　それは……興味深いですね」

「うーん……悪い人達じゃないみたいだし、王様にも念押しされているから、私が一帯を一気に氷結させる訳にもいかない……よね？」

リュエさん、そんなさらりと恐ろしい事言わないでください。

と、その時だった。スティリアさんの帰宅が告《つ》げられた。

やはり騎士団の再編で忙しいそうなのだが――

「正式な任命はまだ先になりますが、この度、騎士団長の任を授かる事になりました」

「本当かい⁉　凄いじゃないかスティリアちゃん！」

「繰り上がりのようなものですが、それでも身を捧《ささ》げる覚悟で臨みたいと思います」

「そうか……だが、身を捧げるとは言わないでくれ。周囲の人間と共に歩むのだぞ」

「父上……そうですね。物言いがよろしくありませんでした。申し訳ありません」

そうか……みんな、少しずつ変わっていくのだな。

「ところで、国王から先程聞いたのですが、明日出立されるそうですね。少し急ではありますが、私の部下から信頼出来る者をつけたいと思います」

「スティリアは来られないの？　僕は海岸までついて行こうと思うんだけど」

「う……残念ですが、さすがに今は離れられないのです……」

「そっか、確かに騎士団長になると忙しいよね。スティリア、十分に気を付けてね」

「はい。ナオ様もどうかお気をつけて。南海の民の強さは、私も身に染みております。カイヴォン殿達がいる以上、負けるとは思えませんが……それでも」

後ろ髪引かれていそうな彼女の言葉を反芻《はんすう》しながら、ガルデウス最後の夜が更ける。

南海の民……か。果たしてどういう存在なのだろうか——

一章　里長からの預かりもの

翌朝。屋敷の扉前でこちらを待っていた、今回御者や伝令を引き受けてくれる女性と合流した俺達は、長らくお世話になっていた屋敷を後にしたのであった。

「ふう……この魔車《ましゃ》はかなり速度重視みたいだね」

都市を出発してから三〇分。すっかりガルデウスの姿が見えなくなる。

このペースで行くと、夕方前には国境付近まで辿《たど》り着けるという話だ。

まぁ、そこから海岸までの方がむしろ時間が掛かるのだが。

「きっと王様もカイヴォンさん達を引き留める形になってしまっていたのを気にしていたんだと思います。この魔車、時速でいったら九〇キロを超えていますよ」

「それは凄《すご》いな……振動も少ないし、こういう客車も欲しいな……」

「ですよね。僕も車とかバイクが好きだったので、気持ちは分かります」

ちょっと意外。いや、年齢を考えれば興味を持ってもおかしくないか。

「今のうちに南海の民について聞きたいんだけど……教えてくれるかい？」

「はい。まず、いきなり襲ってくるような野蛮《やばん》な人達ではありません。威嚇射撃《いかくしゃげき》というんでしょうか、地面を攻撃され足を止めた瞬間、どこからか声がしてきたんです」

「威嚇射撃……ますます軍隊っぽいな」

「それで『どんな用事か分からないが、この森を抜ける事は禁じる。即刻《そっこく》立ち去れ』って言われました。でも、ダンジョンに行かなければならないからと言うと——」

どうやら、どんな理由であれ海岸側に出られるのは困るようだ。

森の中での戦闘だったらしいが、こちらが何かする前に完全に包囲されたという。

それで、地の利も相手にある状態で敵対する事を避け、撤退を選んだと。

「降参すると告《つ》げると、森の中から一人の女の人が現れ、外まで先導してくれました」

「潜伏《せんぷく》、ゲリラ戦の専門家ってところか……」

「全身細めの甲冑《かっちゅう》で覆われていましたが、身体《からだ》のラインから女性だと分かりました」

「先導されたって言ったね？　ナオ君達は普通に入ったんじゃないのかい？」

「それが、道中トラップが沢山仕掛けてあって。幸い僕が看破《かんぱ》したのでなんとか無事に進めたんですが、それでもやっぱり時間がかかっちゃって」

「トラップもあるのか……」

「正直、全力で僕達が戦っても、搦手《からめて》で負けていたかもしれない程の練度でした」

ふーむ。もしかして本当にゲリラ部隊だったりするのだろうか？

だとしたらどこの国のだ？　一応、この大陸にはガルデウスとメイルラントという二大国があるが、他《ほか》にも小さな国がいくつかあるという話だ。そのどこかの手勢か？

ともあれ、そのまま行軍は続き、無事に国境を越えたのだった。


出立から三日。何もないただの平原が続く大陸南部。その辺境へと差し掛かっていたのだが、いよいよ進路の先に森林が見えてきた。

この後森の手前で御者兼伝令の女性と別れ、徒歩で海岸を目指す事になる。

距離的には二キロあるかないかなのだが、鬱蒼《うっそう》とした森、そして仕掛けられた罠《わな》や間違いなくやってくる襲撃の事を考えると気が抜けない。

「さて。罠があるのなら俺の出番かな」

「久しぶりに見ますね、カイヴォンさんのその魔法」

「厳密には魔法ではないんだけどね」

さて、久しぶりにナオ君の前で披露するのは、ご存知《ぞんじ》「ソナー」のアビリティ。

アビリティの性質上、屋外ではあまり効果を発揮しないのだが、建物が密集している場所や、今のように木々が多い場所ではしっかりと効果を発揮してくれる。

地面に剣を突き立て、その衝撃がこちらのメニューに詳細なマップを映す。

「これは……なんて量の罠だよ、普通の人間じゃ返り討ちに遭うはずだ」

「あの、カイさん。その力で相手の位置も分からないのでしょうか？」

「それが、不思議な事に人らしき反応はどこにもないんだ」

「それならむしろチャンスかもしれませんね。恐らく何かしらの術、トラップで進入を感知しているはずです。それでしたら逆に一切ひっかからなければ……」

「なるほど。じゃあみんな、しっかり俺の後ろについてきてくれ」

どうやら、森の始まり辺りには罠は仕掛けていないようだ。

だが少し進むと、あらゆるルートに罠が巧妙《こうみょう》に隠されていた。

「ここで……ここにジャンプ。みんなも俺の足跡の通りに動いて」

「分かりました。えい……とと」

ばるんばるん。いや、何がとは言いません。

「ほりゃ！　シュタ！」

「ははは、一〇点満点」

そうして無事に罠を回避し、森を奥へ奥へと進んで行く。

やがて、振り返っても森の外が見えないくらい内部へと入り込んだ時だった。

まるで周囲全体にスピーカーでもあるような、発生源不明の声が辺りから響く。

『またお前か。今度は別な仲間を連れているようだが無駄だ。今すぐ立ち去れ』

「っ！　感知された気配はなかったと思ったんだが」

『……偶然ではなく罠を見破って来たか。少々危険だな、お前』

もう一度剣を取り出し地面に突き立てようとした瞬間、光の矢が剣にぶつかる。

衝撃に腕が跳ね上げられるが、どうやら武器破壊は免《まぬが》れたようだ。

「いきなり攻撃とは穏《おだ》やかじゃないな」

『先に武器を取り出したのはそちらだ、卑怯《ひきょう》とは言うまいね』

「……カイさん、魔眼《まがん》で周囲を見ましたが、反応がありません」

「同じく気配、魔力の流れに異常なし。これは……何かの力で隠匿《いんとく》しているのかも」

『次は、武器ではなく直接狙《ねら》う。悪いことは言わない、すぐに森を立ち去れ』

「俺達はこの先の海に出たいんだ。そっちこそ海について情報があるのなら――」

その瞬間。猛烈《もうれつ》な衝撃を腹部に受け、大きく後退《あとずさ》る。

顔を上げれば、今まで立っていた場所に、赤黒い甲冑を纏《まと》った戦士の姿があった。

甲冑……？　随分と近未来的なフォルムだ。

「親方、こいつはここで排除する。海を調べるつもりだぞ、こいつ」

『……致し方ない。少々手荒いが、強制的に排除させてもらう。悪く思うな』

その宣言と同時に、四方から光の矢が飛来する。

が、すぐさまリュエの結界が展開されそれを防ぐ。だが、防いだ瞬間閃光《せんこう》が辺りを照らし、気が付くと今度は槍《やり》を構えた戦士達が無数に現れ、まるで示し合わせたかのようにこちらの手足、そして避《よ》けた先にも待ち構えていたように槍を突き出した。

「っ！　レイス、上だ！」

「あ……キャア！」

飛来する光。そして爆発物だろうか、こちらの反撃よりも先に煙幕を張られる。

「もうあったまきた！　全員凍らせて――」

『一番、三番、点火。退避』

「リュエ、防ぐんだ！」

「わ！　なんだこれ！」

魔法を発動させようとした瞬間、足元に投げ込まれた筒が破裂し、異臭が漂う。

「うげ、頭痛い！　集中できない！」

「魔法を妨害……リュエ、薬だ！」

回復薬を投げ渡し、迫りくる槍を全《すべ》て身体で受け、そのまま大きく振り回す。

戦士を数名投げ飛ばし、なんとか体勢を立て直す。

「おいおい……どんだけ連携上手なんだよこいつら」

「うーん……即効性の毒で集中を乱すなんて、やるなぁ……」

「私も、先程から弓を構えられません」

「すみません、僕も何も出来なくて」

いつの間にか姿を隠した戦士達。こちらの動きを読み、詰将棋《つめしょうぎ》のように攻めてくる。

『大人しく森から出ていけ。これ以上は死人が出る』

「悪いが……そういう訳にもいかない。が、死人を出したくないのはこっちも同じだ。だから……もしも軽傷で済まなくても文句言うんじゃないぞ」

すぐさま武器に［弱者選定］のアビリティを組み込む。

こちらの手心の加え方に応じて相手への致命傷を避ける効果を持つアビリティ。人を殺すな。だが全てを薙《な》ぎ払え。そう思いながら大きく薙ぎ払うと──

「……ようやく全員姿を現したか」

「っ！　馬鹿な！　森が吹き飛んだ……だと⁉」

その声は、先程から森に響いていた声だった。

見た目、二十歳にも満たないであろう人物。漆黒《しっこく》に、どこか幾何学的《きかがくてき》な緑のラインが入った甲冑を身に纏う、白い髪をのぞかせた少女と見紛《みまご》ういで立ち。

それに、先程鋭いボディブローを叩《たた》きこんできた赤黒い甲冑の戦士や──

「こんなに潜んでいたなんて……」

「ひーふーみー……一九人もいたんだ。全員で連携されちゃかなわないよ」

近未来的な甲冑を纏う女性達が、なぎ倒された木々の中、呆然《ぼうぜん》と立ち竦《すく》んでいた。

「……撤退するわ。地の利がここまで失われたのなら引くべきね」

「親方、こいつはどうする。砂浜で迎え撃つのは危険だ」

冷静に判断を下す『親方』と呼ばれている少女。

「引き際まで弁《わきま》えているか。悪いが逃がすつもりはない。今度は攻撃をあてる。そこまで冷静なんだ、俺がどうにか出来る相手じゃない事くらい見抜いているはずだ」

「っ！　もし、まだ逃げる方法があるとしたら？」

次の瞬間、後ろで見守っていた残りの人間のうち、二人がこちらに駆け出した。

その腕に、先程見せた爆発物を抱えながら。

「リュエ！」

「大丈夫、もう凍らせた」

だがそれを察知したリュエが、抱えていた筒と女性達の足を凍らせる。

自爆特攻させる気だったのか⁉

「お前、何を考えている！」

「っ！　それをさせたのはお前だ」

「……どうしても敵対、交戦するしかないのか？」

「……海を荒らされる訳にはいかない」

「……交渉だ。俺達も無暗《むやみ》やたらに人の領域を荒らすつもりはない。だが、このままではそうなってしまう。交渉に応じろ、今この場での決定権は俺にある」

能面に似た、無表情ながらも整った顔がこちらをじっと見つめる。

透き通った真紅の瞳《ひとみ》。その人形めいた容姿と相まって、どこか里長を彷彿《ほうふつ》とさせる。

「……カイくん。この子達の魔力反応が腰、あの武器にしかない」

「……え？」

「確かにそうです……これはまるで――」

その瞬間、俺は咄嗟《とっさ》にこの言葉を口にした。

「全員、自分の型番とマスターの名前を教えてくれないか」

そう彼女達に告げた瞬間、その動きが止まった。

女性達の動きが止まり、リュエ達もまた『何を言っているの』という顔を向ける。

しかしナオ君はこの言葉の意味を理解したのか、驚きの表情を浮かべていた。

「お前……私達が〝なんなのか〟知っているのか……？」

「当たりか。どうだ、少しは話を聞く気になったかい？」

「親方、少し待て！　都合が良すぎる……信用するな！」

すると、赤黒い甲冑の戦士、拳《こぶし》に何やら装甲のような物を付けた女性が警告する。

「なんだお前。どこで聞いた。探っていたのか私達を」

「いいや、初めましてだ。だが君達と非常によく似た存在を一人、知っている」

「これは命令よ。今はこの人間の話を聞く。皆、帰投《きとう》するわよ。それと……立ち入りの許可は貴方《あなた》、銀色の髪の男だけ。それ以外の人間は許可出来ないわ」

「分かった。だが交渉次第では認めてもらう」

「……あくまで交渉次第よ」

親方と呼ばれる少女の言葉には逆らえないのか、赤黒い甲冑女性、そして周囲にいた他の面々も、無言で踵《きびす》を返し、まるで整列するかのように並んで歩きだす。

「カイくん……今のは一体……」

「賭《か》けだったんだけどね。なんとかみんな入れるように交渉するから待っていてくれ」

「カイヴォンさん、あの人達ってまさか……」

「極めて人工的な存在。詳細は分からないけど、一人そういう知り合いがいる」

「里長の同族……ですか。確かに魔素《まそ》が吸収されるそぶりもありませんでした」

「の、ようだね。じゃあ、行ってくるよ」

前を行く彼女達に続いて歩き続けると、次第に潮《しお》の香りがしてきた。

だが同時に……この世界では嗅《か》ぎ慣れていない、まるで工場、機械がたくさん並んでいる場所のような、そんな人工的な香りも混じってきた。

「ガラクタ……いや劣化が激しいけどいずれも機械的な物……か」

見えてきた白い砂浜。だが、そこにおびただしい量の鉄の塊が転がっている。

里長のポッドよりだいぶ損傷が激しいようだが……。

「やはり、あれがなんなのか知っているようね人間」

「カイヴォン、だ。俺の名前だよ」

「オービタルインターフェース内蔵MR司令型。人間に倣《なら》い親方と呼ばれている」

「オービタル……回路、伝達……あの統率された動きの正体はそれか」

里長と同じ形式で表すならOIMR型ってところか……。

恐らく、他の彼女達に瞬時に伝令のようなことが出来るからこその連携なのだろう。

「着いたわ。じゃあ話してくれるかしら。貴方の目的と、私達について知っている事を」

「分かった。まず――」

彼女の質問に答えようとしたその時、先程まで大人しく海岸に帰投していた他の戦士達の中から、一人の女性がもの凄い勢いでこちらに迫って来た。

「貴方はドクターなのか⁉　それともマイスターなのか⁉　な、なんとかしてくれ！私の妹機がもう長くない！　頼む、治せるなら治してくれ！」

ヘルムを外しながら、表情が薄いながらも必死に語る様子に……胸が痛む。

「……悪いが、知っているだけの人間だ。君達を助けるだけの知識は俺にはないんだ」

「そんな……だが貴方は知っているではないか！」

「落ち着きなさい。私が話す、貴女《あなた》は戻りなさい」

「親方……分かりました」

とぼとぼと、砂浜を歩いて消える女性。

「……大体の状況は察してくれたかしら。私達はこの海で探しているの。まだ見ぬ同胞、そして私達を救える者を。私達に潜水能力は備わっていない。だから、時間をかけて海をせき止め、水を抜いている。……この海域を荒らされたくないのよ」

「なるほど……」

「それでカイヴォン、貴方の目的はなに？」

「この海域から船を出し、果てにあると言われているファストリア大陸に向かいたい。つまり貴方達の邪魔をしてしまう形になる」

「……そう、なら許可出来ないわ。交渉決裂ね」

一触即発の空気が漂う。だが……もしかしたら。

「メディカルインターフェース搭載《とうさい》H零型。このタイプに聞き覚えは？」

かつて、里長が語った『自分の型番』。そして……その存在意義。

彼女は言った、『私は元々同族を癒《いや》す為《ため》の存在』だと。

それを口にした瞬間、親方と傍《そば》に控えていた戦士が、猛烈な勢いで頭を下げる。

「これまでの無礼をどうかお許しを。私達にはその型番の同胞が必要です。今、どこにいるのですか！　我々に残された時間はあまりに少ない！」

「頼む教えてくれ！　殴った事なら謝る！　頼む、三日前にも二人機能を失った！」

「……サーディス大陸という場所に隠れ住んでいるよ」

「……遠い、遠すぎる……それではもう……」

「でも、ちょっとこれを見てくれないか」

もう猶予がないかのような必死な様子に、すかさず俺はアイテムボックスの奥底にしまっていた『里長の体内にあった器官』を取り出して見せる。

「な！　まさか……同胞を手にかけて——！」

「いや、逆だ。彼女の身体を治す時、今の技術ではどうしても完全に治せなかった。だからこれを外して——分かりやすく言うと、ストレージを増やす為に仕方なかったんだ」

「……なるほど。それを、少し調べさせてくれないかしら」

パーツを親方に差し出す。すると、まるで温めるように両掌でそれを包みこんだ。

「親方、どうだ⁉」

「待ちなさい……大丈夫、まだ使える……」

「そ、そうか！　なら早く接続して——」

「待ちなさい。これはあくまでカイヴォンの所有物。許可はまだ得ていないわ」

冷静にそう返すもその言葉は震えており、懇願《こんがん》するような瞳をこちらに向ける。

「名前から察するに、拡張性に富んでいる。このパーツも使う事が出来るんだね？」

「……話が早くて助かるわ。これを譲ってくれるなら、カイヴォンをマスターとして登録し、絶対の忠誠を誓っても良い。望むなら、世界だって手に入れて見せる」

「……私もマスターにしてやる。ここにいる全員で、この大陸程度なら制圧出来る」

「生憎《あいにく》、武力なら有り余っているんでね。それを譲る代わりにこの先の海を調べるのに協力してくれないかい？　それがあればもう一安心なんだろう？」

まるでプールのように、大量の瓦礫《がれき》や岩で海の中に囲いが出来ているが……きっと、何十年もかけてダムのような物を作り上げたのだろう。

「……それでいいのなら、助かるわ。でも……あまりにもそちらの益が少ない」

「必要になったら考えるさ。さっきの子の妹が動かなくなる前に始めて欲しい」

「……感謝するわ。これで……先に停止してしまった子達も帰って来る……」

「親方、私は残りのポッドを一か所に集めて動力を確保してくる。あと……カイヴォンだったたな。ありがとう、本当にありがとう。腹、殴って悪かった」

「ああ、平気だよ。もっと凄いパンチ食らった事があるからね」

ヴィオちゃんとかヴィオちゃんとかヴィオちゃんとか。

「親方さん。さっきの仲間達を呼んでも平気かい？」

「構わないわ。全員にその旨《むね》も伝達した。私はこれから調整に入るわ」

「了解。じゃあみんなを迎えに行ってくるよ」

既に木の大半が失われている事で、一人でも楽に外に出られそうだ。

砂浜を進んで行くと、恐らく既に親方の話が伝わっているのか、多くの娘さん達が錆《さ》びて変色したポッドに縋《すが》りつき、嬉《うれ》しそうに話しかけていた。

……きっと、あの中で眠っているのだろう。大切な同胞が。

数少ない同胞が眠っていくのを、彼女達はどんな思いで見送って来たのだろう……。

§§§

森の外に出ると、ナオ君を含む全員が、心配そうな表情を浮かべていた。

戻るなりみんなが一様に『なにかされませんでしたか』と聞いてきたので、一瞬『ナニカサレタヨウダ』とでも言おうと思ったのですが、さすがにやめておきました。

「とりあえずみんなも立ち入り可能になったよ」

「私は念の為ここで待機しておきます。ナオ殿は皆さんと同行してください」

「分かりました。じゃあ、魔車の見張りはお任せしますね、行ってきます」

浜辺への道すがら、彼女達がどういう状況であったのかを説明すると、やはり三人共同情的な反応を見せてくれはしたが——なんらかの処罰を受ける可能性があるという。

……でも下手に敵対しない方が良いんじゃないですかね？　彼女達強いぞ？

「到着。色々な物が置かれているから、無暗に触らないようにお願いするよ」

「おー……なんだか変な臭いがする……油っぽいというか」

「なるほど、古い魔導具のような物ですか。再生術でお手伝いは出来ないでしょうか」

「僕はここで待機しておきますね。もしかしたら国から伝令が来るかもしれません」

こちらが到着すると、先程の側近の戦士さんが出迎えてくれた。

「戻って来たか。親方は暫《しばら》く動けない。案内と説明は私がする」

「あ、さっきの。君には何か個別の呼び名はないのかい？」

「ない」

赤黒い戦士がどこかぶっきらぼうに言うが、それだと少しだけ不便だ。

すると、リュエが突然――

「私がアダ名をつけてあげようか！」

「なんだお前」

「リュエって言うんだよ。その型番っていうの教えておくれ。考えてあげるから」

「L.U構成インターフェース内蔵NA型後継モデルだ」

「う……長い上にさっぱり分からない……」

「それは、どういう意味なのでしょうか？」

「私にも分からない。正式に稼働する前に遺棄されたんだよ私達は」

旧世界で何があったのかは不明だが『兵器』としての側面が強いように感じた。

『L.U』が『ラージユニオン』つまり大連合だとすると、彼女も司令機体なのだろう。

「うーんうーん……カイくん交代」

「え、俺？　じゃあとりあえずルナでいいんじゃないか」

「なるほど、含まれている文字を名前にする、と」

「……もしも個体名が必要になった時には使うかもしれない。案内を始めるぞ」

砂浜を連れられ、数々の何かのパーツを解説されるも、イマイチよく分からない。

だが、少なくともこの海域には多くの遺物が眠っているらしく、漂流物も多いそうだ。

恐らく、それがファストリア大陸からの物だとは思うが……。

「この海の先の大陸？　悪いが測量可能な同胞は大昔に機能停止に陥《おちい》った。ただ当時の記録によると、この先の海は途中から断絶されていると聞いた」

「な……じゃあ漂着物はどこから……」

「知らん。だが、じきに皆が目覚めるのなら……調べられるだろうさ」

そう嬉しそうに語りながら、周囲を案内する彼女に続くのだった。

§§§

「親方、案内が終わった。ん？　どうした、何か不調か？」

「想像以上に動力変換率が悪いわね。集めたポッドの劣化が激しい」

「そうか。出来れば観測モデルだけでも優先して目覚めさせてやりたい」

「なるほど、確かにそうね。でも……ちょっと時間がかかりそうよ」

親方のところに戻ると、なにやら里長が使っていたポッドに似た機械が積まれており、それぞれが配線で繋《つな》がれ、親方の身体に動力を送り込んでいるように見えた。

素人目にもかなりめちゃめちゃな配線に見えるが……彼女達は自分に纏《まつ》わる装置についての知識は持ち合わせていないのだろうか？

少なくとも、里長はあまり詳しくない様子ではあったが。

「ふむ……親方さん、このマシンの配線とか少しやり直しても大丈夫かな？」

「分かるのかしら？　私達も検証してこれに辿り着いたのよ」

俺の知識なんてせいぜい学校の教材で電子工作をした程度なんですけどね。

あと玩具《おもちゃ》の改造とかその程度。

「そうか……ここは潮風が強いもんな。劣化も早いか……」

「カイさん、古くなった部品の修復だけでしたら私でも出来ると思います。ダリアさんから再生術について色々教えてもらっているので……」

「本当かい⁉　それだけでもかなり助かるよ」

「じゃ、じゃあ私も何か……」

「リュエはええと……」

ちょっとリュエさんには今出来る事は少ないかもしれないです。

すると、積み上げられたガラクタから一本の線が伸び、何やら大きなタンクを経由して、背の高い避雷針のような物へと繋がっているのに気が付いた。

「親方さん、あれは？」

「動力の確保よ。効率は悪いけれど、落雷時に発生する電磁波を収集しているの」

「なるほど……直接雷を集めている訳ではないと」

「雷はダメよ、強すぎる。けれど落雷の余波《よは》で発生したエネルギーは丁度《ちょうど》良いの」

「なるほど。よし、リュエの仕事が決まったよ。あの大きな針から少し離れたところ……そうだね、あの岩場付近に落雷の魔法をお願い出来るかな」

「雷の魔法って苦手なんだけれど、それでもいいなら落とすよ」

「お願いするよ。くれぐれもあれに直接ぶつけないようにね」

「よーし、分かった！」

俺とレイスは配線やそこに触れる面、その他集められているガラクタから錆《さび》を取り除き、配線を綺麗《きれい》に整えていく。配線同士が触れていたり絡んでいるのはダメだろう。

こういう時ダリアがいてくれたら助かるのだが、生憎あいつはサーズガルドだ。

「……今頃《いまごろ》、ダリア達は何をしているのやら」

そうして黙々と作業をしていると、レイスが錆びた物や変形した物をある程度修復出来るという事で、今度は娘さん達の身体の修復をする事になった。

やはり、長い間動いてきた関係で関節の歪《ゆが》みや腐食が進んでいるようだ。

「何から何まで助かるわ。動力の伝導率が二一％向上。それにあの白い髪の子が雷を落としているおかげで、エネルギー残量が三六％から六七％まで回復したわ」

「それはよかった。さっき渡したパーツの調子はどうだい？」

「凄いわ、劣化や損傷がまったくない。ＭＩ搭載モデルは良い環境にいたようね」

「……そうだね。ああ、彼女は幸せそうだった」

「話を聞きたいわ。その子はどういう生活を送っているのか」

調整中で身動きが取れず、ただ待つだけならば語って聞かせようと、里長の事を、そして何故《なぜ》彼女がそのパーツを手放す事になったのかを語って聞かせる――

「最後に彼女は『旅路の中で、もし自分の同族と出会ったら差し上げてほしい』って託してくれたよ」

「……その子はマスターを得て、使命に従い、人の為に働き平和に暮らしているのね……凄く、羨《うらや》ましいわ。私達は……マスターを得ていないもの」

酷《ひど》く、悲しそうな声だった。

感情が読みにくい彼女達だが、話しているうちに僅《わず》かな機微が分かるようになった。

もしかしたら、里長は沢山の子供達に囲まれていたからこそ、あそこまで感情豊かになったのかもしれないな。

「……きっと、この時代じゃなかったら君達は戦いの中で散っていったかもしれない。今この時代で目覚めたなら、今度は自分達を自分達のマスターとして自由に生きるのはどうだい？　少なくとも今の君達は、同胞の為に動けているじゃないか」

「……考えておくわ。でも、やっぱり指針が欲しいのよ。そう出来ているんだから」

「ふぅ……久しぶりに沢山魔力を使ったよ。親方ちゃんの調子はどうだい？」

「お疲れ様。親方なら今は最終調整が必要だから集中する為に一人になっているよ」

「そっかそっか。レイスの方は……あ、帰って来た」

「た、ただいま戻りました……ま、魔力がほとんどからっぽです……疲れました……」

リュエとレイスが、一通り仕事が終わったからと戻って来る。

レイスは特にお疲れ気味で、珍しく表情に疲労の色が濃く出ている。

よしよし……今MP回復のポーションを分けてあげますからね……。

「あ、私にもおくれ。いやー久々に飲むよー」

「あ、これは……神隷期《しんれいき》の飲み物なのでしょうか？」

実は結構美味《おい》しいので、たまにロックで飲んだりしていました。

「ふぅ……大分楽になりました。皆さん、やはり身体のあちこちが痛んでいたようで、治療すると本当に嬉しそうにしてくれて、ついつい張り切りすぎてしまいました」

「いいなー……私の回復魔法じゃ効果がないみたいなんだよね」

レイスがやって来た方向に目をやれば、娘さん達が嬉しそうに飛び跳ねて自分の身体の調子を確かめている姿が見える。関節の痛みから解放されたイメージだろうか。

「よし、じゃあ今やれる事はやったし、ナオ君に頼んで伝令をお願いしようか」

「伝令？　何を伝えるつもりだい？」

「海が使えるようになるのなら、そろそろ船をこっちに回すようにお願いしないとね」

さぁ、準備は整った。次はいよいよ航海に向けて動き出すぞ。


「皆、集合したわね」

その夜。星の光が照らす浜辺に集合する旧時代の遺物『機人《きじん》』とでも呼ぶべきか。浜辺に散っていた彼女達が、示し合わせたかのように集合、親方の前に整列する。恐らく本当に伝達、彼女達の間でだけ行われている通信で招集されたのだろう。

「暗闇《くらやみ》の中に光る目が沢山……ちょっと恐《こわ》いかも」

「ははは……きっと彼女達は暗闇でも見えているんだと思うよ」

「あ、私も見えていますよ、ほら」

　すると振り返ったレイスの目も、魔眼を発動して赤く輝いていた。

　ちょっと自慢げで可愛《かわい》いです。

「先程、私の中にMIデバイスが取り込まれた。これより、試運転を行うわ」

　親方の説明を受け、集まった娘さん達から喜びのざわめきが起きる。

　きっと何十年も、もしかしたら何百年もこの瞬間を待ち望んでいたのだろう。

「提供者であるカイヴォンは、この海の果てを調査したいと言っていた。よって、最初に再起動させる者を観測モデルにする事を決定した。無論、他の者も順次処置を施していくつもりだ。なにか、異論のある者はいるかしら」

「はい！　異論はありません！　どんどん目覚めてもらいたいです！」

　遠目からでも、彼女達が浮かれているのが分かった。

　しかし……こんな存在まで生み出せる旧世界、恐らくレイニー・リネアリスが暮らしていたであろう時代は、どうして滅びてしまったのだろうか。

　いや……そもそもレイニー・リネアリスとは何者だ。

　ステータスに介入《かいにゅう》する力……まさか、本当に神だとでも言うのだろうか。

「ふぅ……俺達はそろそろ寝ようか。ナオ君が野営《やえい》の準備をしていたはずだ」

「うー、でもお腹空《なかす》いたよー。お昼から何も食べていないんだもん」

「そうですね……私もポーションを飲んだきりで……」

そして同時に鳴るレイスのお腹。真っ赤になるレイス。

そしてそれを笑いながら、続けてお腹を鳴らすリュエさん。

「じゃあテントに向かったら何か食べようか。食べ物なら沢山しまってあるから」

親方達に休む旨を伝えると、驚いた顔をした後に『そうか、人間は毎日眠るんだったわね』と言っていたことから、もう長い事人間の傍にはいなかったのだろう。

そうして、この不思議な機人とも呼べる彼女達との一日は終わりを告げたのだった。

§§§§

翌朝。テントから出ると驚きの光景に直面した。

「うわあ！　どうしたんですか皆して」

「起きた」

「起きたぞ」

「本当に朝になると起きるぞ」

「親方に報告だ」

機人の皆さんが、まるでテントを観察するように外で待ち構えていたのだった。

そんなに人間が珍しいのだろうか……ちょっとだけ居心地が……。

まだ他の皆は起きていないが、朝焼けに輝く海を眺めながら散歩へと向かう。

どうやら機人の皆さんは昼夜問わず哨戒《しょうかい》、海上ダムで作業をしている様子だ。

これだけの規模だし、取り壊す訳にもいかないだろうな。ヘタしたら砂浜も海水と一緒になだれ込んでしまいそうだし。

「お、親方さんじゃないですか。おはようございます」

「ん、カイヴォン。丁度良いわ、こっちに来て頂戴《ちょうだい》」

「どうしたんです？」

「眠っている同胞を集めている場所よ。今、観測モデルが目を覚ますところなの」

「それはおめでとうございます」

「今、第一陣として他八名に処置を施しているの。昼前には目を覚ますだろうし、私も補給をしなければいけない。このペースで行けばあと一週間程度で皆再起動するわ」

「随分《ずいぶん》と、沢山の仲間が眠ってしまっていたんですね」

「そうね。中には一度も目覚めた事のない同胞もいるわ。海底で眠ったまま。だからようやくここで生まれるのよ。そう、私達は……一つの種として生きていくと決めた」

朝日に照らされながら、親方さんは誇らしげにそう宣言した。

行きがかり上関《かか》わっただけだが、一つの種の誕生に立ち会えた幸運に感謝しないと。

そうして、俺はファストリア大陸の情報の手がかりとなる、観測モデルと呼ばれる機人の目覚めに立ち会うのだった。

「……起動を確認。お久しぶりね、観測モデル」

「……起動を確認。オービタル機との同期承認……現状を理解。人間よ、感謝する」

まるで墓地のように並べられたポッドの一つから、一人の女性が起き上がる。

ヘルメットのような物を被《かぶ》った、紺色や青の配色がされた装甲に包まれた機人。

「アミューズメントシティ配属機観測モデル。望むなら、地の果てまで調べ上げよう」

「それは助かります。事後報告になりますが、この大陸の北の港町から船を一隻《いっせき》、こちらの海岸に向かわせていますので、よければ同乗して観測をお願いしたいのですが」

「了解した。過去に破棄したダムを整地、停泊可能な深間を増やす事を提案する」

「そうね、万全を期すならそうするべきかしら」

本当に話が早くて助かる。

眠っていた間の記録をすぐに同期させ現状を把握させるこの力は……使い方次第では世界を変えかねない。恐らく、それが出来るのはこの親方だけなのだとは思うが。

「破棄されたダムですか。そこをさらに埋め立てるって事なんですか？」

「そのつもりよ」

「恐らく深間の広さは十分だが、もともとあの場所だけ深くなってしまった影響か、大型の水棲《すいせい》生物が棲《す》みつき作業の邪魔をする事もあった。問題あるか？」

「水棲生物……すみません、ちょっとそこ見せてもらって良いですかね？」

§§§

「来ました！　三匹目ですよカイさん！　ここを埋め立てるなんてとんでもない！」

「レイスレイス！　足元気を付けて！　また海に落ちちゃうよ！」

「大丈夫です！　くっ……これは中々手ごわいですね……」

破棄されたダムには、大きなお魚さんが沢山棲みついておりました。

無論、レイスが釣《つ》り竿《ざお》を出してエンジョイしております。

いやぁ……凄いね、カジキっぽいのが釣れまくっています。

「レイスさん……楽しそうですね？」

「ははは……ナオ君、あれでザンギ作ってあげるからね」

「ほ、本当ですか⁉　マグロのザンギなんて故郷を思い出します」

「ははは、そうかそうか」

ナオ君と二人、楽しそうなリュエとレイスを眺めながらぼんやりと佇《たたず》む。

「人間というのは不思議だ。あの大きな生物にあそこまで執着するとは」

「あ、観測モデルさん」

「その呼び名には慣れないな。私は昔、人間の娯楽施設に配属されていた。その時の名称で呼んでくれると助かる。『ミネルバ』だ」

「ミネルバさん……分かりました」

「ところで……あの水棲生物は貴重なタンパク源ということか？　私達は基本的に効率の良い電磁波によるエネルギー供給をしているのだが」

「俺の知り合い、ＭＩ搭載型は毎日沢山お肉を食べていましたよ」

「肉、つまりそれもタンパク質と、脂質を含んでいる物だな」

「ええ、そうです。牛肉ですね」

「そうか……味覚のデータは私達には蓄積されていないが、もしもオービタル機を介してＭＩ型と同期出来れば、我らも味覚を得る事が出来るかもしれないな……」

「それはいい！　みんなが目を覚ましたら、里長の元を目指すといいですよ」

「ああ、後程オービタル機に提案してこよう」

そう言って去って行くミネルバさんを見ながら、ナオ君がぽつりと呟《つぶや》く。

「アンドロイド……みたいな物なんですよね。凄いとしか言えません」

「『機人』だよ。彼女達の文明が失われた段階で、物から人に変わったんだと思う」

「そうですね。この世界は知らない事がまだ沢山あって、凄く楽しいですね……」

「……ナオ君。君はひょっとして……この世界に残りたくなってきたのかい？」

ふいにそう思った。彼は帰る為に、多くの試練を乗り越えてきたというのに。

だが、同時に彼からはこの世界への強い興味、愛情が見え隠れしていた。

「たぶん、それは願っちゃいけない事なんです。僕はその為に頑張って来たし、仲間達だってそんな僕の為に……今更、やっぱりやめるなんてそんな……」

「……良いんじゃないか？　残ったって。戻るのはそうだな……ここで生きて、本当に思い残すことがない、この世界を誰かに託せると思えた時で良いんじゃないか？」

「思い残す事……まだ、ちょっと分かりません。でも……焦るのはやめようと思います」

自分の妹の時は、あれほど早く戻らせようとしたのに、俺は無責任だな。

だが悩んでいるのなら、少しだけ楽になる方法を提示したっていいじゃないか。

彼を待っている人がいるのなら、その人達には謝らないといけないけどな。

「って、なんだか釣り人が増えてないか？」

「あ、本当だ。機人の皆さんも真似《まね》をしているみたいです」

「……しかし本当凄いな。あれ、しばらく食べ物には困らないだろうな」

「あはは……ですね」

潮風を受けながら、楽しそうにはしゃぐ皆を眺める。

親方曰《いわ》く、今日だけで九人もの同胞を目覚めさせたのだとか。

「ナオ殿ー！　カイヴォン殿ー！　少しお時間よろしいですかー？」

するとその時、伝令役の女性の声がこちらに届き、何事かと迎える。

「ガルデウスに伝令用の魔物を放っていたのですが、先程返事を携えて戻ってきました。船は今から五日後に、こちらの海岸に到着する、とのことです」

「なるほど、伝令ありがとうございます」

「それと申し訳ないのですが、私は他の任務に行かなければいけないのです。拠点となる野営道具一式もお譲りしますので、私は一足先の帰投となります。つきましては、ナオ殿も一緒にお戻りいただければ……」

「あ、分かりました。それじゃあ……今すぐ、ですか？」

「そうなります。出来るだけ早く戻った方が王も団長も助かると思いますので」

「そうですか……残念、マグロのザンギはお預け……ですね？」

帰投命令にはさすがに逆らえない、か。

今この大陸も激動の時代を迎えつつある。その渦中《かちゅう》にいるべき人間だからな、彼も。

だが——お土産《みやげ》くらい持たせようじゃないか。幸い彼もアイテムボックス持ちなのだ。

「すみません、一時間だけ時間を頂けますか？　彼にお土産を持たせたいので」

「分かりました、それくらいなら問題ありません」

「ザンギ持っていきな。アイテムボックスの利点は出来立てを保持出来る事だからね」

なんだか、親戚の子にお土産を持たせるおじさんにでもなった気持ちで、レイス達が釣ったカジキっぽいなにかを捌《さば》いていく。

思えば、この世界に来てから作った料理の品数もだいぶ増えてきたな。

懐《なつ》かしいな。初めて作ったのは、リュエの家で彼女に食事を振る舞った時だったか。

「なんだかご機嫌だね、カイくん」

「ああ。ちょっと思い出していたんだ。この世界でこれまで作って来た料理の事をね」

「ふふ、そっか。確か『ボンボレ』？　だっけ？　後『森煮込み』？」

「惜しい、ちょっと違うかな。ボンゴレとハヤシ風煮込みだよ」

「あーそれそれ！　早い物だね……あれからもう二年くらいになるよ」

「そうだったね……作ったのは確かリュエの家で暮らし始めて二日目、だったか」

「カイくん、よかったらまた作っておくれ。レイスにも食べさせてあげたいんだ」

「ああ、それは勿論《もちろん》」

思い出話に花咲かせながら、マグロ、もといカジキのザンギを仕上げていく。

そして――

「出来たぞナオ君。沢山あるから道中で伝令さんと食べると良い」

「は、はい！　わぁ……ありがとうございます。たぶん、カイヴォンさんと次に会うのは暫く先になってしまうと思うんですけど、その時は……今度はカイヴォンさんと模擬戦をしてみたいです。だから……絶対、無事に戻ってきてくださいね」

「ああ、勿論だ。それと……はい、今度こそ本当に純粋な贈り物だ。指輪じゃなくて、今回はブレスレットだけど、どうかな？」

そして、彼から回収した指輪の代わりに、アギダルで購入していたバングルを渡す。七宝焼《しっぽうや》きのような風合いの、随分とお洒落《しゃれ》なデザインの物だ。

「わ、綺麗ですねこれ。大事にします、カイヴォンさん！」

「はは、じゃあ今度こそさよならだ。ガルデウスの皆にもよろしく伝えておくれ」

「勿論です！　じゃあカイヴォンさん、どうかお元気で！」

砂浜を駆けていくナオ君を見送りながら、しみじみと思い出す。

あの温泉での出会いから、火山ダンジョンをクリアするまでの事。

……そうだよな。彼は、俺を信じてくれた。

ならば最後まで『良き魔王』として自分の役割を全うしないと、な――

§§§

ナオ君と別れてから、早いもので五日。あれから親方さんは次々に同胞を目覚めさせ、今では総勢五〇名に到達していた。

現在は今後の方針を決める為、俺達から外の世界の話を聞くのに注力しているらしい。

彼女達が浜辺を開放する事により、大陸の南にも港が出来るかもしれないし、当然漁業も解禁される。大量の海の幸も棲んでいるのだし、良いことずくめじゃないか。

「カイヴォン、少し良いか」

「ミネルバさん。どうかしましたか？」

「哨戒中に船を見たとの報告があった。一応先に伝えておこうと思ってな」

「本当ですか！　本当にきっかり五日で到着するなんて、さすがだな」

「では、私も確認にいって来る。あちらの責任者と話す事になると思うが、我らとの間に確執もあるはず。どうにか、とりなしてもらえないだろうか」

「そうね、私からもお願いするわ。関係悪化を懸念して殺害は避けてきたのだけど、それでも敵対をしたのは事実。なんとか、穏便《おんびん》に済ませたいところよ」

「その辺りもどうにか出来ると思います。皆さん作業効率が凄いじゃないですか。この場所に何か建築する際に手を貸す事を条件に、なんとか出来ないか提案してみます」

「助かるわ。そうね、それくらいの奉仕はやってしかるべきよね」

リュエとレイスにもこの情報を告げると、ここ最近完全にバカンスモードだったのを慌てて解除し、急ぎ着替えて荷物をまとめ始めていた。

「すっかりだらけきってたよ！　そっか……いよいよ海の向こうを調べられるんだね」

「ミネルバさんが言うには、海の先にある巨大な海溝というか、もはや割れ目というべき規模らしいんだけど、それがあるのはここから沖に出て八〇キロ程度っていう話なんだ。大陸同士の距離に比べると随分近いけれど……その先はどうなっているのやら」

「海に割れ目……何かの力が働いているのかな」

「気になりますね……正直、海の上の崖《がけ》というものがあるとは思えませんが……」

そうして、着替えて出迎えの準備を済ませたところに、一隻の船が近づいてきた。

あらかじめ整地していたおかげで近くまで接岸出来、すぐさま責任者がやって来る。

どうやら国お抱えの商船らしく、過去にこの海域の調査にも参加していたそうだ。

ここ一帯を封鎖している機人との和解、漁業にも着手出来るかもしれないと報告すると大層機嫌を良くしていたが、これで少しは彼女達への風当たりも弱まると良いな。

「それでは沖に向かうのですが……知っての通りある程度の距離までいくと、船の動力が止まってしまうのです。なので、そこまでしかお運び出来ないのですが……」

「ひとまずはそこまでで構いません。同乗する人間に、魔導師や魔眼を持つ者もいます。なにか原因を摑《つか》めるかもしれません」

「おお！　それは喜ばしい！　念のため、国王から騎獣として竜を三頭預かっておりますが、もしもの際はこれらに乗って、もう少し先の方まで調べられますので」

「さすが、準備が良いですね国王は」

そうして俺、リュエ、レイス。そして観測の為ミネルバさんが乗り込み船が出る。

「人間の船、か。存外快適なのだな。ここから三〇キロ先から微弱な力場が発生、その影響で私の観測能力が落ちている。恐らくそこから徐々に船の動力が狂うのだろう」

「なるほど……もし何か身体に異常が出たらすぐに教えてくださいね」

力場？　ファストリア大陸への道を閉ざしているのは、断絶された海だけでなく、その魔導具の機能を失わせる力場もあるということか。

「リュエ、レイス、どう思う？」

「考えられるのは、前にサーディス大陸に張られていた結界。それに似た何かかな」

「となると、発生させている何者かが存在している……のでしょうか」

「ふむ……とにかく距離もそう離れていないし、少し覚悟をしておこうか」

だが意外にも航海は順調そのもので、何か異常が発生するという事も無く、問題の海域、力場の境界へと辿り着いたのであった。

「イカリを下ろせー！　申し訳ない、ここから先は竜に乗り調査するしかないのです」

「いえ、大丈夫です。ミネルバさん、この位置からは何か分かりませんか」

「今、観測中だ。ふむ……この力場、どうやらジャミングとしての効果はそこまでではない。外部からの視認性を下げてはいるが、密度はそうでもない。カイヴォン、私も竜とやらにのらせてもらう。内部なら、もう少し詳しく調べられそうだ」

「分かりました。って、竜は三頭しかいないんだった。二人乗りには心許《こころもと》ないな……」

　ミネルバさんが早速竜に跨《またが》り、初めての経験に少し嬉しそうな表情を浮かべていた。

「あ、あの……では私が船に残ります。魔眼で船の動力を調べておきますので。それに……やはり、剥《む》き出しで空の上というのは少し恐くて……」

「そうかい？　じゃあ、ここは任せても良いかな？」

「はい。あの、気を付けてくださいね？　剥き出しなので、落ちたら海までまっさかさまなんですからね……なんと恐ろしいのでしょう」

　身体を震わせるレイスを微笑《ほほえ》ましく思いながら、俺もリュエも、それぞれ竜に跨る。

「じゃあ、ちょっとこの先を見てきますね」

「了解しました！」

　そうして、大空にはばたく竜。こうして竜に跨るのは、ケーニッヒ以来だ。

「ミネルバさん、どうですか？」

「思った通りだ。この力場の中に入ってしまえばだいぶ視界も良くなる。だが……」

　こちらも海の果てを見ながら飛んでいると、唐突に海が途切れている様が見えてきた。

　なんだ……これではまるで、大地が球状ではなく平らだと信じられていた時代の想像図、最果ての海のような様相《ようそう》ではないか……。

「なんだよ……これ。世界がここで終わっているのか……？」

「カイくん大変だ！　海がない！　空だ、空が海の先に続いている！」

「俺も、見たよ……どこまでも空が続いている……大陸どころか海すらない！」

まさか……本当に？　俺達の旅の終着点はこんなところなのか？

「……もう少し、進んでみよう。ギリギリ、海の終わりまで……」

「う、うん……カイくん、大丈夫？」

「ちょっと、ショック受けてる。こんな光景……想像だにしていなかった」

諦《あきら》めきれずに海の果て、文字通り海が終わってしまっている場所まで竜を飛ばす。

「ねぇ、カイくん……このまま、この空を進んでみる……？」

「……試して、みようか？」

「待て、この先は私にも分からない、さらに別な力場……いや、記録がある……？　私が先に進む。少し待っていてくれ」

ミネルバさんはそう言うと、海の終わりから空へと飛び込んで行った。

だがその時、急激にミネルバさんの竜が高度を落とし、海よりも下に落ちてしまう。

「っ！　なんだ⁉　リュエ、海面を氷結！」

「分かった！」

同時に急降下し、すぐに凍った海面からミネルバさんめがけ闇魔導を発動させる。

上昇気流……どうにか間に合ってくれ！

「な……魔法が途中で消える⁉」

だがその願いも虚《むな》しく、ミネルバさんと竜の姿が……見えなくなってしまった。

「そ、そんな……どうして、どうして⁉」

「この先の空は魔法が無効化されている……この竜、魔法の力も使っていたのかな」

「たぶん、そうだと思う……魔物は魔力と生命力が密接に繋がっているから……」

「ミネルバさんがもし、先に行ってくれなかったら……」

死んでいたのは、俺達だった……？

「俺が……観測を頼んだばかりに……やっと、目覚めたばかりなのに」

「うう……みんなになんて言えば……」

空の果てを見据え、途方に暮れる。

すると、カツンカツンと、何かを叩く音が聞こえてきた。

「すまない、判断ミスだ。竜の生体反応が失われてしまった」

「ミネルバさん⁉」

「そ、そんなとこから⁉」

なんと、海が凍り、崖と化した所に手を突き刺して登ってきたのだった。

「魔力の消失ではないな、あれは。変質だ。あれを……私達は知っている。一度浜辺に戻る事を提案する。親方を含め、一度作戦を練る必要がある」

「知っている……？」

「ああ。だが今は戻ろう。氷の上は不安だ」

§§§

甲板に戻った俺達は状況を報告。竜を一頭失った事を謝罪しつつ、レイスに船の動力について何か分かったかを尋ねるも、やはり原因は不明という事だった。

そして浜辺に戻った俺達は、ミネルバさんが報告しているのをじっと待っていた。

「間違い、ないのね？」

「間違いない。あれは『悪性魔力』だ。それが、あの果ての空に充満していた」

「どういうことなの……あれが結局どうなったのか、私達の記録にはないけれど……」

「その悪性魔力というのは一体なんなんですか……」

「カイヴォン、貴方公害っていう概念は知っているかしら？」

「ええ、それなら」

地球にもあった。それによって引き起こされる、数々の難病の存在も。

「私達の時代、悪性魔力というのは深刻な問題で、国中がどうにかしようと取り組んでいたわ。けど、その存在を封印する事しか出来なかった。それがどうして……」

悪性魔力……以前、同じ話を誰かから聞いたような……。

「『汚染され、まるで細菌のような自立性を持った魔力……』でしたか？」

思い出した。シュンの姪《めい》にあたるジュリアが、その悪性魔力に汚染されている、と。

あれは確か七星《しちせい》の魔力にあてられていたという話だったが……。

「もしかしたら……あそこを突破出来るかもしれない」

そして、俺はある一つの方法を思いつくのだった。


ジュリアは、七星から漏れ出る魔力に汚染されていた。

その漏れ出た魔力は、里長が言うには『悪性魔力』という旧世界の公害に似た物だと。

ミネルバさんは途切れた海の先の空には『悪性魔力』が満ちていると言っていた。

ならば……七星には、その『悪性魔力』への耐性があるのではないか？

「という推論を考えてみたんだけど、どうかな？」

「その七星というのがよく分からないが、悪性魔力により変質した狂暴な種というのは確かに存在していた。もし、同質の物ならば耐性を持っているかもしれないが……」

「そうね、でも都合よくそんな魔物を手なずけられるとは思えないわ。私達の時代でもアレは災害認定されていたし、ここの同胞の中には、実際に戦った事のある子もいる」

「ですね、あれは敵であり、決して相容《あいい》れる物じゃないです。でも……例外がいる」

「あ！　分かったよカイくん！　ケーニッヒの事だね⁉」

そう、俺が思いついた方法は、七星の力を得たケーニッヒに運んでもらうという案。

問題はケーニッヒが遠く離れた地、セミフィナル大陸のどこかで眠っているという事だ。一応、こちらの意思は伝わると、以前オインクを運ばせた件で証明されているが。

「契約している魔物なら、呼びかける事も出来るけど……試してみようか、カイくん」

「ああ、やってみるよ」

身体の部位のような、神経の一番遠くの部分に命令を出すように。

目を瞑《つむ》り、身体の隅々に語り掛けるように……。

『聞こえるか……もし、聞こえたら……俺のところに来てくれないか』

返事はない。だが……確かに命令は出せたように思えた。

数日待っても何も起きなければ、セミフィナルまで一度戻る事になるのだが……。

ケーニッヒが果たして大陸間を渡れるほどの飛行能力を持っているのか。

そもそも、本当に俺の思いを受け取ってくれたのか。

それは定かではない。だが、もし仮にこちらに向かうのなら……数日、少なくとも一週間は見た方がいいだろうな。

「来てくれるかなぁケーニッヒ。私達の事、忘れていないかなぁ？」

「きっと大丈夫だと思います……短い間ですが、苦楽を共にした仲間ですから」

「俺もそう思っているよ。じゃあ……今日から少しだけ、また浜辺で待機しようか」

「ええ、分かりました」

「了解だよ」

そう返事をしながら、いそいそと藪《やぶ》の中に移動する二人。

そして、水着に着替えて戻って来たのだった。

もー！　完全にバカンス気分じゃないですかー！

目の保養になるからいいけどさ！

§§§

「カイヴォン、緊急事態よ！　リュエとレイスと共に退避して頂戴！」

休憩がてら軽く海で泳いでいると、慌てた様子で親方さんが駆け寄ってきた。

「危険度が計り知れない……この時代に、ここまでの脅威が存在していた……？」

「観測完了。ただちに船舶に逃走経路を伝えてくる。親方、ここはまかせる」

浜辺で、皆が深刻な顔で空に向かい武器を構えだす。だが、その視線の先には――

「……嘘《うそ》だろ、まだ二時間も経《た》ってないってのに……」

再び七星プレシード・ドラゴンの姿となり、以前よりも遥《はる》かに大きく、この浜辺一帯を覆い隠す程の翼を広げた我が家のドラゴンが、雄々《おお》しく羽ばたいていたのだった。

『お久しぶりでございます、我が主《あるじ》』

「親方さん！　武装解除！　ケーニッヒも威嚇禁止！　仲間、みんな仲間だから！」

一触即発状態の双方に、互いが仲間だと伝える。

「そんな……悪性魔力をここまで宿した種を従えている？　こんなの世界崩壊レベルよ」

「だよなぁ……随分大きくなったな。なんにしてもよく来てくれた」

海から出て、着替えつつケーニッヒに労《ねぎら》いの言葉をかける。

騒ぎを聞きつけやって来たレイスとリュエも、彼の成長ぶりに目を丸くしていた。

『主のお呼びとあらば。この身体を使えば、とこしえの夜の中を飛ぶことも出来ますので、そこを通る事により周囲に影響を与えずに全力で移動する事が出来ます』

……それって、まさかとは思うが宇宙じゃあないでしょうね……？

うちのドラゴンさんがどんどん超スペックになっていっているんですが。

「今回ケーニッヒを呼び出したのには理由がある。実は――」

この先の海の事。世界の終わりとも言える、果てに広がる空の事。

普通の魔物では飛ぶことが許されない空域。そして、七星に関わる力場の事。

それらを説明していると、俺が他の竜に乗ったくだりで悲しげな声を出していた。

『つまり、そのミネルバという人物を乗せ、その空域を飛び回ってきて欲しい、と』

「そうだ。頼めるかい？」

『赤の他人となると少々気のりはしませんが、それが望みとあらば』

「はは……そう言わないでくれ。彼女は地平の果てまで世界を見通す力がある。そこにどんな場所でも飛べるお前の力があれば、俺の目的を果たせるかもしれないんだ」

『詮無《せんな》き事《こと》を言ってしまいました、主の悲願とあらば必ずや期待に応《こた》えて見せます』

やはり龍の帝王とも呼べる存在にまで成長すると、相応《そうおう》のプライドもあるのだろう。

……今度あの皇女《こうじょ》、ファルニルにでも会わせてみるか？　どんな反応をするだろうか。

『素晴らしいわ！　私の国に住みなさい、私専用の騎獣になるといいわよ！』

とか言いそうだな。それで思いっきりぶっ飛ばされそうだ。

『では、出発します』

暴風の如《ごと》き羽ばたきに皆が砂浜を転がる中、瞬《また》く間《ま》に海の果てへ消えるケーニッヒ。

乗り込んだミネルバさん、振り落とされたりはしないだろうな……？

「ねぇカイくん。大陸を見つけたら、私達もケーニッヒに乗って向かうんだよね？」

「そうなるね、当然」

「じゃあ、何か客車みたいなの、用意した方がよくないかい？　あの空域じゃ私の魔法で防護も出来ないし、寒いと思うんだ」

「あ、そうですよ。そのまま剝き出しよりも、客車があった方が絶対に良いはずです」

生身フライトが苦手なレイスも同意し、ならば今のうちに風よけ、外気から守れるような物を作るべく、機人の皆さんに手伝ってもらうのだった。

§§§

それから二時間ほどで、地平線の向こうからケーニッヒ達が戻ってきた。

そのままゆっくりと着陸すると、ふらふらとした様子でミネルバさんが降り立った。

「体内バランサーが異常をきたしている……少し、楽な体勢で回復をさせてくれ」

「大丈夫ですか……？」

『少々、人の限界というものを分からずに無茶な事をしてしまったようだ。面目ない』

「構わない。おかげで……良い物を見つけられた」

すると、ミネルバさんの指が高速で動き出し、近くにあった鉄板の切れ端に、ひっかき傷で詳細な地図、もはや航空写真のような物を描き出した。

「これは……空、ですよね」

「そうだ。あの空でも問題なく飛ぶ事が出来た。海の終着点からさらに南南西に三二〇四キロの地点でこれを観測する事が出来た。報告に戻ろうと接近はしなかったが」

「ほ、本当にかい？　海じゃなくて、空なんだよね？」

「まさか……ありえるのでしょうか……」

「原理は解析不明。なんらかの力場により隔離されていると予想。この図は真実だ」

彼女が描いた物。それは……空に浮かぶ、巨大な影。

大陸そのものが、空に浮いているという信じがたい光景だった。

「肉眼では観測が難しい程の低速で徐々にこの大陸から離れている。現在この大陸に漂着する物品から察するに、以前は海の上にあったたか、海で繋がっていたと予想」

「凄いわね。さすがにこの規模の浮遊大陸なんて私も知らないわ。ご苦労様、観測モデル。ポッドの使用許可を与えます。少し回復に専念なさい」

「カイヴォン、私はこれから眠る。次にいつ会えるか不明だが、お前への恩は忘れない」

そう言って、静かに去って行くミネルバさんに礼を捧《ささ》げる。

……いよいよ、だ。まさかここまで困難な場所にあるとは思わなかった。

だが……それでも、ついに俺達は辿り着けるのだ。

「オインク……かつてお前が諦めた地に、ついに辿り着けるんだな」

仲間を探し、世界を旅したというオインク。

どうやら、とびっきりの土産話が出来そうだ。

商船の船長に、自分達は竜の力で進むと伝え、改めて機人の皆さんにも礼を言う。

「私達はしばらくの間はこの場所で港の開発に従事するわ。けれど……その後は、ＭＩ搭載型に会いにいってみようと思うの」

「この大陸で新たな国を興すという案もあったが、お前達の話を聞いて旅をしてみたくなった。それに船旅は面白そうだ。釣りというのも興味深い」

「それに、私達も味覚が欲しいしね。美味しいと言われている物を食べてみたいわ」

未来への展望を語る皆の姿に、こちらの胸も温かくなる。

そうだ。この世界は続いていくのだ。これからも、ずっと。

何か特定の存在に、世界を自由にさせる訳にはいかないのだ。

「もし、サーディス大陸に渡るのなら、まずはサーズガルド王国を目指してください。そこで王城に向かい、カイヴォンの使いだと名乗って、聖女と呼ばれる人間とコンタクトを取れれば、きっと里長……ＭＩ搭載型とも会えると思います」

「サーズガルド王国の王城……了解した。では、旅の無事を願っているわ」

先程完成した客車に乗り込み、それをケーニッヒが足で掴み運んでくれる事となった。

力加減は……大丈夫そうだな。

「またねー！　あの大きな海の穴は残しておいてくれよー！」

「皆さん、絶対にまた来ます。お体にお気をつけて！」

ミシリと少しだけ天井を歪ませながら、浮遊感がこちらを襲う。
激しい振動に包まれながら、それでもゆっくりと砂浜が遠ざかる。
残された皆が美しく整列し敬礼をしてくれている姿に、こちらも返礼する。
そうして、ついに俺達はここ、セカンダリア大陸を後にしたのであった――

二章　始まりと終わりの大陸

「まもなく海が終わる。魔法も使えなくなるから、一応毛布を出しておくよ」

「ありがとうカイくん。やっぱりここまで高く飛ぶと寒いねぇ」

「聞いてはいましたが、本当に海が終わっていますね……信《しん》じ難《がた》い光景です」

ケーニッヒに連れられ、いよいよ海の終わりが見えてくる。

海が忽然《こつぜん》と消え、どこまでも続いていく空。世界が壊れてしまったのではと思えてしまうような、まるでゲームがバグってしまったような、そんな現実感の無い光景。

「凄《すご》い……上も下も全部空、なんだかおかしな感覚だよ」

「そしてこの先にファストリア大陸が……」

「ついに、ここまで来たんですね」

ゲーム時代の舞台となった大陸なら、どこか知っている地形もあるかもしれない。

期待と不安。そんな心を抱えながら終わりの空を進む。やがて――

『主《あるじ》、大陸が見えてきました。丁度《ちょうど》良い場所がありますので着陸します』

ドシンという衝撃。そして、不思議な空気が漂うその大陸に第一歩を踏み出す。

第一印象は砂漠。最初にそう感じたのは、目の前に広がる砂の所為《せい》だった。

「でもここ、砂漠……じゃないよな」

「そうみたい。ほら、風化した貝殻も落ちているし、元はここも浜辺だったのかも」

「海と繋《つな》がっていないから、こうなってしまったのでしょうか……」

海のない広大な砂浜。そんな場所に降り立った俺達は、ケーニッヒに言葉をかける。

「よくやってくれた、ケーニッヒ」

『ありがたきお言葉』

「ここは、もしかしたら俺の……いや世界にとっての敵の本拠地かもしれない。ケーニッヒ、お前は一度ここを離れ、さっきの大陸のどこかで身を隠しておいてくれ」

『よろしいのですか。露払い程度ならば出来ますが……』

「いや……以前仲間を操る術《すべ》を持つ敵がいた。その身体《からだ》も七星《しちせい》の力が宿っている以上、もしかしたら乗っ取ろうとする敵が現れるかもしれない」

「そうだね。私も、もう君がカイくんに攻撃される姿は見たくないもん」

「どこかに身を潜めていてください。気持ちはありがたく受け取ります、ケーニッヒ」

『……何かあれば、遠慮なく呼び出してください。私は主達の翼ですから』

そう言い残し、再び空へと消えるケーニッヒ。

本当に、出会ってからお前さんには世話になりっぱなしだ。

「それにしても……元は砂浜って言っても、完全に砂漠だよなぁこれは」

「だね。どこまでも続いているみたいだし……まさか大陸全部がこうじゃないよね」

砂の上を進む。乾ききった流木に何かの骨。そして、時折空から吹き込む風が砂塵《さじん》を巻き上げる。だが、そうして歩いているうちに不思議な既視感を覚え始めていた。

「ここが大陸の北側だと仮定すると……まさか〝ライズアーク海岸〟か……？」

「あ！　それなら覚えがあるよ！　海、海があったんだよやっぱりここには」

「神隷期《しんれいき》の地名、でしょうか……私は覚えていませんが、二人には見覚えが？」

「まだはっきりした訳じゃないけれど、もし途中に寺院があれば、間違いない」

『ライズアーク海岸』夏に実装されたフィールドで、そのロケーションや同時期に実装された水着アイテムにより、多くのプレイヤーで賑《にぎ》わっていた場所だ。

だがその反面、用意されたダンジョンの難易度の高さに、バカンス気分で訪れていた多くのプレイヤーを返り討ちにした、曰《いわ》くつきの場所でもある。

そうして緩やかな弧を描く砂浜を進み、砂丘を回り込んだところでそれを発見した。

「〝サザナミ・テンプル〟完全に風化してるな……」

「じゃあ、ここは本当にライズアーク海岸なんだね……ちょっと寂《さび》しいな」

「沢山、思い出があった場所、なんですね……」

小さくない衝撃を受ける。だがやはりゲーム時代の舞台だという確信が持てた。

ならば……どこかにあるはずだ。プレイヤー達の拠点、セントラルタウンが。

「ここは大陸のほぼ北側。まずはセントラルタウンを目指そうと思うんだけど」

「そうだね、あそこに行ってみないと……でもその前に少し辺りを調べよっか」

「そうですね……この大陸で何が起きたのかを知る誰《だれ》かがいるかもしれません」

「じゃあ、まずは浜辺を抜けて、自然が残っている場所を探そうか」

やがて砂地を抜けると、緑がしっかりと残っている山道に出た。

道があるという事は何者かが通っている証《あかし》。ならばと、その道を辿《たど》っていく。

こうして見ると、なんだか不思議な感覚に囚《とら》われる。

どこもかしこも、この道でさえも、遠い過去に見た記憶があるような。

「ノスタルジー……ていうのかね。不思議な気分だよ」

「私もなんだか昔を思い出すよ。みんなと一緒に冒険していた時をさ……」

「いつか、全《すべ》てが終わったら教えてください。この地でどんな事があったのか」

「そうだね。どこもかしこも懐《なつ》かしいだろうから、案内は沢山出来るよ」

次第に緑が増え、空気が澄んできたように思えたその時だった。

ガサリと葉の揺れる音がしたと思った瞬間、何者かが駆けていく音が聞こえた。

「人だ！　追いかけるよ！」

「分かった！　おーい！　そこの君ー！　待っておくれー！」

間の抜けた呼びかけだが、道の先で人影が……少年が立ち止まっていた。

あどけない……服装から察するにただの村人のように見える。

「だ、誰ですか貴女達《あなたたち》は……どうやってこの先に行ったんです……」

「もしかして……さっきの浜辺、いや砂漠は封鎖されていたのかい？」

「浜辺……！　あの、もしかして……貴女達は外から来た人、ですか？」

こちらが『浜辺』と口にした途端、子供が驚きと期待をにじませこちらを見つめる。

「そうだよ！　私達はね、外からこの大陸にやってきたんだ！」

「本当ですか⁉　じゃ、じゃあお話聞かせてください！」

「分かりました。人が多い場所に案内してもらってからでも良いでしょうか？」

「分かりました！　僕の村に案内しますね！　きっとみんな驚くぞー」

案内してもらう事になった俺達は、森の中の小さな集落へと連れてこられた。

その彼に連れられ、俺達は一軒の家へと案内される。

「父さん、母さん！　お客さんを連れて来たよ！」

「ケント！　どうしたの？　それにそちらの方々は……」

「もしかして、新しい行商の方でしょうか？　それでしたら村長の家に……」

「違うんだ！　この人達は、大陸の外からやってきたんだよ！」

ごくごく普通の村人に見えるご両親がこちらを出迎えたが、なんだかいぶかしげな表情を浮かべている。いやぁ……小さい村みたいだし、警戒されているんだろうな。

「またそんな事を言って……この子ったらちょっと夢見がちで」

「本当に申し訳ない。ささ、私が村長の家までご案内します。しかし、今回の担当さんは随分《ずいぶん》と……その、若いと言うか、美しいと言うか……」

「違うってばー！　あそこは砂漠じゃなくて浜辺なんだってば！」

案内された家で子供の両親が、まるで信じていないように話を進めていく。

「いえ、その子が言っている事は本当です。私達は先程この大陸に上陸しました」

そう告《つ》げた瞬間、水を打ったような静寂《せいじゃく》が支配する。そしてどこか神妙《しんみょう》な顔のまま、父親が『村長の元へ案内します』と言い、村の中を急ぎ足で進んで行く。

「子供の話に合わせている訳ではないのですよね。すみませんが、怪しい人間は村長のところへ連れて行く決まりになっています」

「いえ、こちらも助かります」

奇異《きい》の目にさらされる。どこか質素な村の中では俺達の服装は目立つようで、皆口々に『どこから来たのか』とざわめいていた。

「カイくん……なんだろう、ここ、本当に神隷期の世界……なのかな？」

「気が遠くなるくらい、時間が経《た》っているのかもしれないな……」

「そう、ですね。それに村の中に遺跡……のような残骸《ざんがい》も多く見られますし」

かつて何かの建造物だったと思われる廃墟《はいきょ》。それらを利用した家が目立つ。

やはり……この大陸でも文明が一度リセットされたのだろうか。

そうして、村の一番奥。大量の瓦礫《がれき》に囲まれた一際大きい家に辿《たど》り着く。

「失礼、村長は御在宅でしょうか」

「ああ、ケント君のお父さん。お爺様《じいさま》でしたら先程集落の集まりから戻られましたよ」

「分かりました。では、少々お邪魔してても？」

「はい、どうぞ。そちらの三人は……中央地区から参られたのでしょうか？」

「……そんなところでしょう。では、失礼します」

年の頃《ころ》、一六かそこらの娘さんに連れられ、家の中へ。

やがて一つの大きな部屋の前で、少年の父親が言葉をかけた。

「村長『特別なお客人』を連れてきました」

すると部屋の中から何やら物音がし、緊張感に満ちた声が返って来た。

「入られよ、お客人」

「……では、失礼します」

扉を潜《くぐ》った瞬間、中にいた老人の手、そこに握られた杖《つえ》から光の輪が飛来する。

「捕らえた！　して、この者達はどうやってここに」

「ケントがどこからか連れてきてしまったのです。申し訳ありません」

「うむ……じゃが、これで安心だ。やはり予《あらかじ》め合図を作っておいて正解だったの」

まるで、最初から俺達を捕らえるつもりであったかのようなやりとり。

そして今俺達に巻き付いている光の輪は……確かゲーム時代の品。

「申し訳ありません。これでは俺達を──止められません」

「懐かしいねー、確か〝バインドステッキ〟だっけ？　結構高かったよね」

「なるほど、そういう物なんですか」

プチプチと、まるで糸でも切るようにちぎられる拘束。

「なあ⁉　おぬしらは一体何者じゃ！　儂《わし》らの村になんの目的が──」

「いえ、だから少しお話を聞きたくて……信じて貰《もら》えていなかったんですね」

「話……？　どういうことじゃ？」

「いえ……またケントがあの砂漠で……言葉巧《ことばたく》みに騙《だま》されたようで」

「騙すとは何だい？　私達は子供に嘘《うそ》なんてつかないよ！」

閉鎖的な、排他的《はいたてき》な。だが、当然の反応をする大人達。

しかし拘束を破ったことで少しは話を聞く気になったようだった。

「俺達はここの隣の大陸、セカンダリア大陸から竜に連れられてこの地に辿り着きました。ここは……ファストリア大陸で、間違いありませんよね？」

「ふぁすとりあ……？　村長、彼らは一体何を……」

この大陸の名前ですら忘れられているのか、ケント少年の父親が怪訝《けげん》そうな表情を浮かべる。だがそれとは対照的に、村長はというと──

「少し下がりなさい。この客人と少し話がしてみたい」

「は……？　いえ、ですがそれは……」

「よい、下がるのじゃ」

父親を退出させ、村長がじっとこちらを見つめる。

「客人……ファストリア……この地を呼びましたか？」

「はい。ここは、ファストリアと、ファストリア大陸です。それは間違いないです」

「それを……どこで知りましたか」

「外の大陸で。俺がここに住んでいた頃は、ここがそんな名だとは知りませんでした」

「っ！　まさか、貴方《あなた》は……古《いにしえ》の民の生き残りか！」

瞬間、村長が再び杖を取りこちらを警戒する。

古の民？　まさか、俺達と同じゲーム時代の人間がこの大陸にいるとでも？

「村長、教えてください。この大陸の事を全て。俺達は……長い旅路の末、ようやくこの大地に辿り着きました。決して貴方達の害になる事はしません、お願いします」

沈黙。だがこちらの懇願《こんがん》は、彼の心に迷いを生んだようだった。

教えて欲しい。ここは、ゲームが終わりを迎えてからどうなったのか。

俺は気が付けば、ゲームが終わった瞬間から千年以上経った世界に生まれ落ちた。

リュエですら千年生きている。本当はもっと時間が経過している可能性もある。

風化したダンジョン。浮上した大陸。世界に放たれた七星。

少しでも良い。なにか……情報を与えてはもらえないだろうか。

「客人は、この戒めの杖をやぶった。そんな事が出来るのは余程の強者《つわもの》。だが、そんな者を儂が知らないはずがない。外の大陸からやって来たのは間違いないのでしょうな」

「そして……多くの強い人間で溢《あふ》れていた時代に、俺はここで暮らしていました」

「……やはり、古の民なのですな」

まるで観念したかのように、彼は語る。

伝承。神話のようなあやふやな物語。だが、それは十分な情報を俺達に与えてくれた。

「『グランディア・アース』この地の古き名です。力ある魔物が各地を支配下に置き、そんな魔物に多くの戦士が挑む、試練の地だったと伝えられております」

「グランディア・アース……」

その名前ですら俺の記憶にはない。だがあのゲームの名前は『グランディアシード』というものだった。これは、きっと偶然ではないのだろう。

「儂らの祖先は、そんな戦士達ではなく、ただここで暮らしている住民にすぎなかった。

儂らは日々の糧《かて》を得ながら、ただ平穏に暮らしていたと言われております」

つまり彼らの祖先は、街や村々に住んでいたNPCという意味なのだろうか？

「……戦士達は、どこに行ったのですか？」

「ある時、この大地から力ある魔物が消え、ようやくの平穏が訪れた。『七星』と呼ばれる存在が、一人の剣士により討たれたと、戦士達は口々に言ったそうですじゃ」

「あ！　その伝説は私も知っているよ！　どこで聞いたんだろう……」

「もしかすれば、古の民の生き残りが下界へ渡れたのかもしれませんな。平穏が訪れた世界には、多くの戦士達がただ残されていたそうです。だが……力は、向けるべき相手がいないと、それを互いに向けあってしまうものなのです」

そこからは、正直冷静に聞くことが難しい内容だった。

俺の行動は、確かに世界を解放したのだろう。だがその結果、プレイヤーにより生み出されたキャラクター達を大量にこの世界に放つ結果となったようだ。

プレイヤーとゲーム内ルールという枠組みにより抑えられていたキャラクター達。

強大な力を持つ者達が、何者にも縛られる事の無い世界に放たれたらどうなる。

「一部は、大陸を離れたと聞きます。そして大半の残った者達は、互いに奪い合い、国を興し争い、長い時間をかけて……ゆっくりとその数を減らしていったのです」

「……その争いの結果が、荒廃《こうはい》した大地……だと？」

「それも、一因なのでしょうな。ですが、それだけではないのです。この地の中心には大樹がありました。ですが……争いの果て、その大樹が失われ、そこから見る見るうちに荒廃が進み、やがて天変地異《てんぺんちい》が起き、我らは隔離されてしまったと伝わっています」

『大樹』とはなにか。無論、知っている。セントラルタウンの中央に存在する大樹であり、ゲームのシンボルであると同時に……ラストダンジョンでもある場所だった。

そして俺が最後に挑んだ七星『神』が待つ神界《しんかい》フィールドに唯一《ゆいいつ》通じる道でもある。

始まりの街にあるスポットが実はラストダンジョンだったという事で、当時は話題になったものだ。その大樹が……失われた？

「古の戦士の騒乱。失われし大樹と引き起こされる災い。その伝承だけが我らには伝わっております。貴方達はその時代に外に逃れた戦士達の生き残り……そうですな？」

「……たぶん、それに近い状況なんだと思います」

俺が、この大陸の荒廃の引き金になったのではないか。

そんな思いも確かにある。だが……やはり、争いを起こしたのはその人間達だ。

そう割り切り、胸に溜《た》まった澱《おり》のような思いを一息に吐き出す。

「今、セントラルタウン、大樹のあった街はどうなっていますか？」

「争いの中心であるあの地は大樹が失われた事で加護を失い、今では魔物の住処《すみか》となっております。討伐を試みる者達も太古にはいたようですが、やはりそれも叶《かな》わず……」

「……そっか。ねぇ、あの街を解放出来たら、君達は喜んでくれるかい？」

リュエがそう提案する。ああ、確かにその通りだ。

プレイヤーではなくても、そのプレイヤーにより生み出されたのには違いない。

そして生き残った俺達がその責を少しでも負おうとするのは、間違いじゃない。

それに……気分が良くないじゃないか。俺達の街が魔物に奪われているなんて。

「本当に可能なら、それほど嬉《うれ》しい事はありません。他《ほか》の地に住まう者も喜ぶ事でしょう。あそこは本来、我らの祖先が住んでいたと伝わっておりますから」

その会話の最中、俺はこの村長さんのステータスを覗《のぞ》いていた。

【Name】　ボーゲン
【種族】　ヒューマン／只人《ただびと》
【職業】　村長
【レベル】1
【称号】　村長
【スキル】なし

あまりにも、全てが低すぎるのだ。

『只人』と種族に入る者は、キャラクター的な成長が出来ないのではなかろうか。

逆に、今外の世界にいる人達は……多かれ少なかれ、古の民、即《すなわ》ちプレイヤーキャラクターの血が混じっている？　もしも千年どころではない、何千年も前に戦士達が外の世界に消えたのなら、その血が混じり広がっていても不思議ではない。

「すみません、この辺りの地図を譲って頂けませんでしょうか。対価として支払えるものならなんでも支払います」

「地図ですか。それでしたら、以前使われていた行商人用の地図があります。お代は……何か食糧を分けてもらえれば。行商人の到着が一週間ほど遅れているので……」

「それなら任せてください」

§§§

村長の家の外には、不安そうな男達が、簡素《かんそ》な武器で武装して待ち構えていた。

だが、村長の『安心して良い』という言葉に武器をおさめてくれた。

「さて、皆に伝えなければならない事がある。こちらにおられるお三方は、この大陸の外からやってきたと言う。儂は、この方達の話を信じる事にした」

すると、先程別れたケント少年が『やっぱりそうだ！　砂浜に知らない乗り物があったんだ』と言う。そうか、しっかり裏を取ろうとしてくれていたのか。

村長の言葉に半信半疑な様子ながらも、村人達が徐々に歩み寄って来る。

「ほ、本当に外から……この世界の外にも世界が広がっているのか⁉」

「竜に乗って飛ぶってのは本当か？　俺が見たのは全て途中で墜落していたぞ」

「俺達もそれを経験しました。ただ、中にはあの空を飛べる竜もいたんです」

疑念の声に応《こた》えながらも、俺達は村人の皆さんに食糧を分け与えていく。

そして結果的に、その事が俺達が外から来た人間だと証明する一番の術となった。

この大陸ではそこまで食品の加工が盛んではないらしく、缶詰や腸詰、干し肉や小麦粉といった物は大変貴重であり、それを大量に配ったことが何よりもの証明だとか。

「ねぇ！　お兄さん達が魔物の街に行くって本当なのかい⁉」

「ああ、そうだよケント君」

「だったら調べて欲しいんだ。行商人のおじさんが、街の中で人を見かけたって！」

「ケント、またその話か。先程は大変失礼しました……この子は魔物の街に興味を持ちすぎていて、それでからかわれたのでしょう」

「本当だよ！　他の商人の人も、人影を見た事があるって言っていたんだ！」

魔物に占拠《せんきょ》された、古い古い、古の民が暮らしていた街。

そこに人が？　だとすると、魔物に対抗できる力を持っているという事になる。

「なるほど……私達もその街に行く予定ですし、調べる価値はあると思います」

もしも、まだ誰かが残っているのなら。それが本当にゲームの終わり、神隷期の終わりから今の今まで生きている人だとしたら、情報源としてはこれ以上ない相手だ。

集まった村人の皆さんと語らいながら、この大陸でするべき事を考えていく。

そして、この大陸最初の夜が更けていった──


「では、俺達はセントラルタウンに向かいます」

「街に近づけば近づく程、よく魔物と遭遇すると言われております。皆様もどうかお気を付けください。昨夜のような楽しい夜を、また皆で迎える為《ため》にも」

翌朝。まだ日が昇り切らないうちに、俺達の来た側とは反対の門で見送られる。

譲り受けた地図と自身の記憶を照らし合わせた結果、この先はゲーム時代で言うところの『夜光の渓谷《けいこく》』と呼ばれる地域のはずだ。

正直、そこまで強い魔物が生息する地域ではないのだが、今は時代が違う。

俺達も改めて気を引き締め、村を後にしたのであった。だが──

「うわぁ懐かしい！　ホボゴブリンにアーマードビーだ！」

「ええと……初めて見る魔物なのですが……？」

「これはねぇ！　私が生まれて初めて倒したちょっと強い魔物のリーダーなんだ！」

「ははは……最初のダンジョンのボスだったっけ」

凄く、弱いんです。ゲーム時代に比べて遥《はる》かに弱い魔物が巣くっていたんです。

もうレイスがローキック一発でゴブリンの群れを蹴散《けち》らしてしまっているんです。

「強い魔物がみんな中央に移動した結果、弱い魔物が辺境に追いやられたのか？」

「ほら見てカイくん、ポーションを落としたよ！　相変わらずぜんっぜん回復しない！」

嬉しそうにドロップ品をディスるリュエさん、ちょっと魔物が可哀《かわい》そうです。

だが想像以上に魔物と遭遇する頻度《ひんど》が高い。脅威《きょうい》ではないのだが、中々に面倒だ。

「これで七戦目か。やっぱり七星の封印で大地の力が弱まっているって事なのかね」

「うーん……ここだと私達も普通に魔法が使えている事から、大陸の外の空にある悪性魔力？　それがここでは充満していないんだと思うんだ。でも、他の大陸でも七星が封印されていると、魔物が活性化していたよね。もしかしたら悪性魔力って封印されているると七星からあふれ出して大地の奥底に流れ出し、その結果魔物が活発化。そしてこの場所みたいにやがては大陸の外にまで漏れ出して異界化するるんじゃないかな」

「なるほど……じゃあこの大陸は通常よりも多くの悪性魔力が漏れ出している……？」

「いえ、それが私も先程から気になってこの大陸の奥底、魔力の流れを魔眼《まがん》で見ていたのですが、流れが逆なんです。大陸の外側から中央に向いているんですよ」

「ならたぶん、セントラルタウンに向かって魔力が流れているんだ。たぶん、悪性魔力を吸い取っている何かがあるんだと思う」

……ということは、必ずしもこの大陸の七星が封印されているとは限らない？

「カイくん、この先は注意しないといけないと思う。悪性魔力がセントラルタウンに向かっているなら……たぶん、相当手ごわい魔物がわんさかいるよ」

「それは確かに厄介《やっかい》だね。けれどここまで来た俺達なら……きっと乗り越えられるさ。それに、あの場所が魔物の手に渡っていると思うと少し気分が悪い」

久方ぶりに力が漲《みなぎ》る。取り戻せと。俺達の思い出を、始まりの街を、世界を。

その思いはどうやらリュエも同じだったらしく、不敵な笑みを浮かべ強く頷《うなず》く。

「そうだよ、絶対に取り戻す。この渓谷を過ぎたら後は川を上っていくだけだからね。どこかで一息つける場所を見つけたら野営《やえい》をして、明日一気に街まで行ってしまおう」

その言葉に頷きさらに進み、大きな滝の裏側にある洞窟《どうくつ》で一晩明かす事に。

この洞窟、ゲーム時代からあったんだよな。ここで野営をする日が来ようとは。

翌日。マイナスイオン（仮）が充満していそうな洞窟で目を覚ます。

「じゃあ早速出発しよっか。ここから街まではそこまで遠くないはずだから」

「ここで暮らした記憶がある分、リュエの方が道を憶《おぼ》えているみたいだね」

「なるほど……カイさんは、何か間接的にこの世界を観測していたんでしたっけ」

「そうだね。今よりも簡略化された状態だったしね。名残《なごり》は勿論《もちろん》あるんだけれど」

「そっかそっか。じゃあここからは私が先頭を行くね、よーし出発だ！」

ふむ……やっぱりこの大陸はほかの大陸より明らかに狭いと感じるな。ゲーム時代よりは遥かに広いが、それでも島国とすら呼べそうにない規模なのではないだろうか。


街が近くなるにつれ、現れる魔物も強力になってくる。だが、やはり俺達の相手ではなかった。そうだよな……ゲーム時代よりも強くなっているんだもんな、俺達は。

そうして、ついに俺達は一本の街道へと出た。

草木に石畳を侵食され、もはや獣道と見分けのつかないレベルの荒れ方。

だが確かにそれは、セントラルタウンから延びる無数の道の一つだった。

「見えてきた……なんでだろう『帰って来た』って感じてしまうよ」

「ああ、本当に……何度も、何十回も、何百回も見た光景のような気がする」

「不思議と……私も懐かしいと感じます」

石造りの門。壁を埋め尽くさんばかりの蔦《つた》。

そしてその先に見えるのは……見慣れた、けれども荒れ果てたいつもの道。

かつて多くのプレイヤーが露店を開いていた通りだ。

そしてついに……懐かしのセントラルタウンに帰還を遂げたのだった。

§§§

「……意外だな。建物は割と形を留《とど》めている」

「あ……よく冒険が終わったら寄り道した食堂……あはは……全部残ってる……」

「気を付けてください……先程から何か気配がします。先の建物に、何かが……」

あまりにも、懐かしくて。

ＰＣのモニタ越しに見ていた物とは、あまりにもリアルさ、鮮明さが違うし、微妙にディテールやサイズ感も違う。だが……それでも一目で分かるくらい、同じで。

「あそこは元クエスト斡旋所《あっせんじょ》だね。ちょっと調べてみる」

アビリティの［ソナー］を発動させ、この街……都市とも呼べる規模の街の中を魔力の波が反響し、正確な地図と、魔物の位置をこちらに知らせてくれる。

「多いな……それに明らかにボスクラスの大きな反応があちこちにある」

「本当に、全部乗っ取られているんだね……全部、やっつけるよ」

「はい。まずは手始めに、その建物から――」

次の瞬間、扉が勢いよく開き、鎧《よろい》を纏《まと》った大量のゴブリンが現れる。

黒い肌。ゴブリンの中でも上位種だ。それに……身に纏っている鎧も、どうみても元はプレイヤー達が作ったであろう、最高品質の物だった。

「ラコール鋼の赤鎧にダマスカスコート。随分と不相応《ふそうおう》な物を身に付けているな」

「宝の持ち腐れだね。レイス、援護お願い。凍らせて一気に叩《たた》く！」

「はい！　お二人とも、気を付けて！」

大陸の外。終末の空に充満する悪性魔力。集められたそれの影響を受けているであろうゴブリン達は、人間と何ら変わらない動きでこちらの攻撃を躱《かわ》し、陣形を取る。が……それが通用するのは、あくまでお前らが知る人間だけだ。

こちらを攻撃しようとした瞬間、全員の足元が凍り光の雨が飛来する。その攻撃に奇声を上げるゴブリン達に今度は俺の剣が叩き込まれ、一太刀《ひとたち》で六つの頭が飛ぶ。

「出来るだけ、街は壊したくないからな」

「この建物に巣くっていたのはこの魔物で全てみたいです。中を調べますか？」

「いや、それは後にするよ。ドロップ品だけ回収して次を倒しに行こう」

「賛成。どうしようか、かなりの広さがあるけど、私とレイス、カイくんとで二手に分かれるかい？　ちょうどこの道で分かれると、教会前広場で合流出来るけれど」

その提案に今一度マップを見ると、その教会前広場に大きな魔物の反応を見つけた。

「それで行こう。道中大量の魔物がいるから気を付けて。教会前には大きな反応もあるからお互い到着してから挑むこと。途中にいる強力そうな魔物は後回しにする事」

道中、ゲーム同様複数の種が一緒に行動している姿を見かける。

それに……いずれも高難度ダンジョンに住んでいたはずの種類ばかりだ。

「……殺し合った人間に比べて、お前らは随分と仲が良いんだな」

もう何度目になるか分からない魔物の襲撃を退けながらひとりごちる。

最後の日。あの日、ログインしていたプレイヤーはやはりこの世界には来ていないのだろう。だが、キャラクター達はこの世界に残された。

停滞した世界で、皆極限の強さを手に入れていた。そんな存在が世界に残され、倒すべき目標がなければどうなってしまうのか……。

「略奪や争い……そして大陸の外へ……か。そう考えると、俺達やリュエ、レイス、それに他の皆のサブキャラ達は……それらを避けるように別な場所で目覚めたって事か」

俺達だけ孤立した状態で目覚めたのは、きっと何者かの意思。

それは、少なくともこの世界を狙《ねら》う何者かとはまた違った存在のはずだ。

「そろそろ合流地点か。そうだな、考えるのは……アレを倒してからでいいか」

教会前広場。全てのプレイヤーが、必ず訪れる場所。

最初に作成されたキャラクターはこの教会から旅が始まり、そして街の外で死んだプレイヤーも、この街をホームに設定している場合はこの教会がリスポーン地点となる。

間違いなく、全ユーザーがお世話になる思い出深い場所だ。

そこに今、大型トラックをさらに二回り大きくしたようなトカゲが鎮座していた。

「ギガントトランドドラゴン……にしてはデカすぎるし何かオーラも出ているな……けど[詳細鑑定]でも種類は合っていると出ているし……これが、悪性魔力の影響か？」

もしかすれば、こういう存在が進化した末に、七星になるのかもしれないな。

物陰に潜み様子を窺《うかが》っていると、反対の道からリュエとレイスが現れ、こちらと同じくすぐに物陰に退避したので、教会前の茂《しげ》みの中を通り彼女達と合流する。

「カイくんカイくん！　あれなんだい⁉　私あんなの見たことないよ！」

「私も……あの魔物にはさすがに恐怖を覚えます……悪寒《おかん》が止まりません」

声を潜めつつもリュエが必死にそう主張し、レイスもまた顔色を青くする。

そうだろう。少なくとも、今確認したあの魔物のレベルは……。

「アーカム程度なら一蹴するレベルの強さを持っているよ、あれは」

「ちょっとそれはシャレにならないんだけど？　どうする、戦うかい？」

「あの……そんな相手に私は戦えますか……？」

「レイス。君はもう既にアーカムの強さを越えているんだよ、間違いなく」

レイスを励ます。それは嘘偽りではなく真実。彼女は、闘技大会やサーズガルドでの戦いで……既にレベルがアーカムを越えている。

そしてリュエもまた、長らく上がってこなかったレベルも上がり強くなっている。

もう二人とも俺に並ぶ、それどころか越えかねない強さを持っていると伝える。

「リュエ。全身全霊でこの周囲に結界を。被害が広がらないように」

「了解。カイくん、全力を出すつもりだね？」

「レイスは、俺の一撃の後に再生術で魔力を充塡《じゅうてん》。全力の一撃でダメ押ししてくれ」

「了解です」

そして、戦いを始める前に、念の為ある事を試してみる。

禁じ手だ。悪いがここを取り戻すのに手段を選ぶつもりはないんでね。

【カースギフト】発動
対象者　ギガントランドドラゴン　［生命力極限強化］反転付与

もしも通じるのなら、三〇秒で命が尽きる。

卑怯《ひきょう》で結構。その気になれば見ただけで相手を殺せるのだ。だが――

「チッ……スリップダメージより自然回復の方が遥かにデカい」

残念ながら、この速度でＨＰを削ったところで倒す事は不可能、と。

やはり強大な一撃で一気に削りきるしかないようだ。

【ウェポンアビリティ】
［滅龍剣］
［氷帝の加護］
［絶対強者］
［全ステータス＋20％］
［全ステータス＋15％］
［クリティカル率＋15％］
［クリティカル率＋20％］
［与ダメージ＋15％］
［与ダメージ＋20％］
［アビリティ効果2倍］

シンプルに、ただダメージだけを増やす為の構成にする。

だが、ここまでしても殺しきれる保証がないのだ。

信じられない事だが、ただ街の中にいるだけの癖《くせ》にこいつは、プレシード・ドラゴンや七星を取り込んだフェンネルすら越えるステータスを持っていた。

それに加えて馬鹿げた回復力。これは……さらに念を入れるべきか。

「二人に加護を。あの竜は……龍神《りゅうじん》の次くらいに強いと思う」

「え……そんな、こんな街の中にいるだけの魔物なのにかい？」

「信じられません……本当に、勝てるのでしょうか……」

【カースギフト】
対象者　レイス　［極光の癒《いや》し］付与
対象者　リュエ　［魔力極限強化］付与
対象者　カイヴォン　［簒奪者《さんだつしゃ》の証（龍）］付与
【フォースドコレクション】
対象者　ギガントトランドドラゴン　［大地の守り］簒奪
【スキルバニッシュ】
［大地の守り］消去
「む……一度消したら二つ目は奪えないのか」

どうやら、相手の持つスキルを全て消す事は出来ないようだ。

まぁ相手の防御力や自然回復を抑えられたのだし、十分すぎる成果だ。

「よし、準備完了。もう一度おさらいするよ。開幕リュエが結界。そして俺が最大の一撃をお見舞いする。それでダウンは奪えるはずだから、レイスはその間に魔力吸収。リュエは起き上がる前の竜をさらに氷で足止め、そこにレイスが一撃入れる。弱点になりそうな場所も魔眼ならある程度目ぼしはつけられるはずだから、そこ狙いで」

「う、うん。ちょっと緊張してきたけど……今ならやれそうな気がする」

「はい。既に確認済みです。頭と、尾の付け根にある大きな突起が弱点のようです」

「リュエ、その部分は氷結させないように。次にあの竜が反対を向いたら作戦決行だ」

緊張感が増す。いつもとは違う。ここには俺だけではなくリュエとレイスもいる。

ここまでの相手を、俺達三人で倒さなければいけない状況だ。

二人にもしもの事があったら。その不安がこちらの足を鈍くしてしまう。

だが同時に『なんとしても二人を守る』という気持ちが、胸に火を灯《とも》す。

そして、ゆっくりとドラゴンが反対方向へ向いた瞬間――――リュエの結界が展開された。

瞬時に駆け寄り、こちらに振るわれた尾を踏み街灯に飛び移り、更に高く飛ぶ。

剣を振り回し自分の身体を高速できりもみ回転させ、その勢いのまま技を放つ。

頭から首の付け根にかけて大きく引き裂き、おびただしい量の血が広場に散らばる。

動かすたびに激痛が走るのか、こちらを向きながら絶叫を上げ続けるドラゴン。

「ダウンはとれないか」

再び駆け寄り、首を動かす事を嫌ったドラゴンが出鱈目《でたらめ》に前足を振るう。

その一つを、剣で受け止めながら深く切り裂いて足の下を潜《くぐ》る。

そしてもう片方の前足に剣を突き刺し――

「〝バーンストライク〟」

数少ない剣による属性攻撃。炎が炸裂《さくれつ》する刀身に左前脚が破裂しダウンを奪う。

そして、破裂と同時に［氷帝の加護］の効果により、徐々に首と前足が凍り始める。

あくまでうっすらと。だが、すぐにそれを後押しするかのように、周囲に散った血液が凍り付き、そのまま竜の身体を地面につなぎ止める。

「まだまだー！！！　凍れ凍れ凍れ！　全部凍ってしまえ！」

リュエの魔導がついに竜の体内にまで届き、傷口どころか両目からも氷の棘《とげ》が生えだし、さらに前足が氷の棘に覆われる。身動きを封じられ、さらに内部からのダメージ。

だが、まだ体力は尽きないのか、全身を猛烈《もうれつ》に振動させ、氷を砕き始める。

「もういっちょ！」

全力で剣を振り上げ、『天断《てんだん》〝降魔《こうま》〟』を発動させる。

次に剣を振り下ろした時に発生する斬撃《ざんげき》を浴びせる前に、拳《こぶし》で強く首をカチ上げるよ

うに殴りつけてから、露《あらわ》になった首の傷めがけて斬撃を降らせる。

一番傷が大きい首を狙っての集中攻撃、さすがにこたえるだろう。

ついに首を下げ、大量の血を吐き出す竜。

そこにさらにリュエの氷魔導が炸裂し、口を完全に血の氷で塞《ふさ》いでしまう。

呼吸を奪い、傷だらけとなったところに、さらにもう一押し。

身体から赤黒い炎を噴出させたレイスが駆け寄り、頭に思い切り一撃を叩きこむ。

バキリと、グシュリと音をさせながら、完全に頭に刺さるレイスの腕。

「リュエ、聖魔導で拘束！　レイスは一度引いて魔弓《まきゅう》の構え！　まだ死んでない！」

剣を上段に構え直し、頭を何度も叩き潰《つぶ》し、そこにリュエの拘束が発動する。

そこにレイスの放つ赤い光線が幾度となく全身を貫き、ようやく動きが止まる。

そして――完全に竜の身体が消え、聞きなれた音が脳内に響くのであった。

「……さすがに、もう前みたいに馬鹿げたレベルアップはなしか」

それでも、一度の戦闘で二もレベルが上がる。そしてリュエもまた、思わず頭を押さえる程のレベルアップの反動を受けているようだ。という事は、レイスは……？

「い、痛い痛い痛い……痛いです……頭が……割れそうです」

「はは……少し我慢してくれ、レベルアップの反動だから」

確認してみると、どうやらレイスは今の戦闘で二一ものレベルが上がったようだった。

……恐ろしいな。街にいるボスの一体だけでここまで粘られるんだ。

この後何体も同クラスの個体がいると思うと、戦力不足を感じてしまうほどだ。

「ふぅ、ふぅ……カイさん、ようやく、治まりました……」

「お疲れ様、レイス。よく頑張ったね……大金星だ」

「私もここまで神経を使う戦闘は久方ぶりだよ……慣れない指揮、お疲れ様カイくん」

「本当倒せて良かったよ。けれど強い癖に……アビリティもドロップ品もない」

「ね！　何か凄い剣とかアクセサリーとか落とすと思っていたよ私は！」

冗談めかしながら憤慨《ふんがい》して見せるリュエに、ようやく肩の力が抜ける。

ああ、本当に強い。これが……今のセントラルタウンを取り巻く環境なのだとしたら
……ここからの戦いはかなりの長期戦になってしまいそうだ。

その時、レイスが未《いま》だ魔眼を発動させたままだという事に気が付いた。

「レイス、何か気になるのかい？」

「あ、はい。竜が死ぬ間際の魔力の流れを観察していたのですが……あちらの教会に魔力が流れたように見えて……もしかして教会を守護していたのではないかと……」

「ふむ。教会の警護……？　何かあるのか？」

何かあると思われる教会。懐かしい、俺達の始まりの場所。

その扉を開くと……想像もしていなかった光景が目に飛び込んできた。

「な、なんだいこれ⁉　木の根……？　これ、奥に行くのも一苦労だよ！」

「なんだ……まるで密林の中だ……どこから伸びてるんだ、これ」

「え、ええと……元からこういう場所ではないのですよね……？」

聖堂が、木の根で埋め尽くされていた。

床だけではない。縦横無尽《じゅうおうむじん》に伸びた根が、置かれていた椅子などを持ち上げ、まるで蜘蛛《くも》の巣でも張っているかのように、木の根で埋め尽くされているのだ。

室内だと言うのに、密林の中のように剣で植物を払いながら祭壇へと向かう。

「この祭壇に降り立って、神父さんと会話した後に俺達の冒険が始まるんだ」

「私の時は、神父さんの話も聞かずに外に飛び出したんだけどね！」

あ、それはたぶん俺がイベントスキップしたからだと思います。そうか、リュエからするとそういう状況だったのか。……いやぁ、さすがに二人目となると……ね？

「レイスの時は外に出た瞬間、エルもオインクもシュンもダリアもいたはずだよ。まぁぐーにゃは工房にこもりっきりだったけど」

「ぐーにゃって鍛冶《かじ》職人として人気だったからね、毎日忙しそうだったよ」

「ぐーにゃさん……その方が、最後のお仲間……なんですね？」

ああ、そうだ。あいつは貴重な生産職の中でも、特に需要の高い鍛冶職人だった。鍛冶の熟練度が異常に高く、休止前は常にログインしていたから人気だったっけ。

まぁその反面、ネタに走った装備を作る事も多かったのだが。

「それにしてもこの根はなんなんだ……」

「この根っこを辿ったら奥に続く扉があったけど、あっちって行った事ないんだよね」

「む？　あっちか……たぶん懺悔室《ざんげしつ》か何かかな、俺も行った事がないよ」

正確には、侵入不可エリア。ただの背景として描かれており、実際には入る事が出来ない場所。だが、この世界においてそんな侵入不可エリアなんてものは存在していない。

平然とリュエは扉を開き、中へと一歩踏み込んだ。

「こっちは一段と密集してるなぁ……幸い虫とか生き物はいないみたいだけど」

大樹が失われた街。封じられた教会。蔓延《はびこ》る木の根。何かが繋がっている気がする。

そうして廊下をなんとか進んで行くと、地下へと続く階段が現れる。

そこを降りていくと、今度はまるで地面の中のような、土壁で覆われた地下道に出た。

「なんだろう……全身がむずむずするような、変な感じ」

「私もです……なんでしょう、この先に何かあるのでしょうか」

「さすがに鬱陶《うっとう》しいな……二人とも後ろへ。一気に道を切り開く」

いつの間にか木の根がどす黒い色へと変化し、若干蠢《じゃっかんうごめ》いているようにも見える。

その不気味な根を一斉に切り開くと、最奥に立派な扉が見えた。

「ふぅ……扉、開けるよ」

「探索でこんなにワクワクしたのは何百年ぶりかな！　お宝発見出来るかな⁉」

「ははは、たしかにダンジョン攻略を思い出すな」

「確かにドキドキしますね……こんな場所にあるのなら、神聖な物でしょうか」

扉を開く。どうやらこの中は木の根による侵食から逃れられているようだった。

そして、上にあった祭壇と似た物が設置され、その上には――

「あ、でっかいナッツだよカイくん」

「本当ですね、アーモンドによく似ているようですが……随分大きいですね」

「お宝じゃないけど……もしかして食べたら強くなれるかも？　砕いて食べようか！」

「待て待て待て！　二人共いきなり食べようとしない！　ちょっと調べさせてくれ」

ワクワクが最高潮に達していたのか、ウッキウキでトンカチや調理道具を出している二人に慌てて待ったをかける。リュエはともかくレイスまでそんな……。

「これで杏仁豆腐《あんにんどうふ》でも作れば……って違う。アイテムボックスに一度入れて……」

「アンニンドウフってなんだい？　作っておくれよ」

「オトウフでしたら以前食べさせてもらいましたね。甘くないババロアです。私はあまり得意ではありませんが、ショーユをかけて食べると途端に美味《おい》しくなるんです」

「二人ともちょっと食べる事から離れて？　ちょっと調べてみるか……ら……」

……なんだよ。こんなとこで、お目にかかれるとは。

「はは……こんな近くにあったのか。ゲームじゃいけない場所とか、ふざけてるだろ」

「うん？　カイくん、どうしたんだいおかしな顔して」

「何か、知っている品だったのですか？」

「……初めて見たよ。でも、知ってる」

アイテムボックスから、この大きなナッツ……いや、種を取り出す。

「これ、ちょっと俺が預かっていいかい？」

「う、うん……でも勝手に食べちゃったりしちゃダメなんだからね？」

「……カイさん、どうしたんです。それは……一体なんなんですか？」

アイテムボックスに再び収納し、そこに表示される名前を見つめる。

これを、二人に見せてもきっと何も感じないだろう。なにせ、知らないのだから。

だが俺は知っている……いや、俺達プレイヤーは知っている。

「……このアイテムの名前は……『グランディアシード』って言うんだよ」

そう……ゲームのタイトルであり、最後まで関連する物を見つけられなかった存在。

ある意味では、全プレイヤーが探し求めていたとも言えるアイテムそのものだった。

「グランディアシード……？　それはどういう物なんだい？　食べられるのかい？」

「もしかして……植える事で効果を発揮するのでしょうか？」

「そうだ！　きっとそこになる実が凄いお宝なんだ！　どこかに植えてみようよ！」

「あ、ああ……そうだ、確かにこれは植えた方が良い気がする……」

失われた大樹。もし、それがこの種に関《かか》わる物だとしたら……。

かつて大樹が生えていた場所に、これを植えるのは正しい事、そんな風に思えた。

……これは予感ではない。ただの勘。ゲーマーとしての勘だ。

どうやら、この種が失われた事で周囲の根は活動を終えてしまったように見えた。

だとすると……これを俺達が確保して植えたら、何かが起こるのか？

「そういえば、神界には大樹が無いと行けないんだったな……まさか」

「まさかカイくん、神界に行くつもりかい？」

「ああ。もし……最後の七星がいるとしたら、そこなんじゃないかって」

「最後の七星……悪性魔力がどれだけ注ぎ込まれているか……」

「逆じゃない？　そこまで魔力は届かないよ。むしろ隔離されて弱っているかも」

教会を出て、大樹があった場所、都市の中央を目指す。

途中大きな魔物に遭遇したのだが、先程戦ったドラゴンと比べあまりに弱すぎる。

いや、十分に強くはあるのだが、比較すると肩透かしを食らってしまうのだ。

やはり、あの教会を守る、特別な魔物だったのだろうか。

「どんどん街が荒れていくね。中央で大樹を切り倒しちゃったんだっけ？」

「なんだか悲しいです。私やリュエと同じような人間が……沢山死んだのですよね」

「そうなるね。この辺りはチームのホームや個人の家がある区画なんだ。たぶん、みんなここで目覚めて、ここで暮らしていたんだと思う。それ故《ゆえ》に軋轢《あつれき》も生まれたか……」

やがて見えてきた、ゲーム時代よりも遥かに広いその区画。

数多くの屋敷や家が立ち並んでいるが、そのどれもが……原形を留めていなかった。

まるで紛争地帯の街。それ程までに荒れ果て、歩くだけで胸が締め付けられる。

「もう少しだ。あの区画、中央に大樹があって……」

「うん。そして、そのすぐ傍《そば》に……私達の家が、あったんだよね」

「私達の……？　もしかして他の仲間の皆さんと暮らしていたんですか？」

「そうだよ。区画の中央だったからね、屋敷を建てる時にこの場所を引き当てたチムマス……ぐーにゃにはみんな感謝していたんだ。なんていったって周囲に自慢出来る」

「あはは、そうだったね！　みんな嫌でも私達の家の前を通るんだ。だから、とびっきり豪華にして、ものすごーく自慢してたんだよね」

「……一部の人間は俺がいるせいで『なんちゃって悪魔城』って呼んでいたっけ」

全く失礼な連中だ。ドゥドゥドゥドゥドゥドゥドゥエの刑だな。

「この辺りが世界樹が植えられていた広場だ。こりゃ見事に焼け野原だな」

「これは酷《ひど》いね……私が浄化してみるよ」

「そうですね、これでは植物が育ちません」

リュエが剣を構え『ディスペルアース』を発動させると、赤黒く変色した土や、枯れて朽ちた大樹の一部などがすべて砂となり、そしてさらに分解され綺麗《きれい》な土となる。

そして地面から小さな草の芽が出てきたところで、リュエが一息ついた。

「ふぅ……たぶん、ここに誰かが死体を沢山埋めたんだと思う。凄く……汚染されていた。でも、悪意は感じられなかったね。たぶん……誰かが弔《とむら》ったんだと思う」

「そうか……じゃあ、この種植えてみるよ」

「うん、そうだね。ふふ、ある意味肥料がたっぷりだったからね⁉」

「リュエ、さすがに不謹慎ですよ！」

彼女のブラックなジョークが地味にツボに入りながらも、種を植える。

今更だが、これを植えたところですぐに芽が出るとは思えない。

だが――次の瞬間、再び聞き慣れた音が脳内に響く。

［システム］
グランディアシードを大地に返した事により、世界の理《ことわり》との接続が回復。
ホームの利用が可能になりました。
チームコマンドの利用が可能になりました。
共有倉庫からのアイテム引き出しが可能になりました。

「……マジかよ」

「うん？　どうしたんだい？　まさかもう芽が出たのかい？」

「いえ、そうではないみたいです。カイさん……？」

俺は、震える手で、メニュー画面を操作する。

そして映し出された項目に、思わず心臓が止まる程、驚いてしまうのだった。

テレポ発動可能メンバー一覧

Daria　現在地　サーディス大陸サーズガルド
Syun　現在地　サーディス大陸サーズガルド
Oink　現在地　セミフィナル大陸アギダル
El　現在地　セカンダリア大陸メイルラント帝国
Ryue　現在地　ファストリア大陸セントラルタウン
Raith　現在地　ファストリア大陸セントラルタウン
Kaivon　現在地　ファストリア大陸セントラルタウン
Gu-Nya　発動不可

テレポ発動可能メンバー一覧
NAME 現在地
Daria サーディス大陸サーズガルド
Syun サーディス大陸サーズガルド
Oink セミフィナル大陸アキダル
Ei セカンタリア大陸メイルランド帝国
Ryue ファストリア大陸セントラルシティ
Raith ファストリア大陸セントラルシティ
Kaivon ファストリア大陸セントラルシティ
Gu-nya 発動不可

三章　らんらん（も）来たわよー！

これは……まさか本当に離れた仲間をこちらに呼び寄せる事が出来るのだろうか。

それに、もしかしたらメールを送る事も可能なのではないか。

だが……それよりも、一番気になる記述、表記がある。

Gu-Nya……発動不可

これだ。これは……どういう意味だ？

「お前は……この世界に来ていないのか？　それとも、もう……」

「カイくんどうしたんだい？　そんなに下を見つめてもまだ芽は出ないよ？」

「何か、気になる事でもあったのですか？」

「いや、ちょっとね」

まずは、どこか一息つける場所に移動すべきだろう。

ここだって、安全という訳でもない。現に今だって遠くの方に魔物の影が見える。

「せっかくだし私達の家も見に行ってみようよ……無事ではないと思うけれど」

「そうですね。痕跡《こんせき》だけでも……見てみたいです」

「ああ、そうだね。行ってみようか」

先程、ホームの使用が解禁されたと出ていたが、まさか無事なのか？

本来ホームはシステム的に保護されているが……この通り周囲の建物は壊れている。

だが、もしも俺達が存在する＝システム的に俺達の屋敷のみ守られているとしたら？

ともあれ、俺達の、一等地とも呼べる好立地にある屋敷へと向かう。

確か我らが豚ちゃんがその財力を遺憾《いかん》なく発揮して様々な設備を導入したはずだ。

まぁ実を言うと純粋な持ち金だけでいくと、稼《かせ》いでいた額は豚ちゃんよりもむしろシュンやエルの方が遥《はる》かに多かったりする。確かみんなも色々導入していたな。

結果、膨大《ぼうだい》な予算でグレードアップを繰り返し、城のような規模になった俺達の家。

「懐《なつ》かしいな……まだ残っているのかね、形だけでも」

「ね。それに『アルバートさん』のお墓だけでも作ってあげたいし」

「え？　誰《だれ》だい、それ」

「その方もお仲間なんですか？」

「あれ？　カイくん覚えていない？」

誰だ、それは。まさかゲームでは認識できない何者かがいるのか？

「ほら、門番をしてくれていた、ポーション持たせてくれる兵士のおじさんだよ」

「あ、あー！　はいはいはい。あの人ね！　覚えてる覚えてる」

と、思ったのだが、どうやら門番NPCの事だったらしい。

一応彼も屋敷の設備扱いで、一定時間ごとにポーションの補給をしてくれる人物だ。

見栄《みば》えがするからと、オインクがすぐさま導入して配置していたっけ。

他《ほか》にも、シュンの要望で戦闘練習用の木人やらぐーにゃの要望で簡易工房やらを設置したり、他にも庭のレイアウトなんかはエルとダリアが率先していじっていたな。

俺？　俺はまぁほとんど家に寄らずに戦っていたので……。

「あ！　ねぇカイくんレイス！　誰かいる！」

「え？　まさか本当に人がいたのか？」

おぼろげな記憶を思い出していると、リュエが突然大きな声を出す。

まさか、村の少年から聞いた人影なのかと、慌ててその人物の元へ向かう。

すると、全身鎧《ぜんしんよろい》の人物が、今まさに徘徊中《はいかいちゅう》のゴブリンと戦っていた。

「これは……もう倒してしまいそうだ」

「むむ……本当に戦える人がまだいるんだ……」

そのまま近づくと、新手かと思ったのかこちらに剣を向ける人物。

「何者です。こんな危険な場所に人がいるとは……命が惜しくば立ち去りなさい」

「いえ、こちらも魔物を倒しながらここまで来ました。この屋敷に用事があるので」

この人物が戦っていたのは、丁度《ちょうど》俺達の屋敷の目の前だった。

ゲーム時代と変わらず、リアリティやサイズはアップしているがちゃんとある。

「わあ……残ってる！　そのまま残ってるよ！」

「こ、これは……こんな素敵なお屋敷に住んでいたんですか⁉」

「ま、待て、なんだお前達は！　ここは開かずの屋敷。何人たりとも開ける事は――」

「開いたよー！」

「なんで⁉　ちょ、待ちなさい！　ここは私が先祖代々――」

「……リュエ、嬉《うれ》しいのは分かるけれど、少しこの人の話を聞こう」

「そ、そうだぞ！　どうやって開けたのだ……まったく」

甲冑姿《かっちゅうすがた》ではあるが、声から察するに女性のようだ。

まず、こちらがどういう目的でこの場所に来たのかを話す。

「古《いにしえ》の民の生き残り？　何を馬鹿な……」

「本当だよ？　ここはね、ずっとずーっと昔、私達の家だったんだよ」

「今度はそちらの話を聞かせてください。ここで人影を見たという話を聞いた事があるのですが、貴女《あなた》の事ですか？　そちらこそこの場所で一体何をしていたんです」

見たところ、プレイヤーには見えない。鎧だって、元々は観賞用の物、性能より外見を重視したような、お世辞《せじ》にも実用に耐えられる物には見えない。

だが……同時に彼女はこの街に住む上位種のゴブリンを退けた。

彼女も、古の民の血を引いた人間の一人なのだろうか？

「これは私の日課だ。先祖代々、この屋敷を見守っているのだ。ここは他の屋敷と違い唯一《ゆいいつ》残っている場所。きっと特別な加護があるに違いないのだ」

「先祖代々？　もしかして……ねぇねぇ、ちょっとポーション分けてくれないかい？」

「なんだ突然……まぁポーションなら持ち合わせがある。飲むと良い」

……いや、これは偶然ですよね？　この確認方法はさすがにどうかと思う。

「ん！　この味は間違いないよ！　アルバートさんのポーションだ！　この少しスパイスが効いていて、眠気覚ましの効果がある味！　アルバート印で間違いないよ！」

「そ、そうなんですか……？　私はわからなくて……」

ゲーム時代のポーションの味なんて、さすがに分からんです。

ただ、貰《もら》えるポーションは通常の物よりも回復効果が高かったと記憶している。

……商魂たくましいどこぞの豚ちゃんが転売していたのを思い出した。

「アルバートだと？　なぜ、その名前を」

「失礼ですが、貴女のお名前は……？」

「レティシア・シグルト・アルバート。私の家名《かめい》を知る貴女こそ何者だ」

「リュエだよ。さっきから言ってるけど、私はこの家に住んでいたんだってば」

するとレティシア嬢は何やら古い手記を取り出し、熱心に捲《めく》り出す。

随分《ずいぶん》と年季が入っているが、何が書かれているのだろうか。

「……毎日しっかりポーションを貰いに来る聖騎士……リュエ、だと？」

「あ、そうそう！　私が聖騎士のリュエだよ。信じてくれたかい？」

そう言いながら、リュエが自信満々に聖騎士装備を身に付け剣を構えて見せる。

本当ここに来てから随分楽しそうだなぁリュエ……。

「アイテムボックス⁉　本当に古の民か！」

「あ、これ見せた方が早かったかな。信じてくれたよね？　君は、アルバートさんの孫の孫の孫の……末裔《まつえい》って事でいいのかな？」

ようやく信じるに足る証拠を得たのか、彼女は呆《ほう》けた様子でこちらを見つめる。

まぁ鎧姿なのでどんな表情かは分かりませんが。

「ほ、本当にこの屋敷の主《あるじ》……なのか？」

「正確には仲間全員の屋敷になるのかな。そうか……代々守って来てくれたのか」

彼女がゴブリンと戦えたのにも合点がいく。

アルバートこと守衛ＮＰＣは、大樹から魔物が溢《あふ》れてくるという定期的なイベントで、戦闘のサポートも行ってくれる戦えるNPCなのだ。

　ならばその末裔である彼女も、他の住人とは違い戦う力を持っていたのだろう。

「なんと……なんという良き日か……一族の悲願が、ついに果たされたというのか！」

「うんうん、たぶんそうだよ！　ありがとうね、ずっと留守番をしてくれて」

「いえ！　鍛錬《たんれん》の為《ため》という意味合いもありました。感謝されるなど畏《おそ》れ多い」

「それでも助かったよ。もしかすればここも魔物に荒らされていたかもしれないんだ。君や君のご先祖様には感謝しないといけない。これまで、本当にありがとう」

　そう告《つ》げると、相変わらず表情は見えないが、身を震わせ勢い良く駆けだした。

「私はこれからもこの場所に来ても良いでしょうか！　私の生きがいだったのです！今日は、この事を家の者に伝えてきますが、また明日も来ても良いでしょうか！」

「もちろんだよー！　くれぐれも気を付けるんだよー！　魔物に注意してねー！」

「はい！　では、また明日！」

　そうして、集まって来たゴブリンを吹き飛ばしながら走り去って行ったのだった。

　……そうだよなぁ。NPCって不死属性がついていたり、物凄《ものすご》くHPが高かったり、その辺のプレイヤーより強かったからなぁ……。

「と、いうわけだったのさ。よかったね、アルバートさんは孤独なんかじゃなかったんだ。あんな元気な子孫が残ってるくらいだもん」

「凄く勢いのある人でしたね……でも、何代にも亘《わた》り守ってくれていたんですね……」

「ああ……って、もっと話を聞けばよかった。明日詳しい話を聞いてみないと」

ともあれ、記憶に残ったままの屋敷の扉を、ゆっくりと開き中へと入るのだった。


屋敷の中は、長い間人の手が入っていなかった時特有の、埃《ほこり》っぽい臭いなどもせず、ただ主が帰宅したのを迎えるような、普通の香りがした。

この屋敷だけ老朽化《ろうきゅうか》も破壊もされずに残っていた事から、なんらかの力により時間を止められていたのかもしれない。例えば、俺達だけこの世界に残されたように。

屋敷と言っても一般的な貴族の豪邸《ごうてい》とは違う。あくまで外観がそれなだけであり、内装はゲーム時代のまま、即《すなわ》ちあくまで利便性に特化している物だった。

扉を開けて最初に待ち受けているのは玄関ホールではなくただのサロン。メンバーの談話室であり、その光景に思わずレイスが呆気《あっけ》にとられる程だ。

「不思議なお屋敷ですね……見た事の無い調度品……神隷期《しんれいき》の品々なのですか？」

「そうだねー。置いてある置物なんかは、私とかシュンとか、冒険に出た時に見つけた物だったりするんだ。ほら、あの赤いチョーチンっていう照明がぶらさがっているだろう？　あれはオインクがぶら下げたんだ。豚の絵柄が付いてるからーって」

「……実際に目にするとアンバランスってレベルじゃないな」

屋敷の中を見て回ると、チームメンバーどころか、それぞれのサブキャラクターの為の部屋まで用意されてあった。

アカウント毎《ごと》の部屋だったはずだが、この世界ではこういう形に変わっているのか。

「わ、私の名前までありますー……なんだか不思議な気分です」

「私の部屋はー……相変わらずベッドしかない！」

「たぶんレイスもそのはずだよ。これは俺が部屋をあまり触らなかった影響だと思う」

「そっかー……当時はあまり興味がなかったけど、今なら色々置いてみたいねー」

「そうですね。私は……この備え付けの棚に、本やお酒を並べたいです」

不思議な気分だ。だがいつかここで暮らせるようになったら、好きな風に自分達の部屋を飾り付けられたら、それはとても……とても素敵な事だ。

「さて……と。二人とも、少し待っていてくれないかい？　実は……さっき種を植えた時、気になるメッセージがメニュー画面に出たんだ。少し、試してみる」

「うん？　私はとくに何も出ていないけど……」

「私も何も出ていませんね」

「『チーム』っていう項目の文字が灰色から白に変わっていないかい？」

「あ！　本当だ変わってる！　……凄い！　みんながどこにいるか分かる！」

「まぁ……こんな便利な機能があるんですか？」

「それだけじゃないんだ。もしかしたら……手紙をまた、送れるようになっているかもしれないんだ。ちょっと試すから、二人は何もせずに待っていてくれないかい？」

もしメールを送れるのなら。それどころか、もし『テレポ』を発動出来るのなら。

この場に……皆を集める事も出来るのではないだろうか。

From：Kaivon
To：Oink, Daria, Syun, El, Gu-Nya
件名：至急確認されたし
チームコマンドが復活した可能性あり。
テレポでホーム帰還が可能か試してみてくれ。

全員に同じ内容のメールを送信する。

『テレポ』という魔法は、自分の現在位置からホーム、すなわちこの屋敷に瞬間的に転移する事が出来るチーム所属メンバー専用の魔法だ。

自分が元いた場所にも転送開始地点としてのマーカーが残るので、当然屋敷から戻る事も可能なのだが、これには他の使い道もある。

例えば俺がエンドレシアからホームに移動する。そしてオインクがセミフィナルからホームに移動したとする。すると、お互いの使用したテレポの痕跡を使う事により、ホームを経由してオインクがエンドレシアに移動するという事も出来るのだ。

　自由に行先を決められる魔法ではないが、短時間であちこちに移動可能となる。

　この仕様を使い、俺はグランディアシードのサービス終了間際に、全《すべ》てのレイドボスである各地の七星を倒したという訳だな。ボス前マラソンありです。

「……これで、どうなるか……」

「カイくん、どうしたの恐《こわ》い顔して」

「実は……テレポが使えないか実験中」

「テレポってなんだい？」

「え？　リユエ、知らないのかい？」

まさか、これはプレイヤー限定の記憶、知識なのだろうか。

だが、さっきのシステムメッセージでは使用可能とあったはずだ。

それから数分。メニュー画面から久しぶりにメールの着信音が鳴る。

それも四回連続で。なんともタイミングが良い。

From : Oink
To : Kaivon

件名：出てきなさい
（、・ω・、）メールが来るという事は今近くにいるのね⁉　どこです出てきなさい！

From：Daria
To：Kaivon
件名：どういう事なのか
メールが使える事は知っていましたが、まさかこれは遠距離で送信されているのでしょうか。

From：Syun
To：Kaivon
件名：同上
同上。今ダリアとジュリアと飯食ってる。コーラのレシピ残していったのマジグッジョブ。

From：El
To：Kaivon

件名：どういうこと⁉

嘘《うそ》⁉　メール機能って生きてるの⁉　私今まで一度も使えなかったんだけど！

返って来たメールの内容に思わず苦笑いを浮かべる。だが……ぐーにゃからは返ってこない。お前は……やはり死んだのか？

「第一段階成功。あとはこっちに来られるかどうかだな……」

「メ、メールが送れたのかい⁉　わ、私も使っていい⁉」

「もうちょっと、もうちょっとだけ待ってくれリュエ」

「むう……」

恐らく皆忙しいのだろう。すぐに自由に抜け出せるとは思っていない。ならば、もう少しこの屋敷で時間を潰《つぶ》そうと思ったその時だった。

階下にある談話室から、大きな声が聞こえてきた。

「うっわ！　滅茶苦茶懐かしい！　本当に来られちゃったんだけど！」

「え⁉　エルの声だ！」

「エルさん⁉　どうして⁉」

「……はは、成功しちまったよ」

急ぎ階段を駆け下りると、ドレス姿のエルが驚く程の……アホ面というか、口をあんぐりと開けた状態で談話室を駆けまわっていた。

「エル！　どうやってここに来たんだい⁉」

「あ、リュエっち。ねぇこれどういう事なの⁉　なんかメールも出来ちゃうし、ここに来られちゃうし！　なに、カイさん本当にファストリアに来られちゃったの⁉」

「ははは……その恰好《かっこう》から察するに、そっちは無事に国に戻れたんだな」

「あ、うん。今日は来客があって……って、それよりどういう事か説明してよ！」

混乱気味のエルに、別れてからここに至るまでの出来事を簡潔《かんけつ》に説明する。

俺が見つけたグランディアシードというアイテム。それを植えた事による効果。

それら全てを話し終えると、エルはソファに腰かけながら頭を抱える。

「ごめん理解が追い付かない……これは世界があるべき姿に戻りつつあるって事？」

「そうかもな。もしかしたらこの大陸、世界も元通りになるんだろうか」

「ちょっとこれは一大事よ……戦争が終わったと思ったら今度はこれなんて」

「ところで抜け出してきてよかったのか？　国についての面談か何かじゃないのか？」

「そ。けどまぁ今日はもうおしまい。いつものように塔に引きこもっていたところよ」

「なるほど。ちなみに同じ内容のメールを他のみんなにも送ったから、来るかもな」

それを告げると、三人同時に『本当に⁉』と喜びの声をあげたのが面白い。

そして三人で『急いで準備しないと』とお茶やお菓子を用意するのだった。

「ねぇ、ちょっと外見に行ってもいい？　街がどうなっているのか見たいんだけど」

「さっきも説明したが、酷《ひど》い有《あ》り様《さま》だぞ？　魔物も徘徊してるしLv1じゃ危ないぞ」

「うーん、それもそっか。あーあ、やっぱり少しは鍛えておいた方がよかったかなー」

「みんなが揃《そろ》ったらパワーレベリングでもするか？　ここ、かなり強い魔物が徘徊してる。豚ちゃんなら経験値アップ効果のある装備も持っているだろうし、頼ると良い」

「それもそうね。ふふ、楽しみね。みんな実際に見るとどんな感じなんだろう」

エルは、俺達と出会うまではずっと一人だった。

オインクにも、ダリアにも、シュンとも会う事なく過ごして来たのだ。

リュエやレイスと同じく、こいつも孤独だったのかもしれないな。

「ふぁぁ……ちょっと部屋で仮眠とっても良い？　今日は朝から忙しくって……」

「お部屋でしたら案内しますよ。二階です」

「うん、ありがとレイス。本当、お屋敷がこんなに広くって驚きよ」

「ああ、少し横になってな。みんながもし来たら起こすから」

「お願いね。さーて……どんな部屋にしていたかしらね？　もう覚えていないわー」

彼女を見送り、しみじみと思う。懐かしい、と。戻って来たのだな、と。

「驚きです……遠い場所にいる人が一瞬で現れるなんて」

「さっきも説明した通り色々条件があるんだけれどね。ただ、少なくとも今の段階だとオインクやシュン達がいる大陸にも一瞬で行けるって事になるのかな」

「でもエンドレシアには行けないって事だよね？　私の家がどうなっているか、そのうち様子を見に行かなきゃだよね……」

「全部終わったら、一度あの森に戻ろうか」

「うん、そうだね。レイスにも案内したいんだ、私のいた森を」

「ええ、是非。全部が終わったその時は必ず」

あそこに三人で戻るというのは、確かに楽しみだな。

和やかな空気に包まれ気持ちが安らいでいたその時、遠慮がちに声をかけられた。

「良い雰囲気のところ申し訳ないが……無事に来られたぞ、カイヴォン」

「うお！　シュンか！　一人なのか？」

「ああ。ダリアは夜まで時間がとれないから確認もかねて俺だけ。検証もしてみたんだが、ジュリアにはテレポのゲートが見えなかったようだ。メンバー限定みたいだな」

「相変わらず抜かりがないな。じゃあ……今の状況を説明するから聞いてくれ」

シュンが、若干気まずそうな顔で入り口前に立っていたのだった。

「シュン！　凄い、サーディスからも来られるんだね！」

「そういう事だ。三人とも元気そうでなによりだ。話は大体分かったが……これはどう見るべきか。今の状況、まるでお膳立《ぜんだ》てされたような流れに思えるんだが」

「だよな。消えた大樹とグランディアシード。そしてこのタイミングで俺達が揃う条件が整う……なにかしらの意図があるように俺も思っていたんだ」

考察班というか、何か新しい要素が出るたびに攻略に力を割いていたシュンが加わる事により、現状を更に冷静に見る事が出来る。

そう、シュンの言う通り今の状況は出来すぎているというよりも、まるで大きな流れの一部のように思えてくるのだ。

「お前の話の通りなら残る七星は一体。そして天変地異《てんぺんちい》が起きて隔離された俺達の世界が最後の大陸で、神界《しんかい》に辿《たど》り着く為の唯一の道が失われている。そして、その手がかりに触れた結果……世界の鎖が解かれ、チーム機能が復活。これはもう――」

「何者かが、言っているのでしょうね。私達に全ての決着を付けろと。まぁ、途中から聞いただけですのでお話は分かりませんが。こんにちは、皆さん」

「っ！　ああ、お前か……やっぱり見慣れないな、オインク」

シュンの考察を補強するように口を出したのは、またしてもいつの間にか現れていた我らが豚ちゃん、オインクだった。

その姿を見た瞬間、リュエが勢いよくオインクに抱き着いた。

「オインクだ！」

「おっとっと……ふふふ、お久しぶりです、リュエ」

「ふふ、違うよオインク。私がギュッってしたらおほーって言わなきゃ」

「そうでしたね。おほーっ！」

「オインク。こうして会うのは久しぶりだな。色々大変だっただろ」

「ええ、お久しぶりですぼんぼん。私にも最初から説明して頂けますか？」

どうせならばと、今回の事だけでなく、全てを話す。

オインクと別れ、セミフィナル大陸を旅立ってから、今に至るまでの物語を。

「エルが今、二階で眠っているんですね……会うのが楽しみです」

「ああそうだ、ダリアがまだ来ていないが、先に起こしてくるか？」

「いえ、彼女も今とても大変な時期なのでしょう。もう少し眠らせてあげてください」

「カイヴォン。この屋敷の訓練場は生きているのか？　後で手合わせを頼みたい」

「ああ、それはいいな。全員が揃ったら、現在の戦力確認もしておきたいな」

「なんだか夢みたいだよ。みんながこの家に集まっているなんて……」

かつての拠点に、続々と仲間達が集結する。

それはきっとこの先で、俺達が何かに立ち向かわねばならないからなのだろう。

……昔とは真逆だ。単独で七星に挑んで回り、一人で神を討った、あの時とは。

「……いよいよ、なんだろうな」

「ああ。その前にカイヴォン、一つ尋《たず》ねたいんだが……ぐーにゃとは連絡が取れたか？」

「あ、それです。彼はどうなったのです？」

「それがアイツだけチームコマンドで居場所を確認出来ないんだ。もしかしたら……」

居場所が表示されない最後の一人。

考えられるのは既に死んでいるか、まだこの世界に来ていないかのどちらか。

少なくとも、アイツにはサブキャラが存在しない。エルのように一時的にこの世界から消えているという事もないはずだ。

それを告げると、やはりオインクは悲しげに表情を歪《ゆが》める。

「残念、ですね。皆が揃うという意味でも……戦力的な意味でも」

「そうだな。あいつがいれば、装備面での心配も消えたんだが」

「幸いこっちには豚ちゃんがいる。どうせありえない量を貯《た》めこんでいるんだろ？」

「ええ、まぁそれなりには」

「さらに朗報《ろうほう》だ。街の中の雑魚モンスターが結構いい装備をドロップしたぞ」

「ほう、そいつはでかいな。なら闘技場はどうだ？　あそこにも何かありそうだが」

「なるほど。そうだな、全員が揃ったら今後の活動について方針を決めた方が良さそうだ。まぁ、ダリアはまだ暫《しばら》く掛かるんだろ？　シュン」

懐かしい。チームのみでレイド戦に挑む時や、対抗戦に挑む前のような空気だ。

戦力的な心配は……もう、なくなったと見てもよさそうだ。

そうして、今しばらく互いの近況報告やある程度の戦力確認を終え、日が落ち始めた頃《ころ》。ついに最後の一人、ダリアが現れたのだった。

「これは……本当に全員が揃っている、という事なのでしょうか」

「遅かったなダリア。俺は先に来させてもらっているが、ジュリアはどうしてる？」

「彼女なら貴方《あなた》が消えたまま戻らないと、血相《けっそう》を変えて私のところに来ましたよ」

「うっ……そうか、そうだよな」

相変わらずの聖女だ。そして――ある意味では、オインクとの因縁《いんねん》もある人間。

オインクの願いをかつて切り捨てたのは『ヒサシ』はなく、今のダリアなのだから。

かつて、変わってしまう自分の代わりに、ヒサシとしての人格を作ったダリア。

そして……頼みを断れないヒサシに代わり、オインクを切り捨てる選択をした。

「……お久しぶりです、オインク」

「ダリア……随分と、お変わりになられた……というべきでしょうか」

「ええと……オインク、俺からも説明すると――」

「いえ、カイヴォン。これは私が話すべき事ですから」

するとダリアに止められ、彼女は自分の口から、変わっていった己と、自分で生み出

したかつての己、ヒサシの人格について語るのだった。

「私は自分の意思で貴女を拒絶した。それは本当に申し訳なく思います。ですが……それを間違いだと言う事は出来ません。ただ……貴女の気持ちを考えるべきでした」

「私も、今では立場ある身。今なら十二分に理解出来ます。いかに自分が軽率だったかを。貴女を、随分と悩ませる結果になってしまったみたいですね、ダリア」

ダリアの小さな手を、オインクがそっと手に取る。

分かり合えて当然だ。お前達は、本質的に似た者同士。仲間の事を誰よりも思い、そして互いに立場ある身。一番の理解者同士なのだから。

「さてと……そろそろエルを起こしてやらないと文句を言われそうだな。ちょっと起こしてくるから、みんなはそうだな……何か適当に食べたい物でも考えておいてくれ」

そうして、文字通り眠れるお姫様を起こしに二階へと向かうのだった。

……まさか、本当にこんな日が訪れるなんて、な。

「……ばーか。なんでここにいないんだよ、お前は」

本当、お前は馬鹿だよ……我らのチームマスターは。

§§§

ノックを三回、返事なし。ならば四回、しかし返事なし。

ダメもとで五回、やっぱり返事なし。

爆睡なのか、それとも外部の音を遮断《しゃだん》しているのか。

ドアノブに手を掛けると普通に扉が開いてしまった。

「凄いな……現実世界だとこういう部屋になるのか」

エルの部屋には、大量の写真が飾られていた。

所謂《いわゆる》ゲーム時代のスクリーンショット。それが本物の写真として飾られていた。

無論、何かの絵画。インテリアアイテムだろうが、そういう物も飾られている。

「ベッドも専用……まるでお姫様のベッド……って本当にお姫様だったな今は」

ネトゲで姫って言うと悪いイメージが先行するのだが、こいつは『姫プ』ではなかったな。このいかにも高そうな家具も、自分で稼いだ金で買ったはずだ。

『貴方のマイキャラをイラストにします。料金はキャラレベル×100万から』。

こんな謳《うた》い文句で、ゲーム内通貨をがっぽり稼いでいたのだ。

ちなみに……エロイラストの場合はレベル×1000万だったらしい。

その金で屋敷をどんどん改築し、俺達に報酬を支払い、あちこち護衛させていた。

まぁ、ある意味では我儘《わがまま》なお姫様みたいなものだったのか？

「エル、起きろ。もうみんな下で待ってるぞ、エル」

ベッドで眠る彼女は、とても……美しいというよりは、可愛《かわい》かった。

ふむ、無防備な。今度は手を伸ばし、肩をゆすってやる。

「起きろ、エル姫さんや。おーい」

「う……うん……カイさんじゃない……なに、夜這《よば》い？」

「ええいやめろやめろ！　ほら、起きなされ。全員下で待ってるぞ」

パジャマ代わりに着替えていたのか、ゲーム特有の無駄に露出度の高い水着姿のエルが腕を伸ばしてくるのだが、それをさっと回避する。

ふはは、Ｌｖ１の攻撃が当たるわけがないだろう！　ああくそ捕まりゃよかった。

「あー……寝ぼけてた。乙女の柔肌《やわはだ》見てないで向こう向いてて。今着替えるから」

「あいよ。なんでそんな水着持ってたんだよ」

「私、いろんな衣装を持たせておいたんだよね。よし着替えた。どう？　懐かしい？」

「お、初期服じゃないか。確かにエルって感じがするな。ほら、行くぞ一緒に」

「そうでしょう？　さ、じゃあ感動の再会といきますか」

エルを連れ階下に戻ると、集まった面々が何やら真剣な様子で話し込んでいた。

「ピザだ。人が集まったならピザとコーラに決まってる」

「そんな大学生みたいな……折角《せっかく》ぼんぼんが作るのならもっと凝った物にすべきです。そうですね……私はローストビーフを希望します。付け合わせに沢山の野菜を添えて」

「私もオインクの意見を指示します。カイさんの作るローストビーフは絶品です」

「私はそうだなぁ……シチューがいいなぁ。ここって少し肌寒いし、きっと温まるよ」

「それでしたら、辛い物なんてどうでしょう。彼は確か豆腐を持っています。ここは麻《マー》婆《ボー》豆腐《どうふ》をリクエストしたいのですが」

「普通の家庭料理のような物を再会のごちそうに選ぶのですか？　いえ、確かに彼の事です。本格的な中華料理にしてくれるのでしょうが……その、私は辛い物が……」

なんでそんなガチで食いたい物の議論してるんですかね。

「君ら揃いも揃ってなんでそんなに真剣なんだよ……ほら、エルを起こして来たぞ」

「や、おはようみんな……って、カイさん一人知らない人混じってるんだけど？」

すると、軽いノリで挨拶《あいさつ》をしたエルが慌てて耳打ちをしてくる。

「ああ、その黒髪美人はオインクだ。ダイエットに成功したんだそうだ」

「え、マジ？　オインクなの？」

エルの頭の中では、丸々太った豚ちゃんのままだったようです。

「エル！　お久しぶりです！　その姿は……確か３ｒｄキャラのエルでしたよね」

「うわ、喋《しゃべ》り方にも違和感が……随分美人になったわねーオインク。それに……よく覚えていたね？　そ、これは3ｒｄのエル。まぁ私は四人目なんだけど」

言われてみるとややこしい。必ずしも作った順番で世界に現れる訳ではないと。

「エル……久しぶりだな」

「シュンちゃん可愛い。ちょっとお姉ちゃんのとこおいで。膝《ひざ》の上に座らせたげる」

「おいやめろ。俺はこれでも五〇〇歳越えだ」

「なによー、すっかり大人な対応しちゃって」

「ふふふ。本当に久しぶりですね」

「ダリアだ。相変わらずちっちゃいけど、その話し方は……あれね？　きっと長い年月で雌堕《めすお》ちしたのね？　久しぶり、代わりに膝に座る？　私子供大好きなの」

無駄にテンションが高い。これは相当喜んでいると見える。

そして無駄に察しが良いというか、ダリアの変化を普通に受け入れておる。

そそくさと皆の集まるソファに座り、無理やりダリアを膝の上に乗せる。

非常に居心地が悪そうなダリアだが、無理に逃げようとは思っていないようだ。

「はぁ可愛い。本当にお久しぶりね、みんな。なんだかおいしそうな話をしていたけど、今夜何を食べるかって話なのかな？」

「ええ、そうです。私は是非《ぜひ》麻婆豆腐を食べたいのですが」

「それってカイさんが作るの？　ハードル上げない方いいわよ、カイさん泣いちゃう」

「おや？　エルはまだぼんぼんの料理を食べていないのですか？」

「うん。いや、そりゃあカイさんが料理得意っていうのはゲーム時代のチャットで知ってるけど、限度があるわよさすがに。なんだったら私も手伝うわよ？」

おっとー？　俺をその辺の『俺、料理出来ますよ』なんて言ってお洒落《しゃれ》だけど簡単なパスタを作って女に取り入ろうとしているチャラ男と一緒と思っているんですかね？

「エル。一応俺、元本職だぞ。なんでも作れるから期待しつつひれ伏すがいい」

「え？　嘘、本当？　なんでも作れるの？　じゃあ私無理難題言っちゃうよ？　バラちらし食べたいんだけど出来る？　ちらし寿司の仲間なんだけど」

「本当にいきなり容赦がない件について」

「おい待て。ピザにしろピザ。そこにオーブンが見える。絶対にピザにすべきだ。俺のアイテムボックスに最近出来たカフェのコーラのストックも大量にある」

「だから何故《なぜ》ザ・若者みたいなメニューなんですか……絶対ローストビーフです」

「お肉かー……なら、私はシチューーじゃなくて、ポークジンジャーでも良いかな！」

「そんなー！」

もはや収拾がつきそうにないので、勝手に作り始めますね。

麻婆豆腐にピザにシチュー、ローストビーフにバラちらしか。

ポークジンジャーもだったか？　なんともバラバラなラインナップだ。

「……今日くらい、全部作るか」

それら全てを同時進行で仕込みながら、この屋敷にある調理道具を確認していく。

凄いな、全部本格的な道具ばかりだし、そもそもがゲーム時代のオブジェクトみたいな物だった関係か、普通にどれもこれも現代的だ。というか何故談話室に台所が。

「ふぅ、ではそろそろまとめますよ！　まず、シュンのピザを却下します」

「な！　それは横暴だろう！」

「ピザなら明日以降でも良いではないですか。それこそ、お昼にどうです」

「……まぁ、確かに昼でも違和感のないメニューではあるが」

「でしょう？　次です。麻婆豆腐は、今回人数分豆腐があるか分からないので、一時見送りでどうでしょう。しっかり彼に準備期間を与えた方がいいのではないでしょうか」

「なるほど……確かに一般にはまだ出回っていない食材ですからね……」

「そしてエルの言うバラちらし。これは……お願いしても良いのではないでしょうか。私も含め、和食に飢えているのは皆も同じでしょう？　それにレイスが言うには、彼女達は最近、マグロに似た魚を手に入れたという話です」

「あ、そういえばそうだったね！　うーんカイくん達の国の料理は私も興味あるなぁ」

「私もその料理は知りませんが、マグロが使われているのなら是非食べてみたいです」

「そして、最後にローストビーフです。調理時間の大半をオーブンで焼くという性質上、こちらも並行して作る事が出来るのではないでしょうか。それに、これはシュンの持っているコーラともソース次第では相性がいいはずです」

「確かに肉とコーラはアリだな」

「では、今回はバラちらしとローストビーフ。この二つで異論ありませんね？」

「しかし、なんだかんだで自分の要求を通すあたり、策士だなオインク」

「ね。さすが我らが参謀《さんぼう》」

なんか後ろから凄い真面目《まじめ》なやり取りが聞こえてくるんですが。

悪いな、既にマグロは漬け込み作業に入っているし、ピザ生地は発酵中だし、ローストビーフはオーブンの中だし、豆腐もばっちり人数分確保してある。

それにシチューだってホワイトソースはストックがあったりするのだ。

代表としてオインクがやって来た時には、もう既に全て出来上がりを待つだけだと告げた結果、真面目に意見をまとめたオインクが『そんなー』してましたとさ。

§§§

「えー……ここまで来ると女としての自信が打ち砕かれるというかなんというか、ここまで作れちゃう物なの？　元本職って言ったって、和洋折衷《わようせっちゅう》どころの話じゃないわよ」

「うまい……うまい……散々肉は食ったが、やっぱりコーラに合う味ってのは同じ日本人じゃないと無理だ。この濃い味はいいな、ハンバーガーに似た味だ」

「この赤いオトウフも美味《おい》しいです。辛みはありますが、ここまで美味しくなるなんて」

「本当ですね、お願いしてよかった」

「ぼんぼん、このローストビーフの隣にある白っぽいお肉……やっぱり……？」

「オインク、これ豚だよ！　ジンジャーソースをかけたらポークジンジャー！」

「どぼじでぞういうごどずるのおおおおお」

「これがバラちらし……マグロに味が染み込んで、ビネガーの酸味をまとったライスとの相性が……これは、私の好物になってしまいそうです」

好評でした。いやぁ頑張った甲斐《かい》があるってもんです。

テーブルに所狭しと並べられた料理の数々が、皆の口に消えていく。

「ん？　ねぇカイさん、この乗ってる魚ってマグロとブリと……これ、タイよね？」

「タイの仲間だと思う。正式な名前はまだ勉強してないが、同じみたいなものだろ？」

「そうだと思うんだけど……このタイだけ他の魚と味付け違うよね？　なんで？」

「エル、お前さん昔ゲームで出身地の話しただろ、地酒の話題で。その時愛媛《えひめ》だって聞いたから、鯛めし風の味付けにしたんだよ、卵黄とゴマと醤油《しょうゆ》ダレで」

「……本当にさぁ、なんで人の地元の郷土料理とかナチュラルに交ぜてくるかな？　こんなの惚《ほ》れちゃうじゃない、私と結婚してよ。メイルラント帝国の皇帝になれるわよ」

「はっはっはっは、そいつは辞退しておく」

お前冗談でもそういう迂闊《うかつ》な事言うなよ。隣のオインクの表情が固まってるぞ。

そしてレイスのフォークを握る手に力が入ってるぞ。

「だ、だったら私のところの料理は……なんだろう、分からないや」

「リュエは後でパンアイス作ってあげるからなー」

「やった！」

「わ、私は……どうしましょう、代表的な料理が思い当たりません……」

「ぼんぼん、私は千葉出身です。期待しておきます」

「あのネズミの耳でも齧《かじ》ってなさい」

「そんなー！」

「今度な、今度。太巻きでも作ってやる」

「え？　あれって郷土料理なんですか？」

メジャーすぎる料理が郷土料理だと、作る側も少々とっつきにくかったりします。

「カイさん、今度作る時は酢飯をミカンジュースで作って頂戴《ちょうだい》。知ってる？」

「知ってるぞ、小学校の給食でミカンご飯っていうのがあるんだろ？」

「そう！　よく知ってたわねぇ」

「……うまいのか？　それ。俺は遠慮したいな。カイヴォン、そんな恐い物よりピザだピザ。出来ればゴルゴンゾーラとハチミツの甘いピザを頼む」

「なんですシュン、そんなお洒落で女子力の高い物を頼むつもりだったんですか？」

夢のような光景だった。かつての仲間と今の仲間が一堂に会し、共に笑い食卓を囲む。それは、かつてオインクが抱いた夢と、同じ物なのではないだろうか。

まぁ一人足りないのだが……そこは、仕方ないだろう。

「さて……食いながらで良いから聞いてくれないか。これからの方針について」

「んぐ……ああ、そうだな。だがその前に今一度、これまでの話を皆の前でしてくれないか？　全員で聞けば、何か気になる部分も出てくるかもしれない」

「あ、賛成！　カイさん話してよ、この世界に来てから今日までの事。なんだか話を聞く限りじゃ龍神《りゅうじん》っていうのも倒しているっていうし、全部教えて欲しいな」

「全部って……俺がこの世界に来てからの二年近くを全部か？」

「そ。って……改めて考えると激動ってレベルじゃないわよね。私はまぁ飛び飛びだけどそれでも一〇〇年以上はこの世界で生きてきて、正直ほぼほぼ平穏だったし」

「確かにな。俺とダリアなんて五〇〇年だ。まぁそれなりに厳しい日々だったと自負しているが、確かに密度で言えばお前は少々異常だな。俺も、最初から聞いてみたい」

……そうだ。期間で言えば、俺は極々僅《ごくごくわず》かな時間しか経《た》っていないのだ。

「そうだな……じゃあ、話そうか。俺達が最後の瞬間、あのグダグダなカウントダウンでサービス終了を迎えた瞬間から……今日この場所に至るまで、その物語を」

§§§

「俺は、気が付くとある森の中で倒れていたんだ。針葉樹って言うのかね、どこかスギっぽい木に囲まれていて、季節もさっきまで夏真っ盛りだったはずなのに、少しだけ肌寒い感じがして。確かこっちの世界では秋の中頃だったはずだ」

目覚め。そしてその状況を夢だと断じ、あてもなく森を彷徨《さまよ》い、そして見た事も無い巨大な蛇の魔物に遭遇した。

そして……俺に救いの手をさし伸べてくれた、リュエとの出会い。

夢だと思った。自分の分身である彼女が、意思を持ち、語り、生きている状況を。

そこで暮らした一年間は、紛れもなく俺の大切な思い出だった。

「なるほど。それが、リュエがカイさんの『先生』たる所以《ゆえん》、なんですね」

「懐かしいねー。カイくんって実は凄い魔術師の才能があるんだ」

それから一年。世界の基本的な知識や、森を抜ける為の知識。それに教わっていた魔術も十分に備わったと判断した俺は、森を出る事を決意し、その意思をリュエに伝えた。

今になって思えば、彼女が俺の強さ、異質さに気が付いていない訳がない。

つまり、俺はかなり早い段階で森を抜ける事が出来ると、彼女は知っていたはず。

それでも俺を住まわせていたのは……一緒にいたかったから……なのだろうな。

『外の世界へ共に行こう』その提案を断られ、そして彼女が抱えていた強大すぎる苦しみ、苦悩、存在を知った。

そして俺はその存在をどんなモノなのかも知らずに、ただ憎いと、大切な彼女を縛り付ける存在をこの世から消してやるという一念のみで、打ち倒した。

「……今考えても、私達の国が、かつてのエルフ達がした事は……とても酷く、非道な行いだと思います。そして……私達はその元凶《げんきょう》とも呼べるエルフと、共にいたのですね」

「俺も……もし同じ状況なら、きっとカイヴォンと同じ選択をしただろうな……」

「そんな顔すんなよ。こうして今、二人は俺と共にいる。それで十分だろ？」

「そうだよ。それに……お陰で私はカイくんと出会えたんだから」

森を抜け、ソルトディッシュの町で辺境伯《へんきょうはく》の三男坊にリュエが付きまとわれた事件。

次の町、マインズバレーで冒険者として登録し、そこで七星の詳しい話を知った事。

「ところで、結局あのバカ貴族の三男坊というか、辺境伯はどうなったんだ？」

「辺境伯の爵位《しゃくい》を没収《ぼっしゅう》。今は塩商人として息子共々地道に活動していますよ」

「なるほどな。中々逞《たくま》しいな、貴族ってのは」

そして、マインズバレーでの魔物の氾濫《はんらん》。

今思えば、あれは坑道のダンジョン化の兆候だったのかもしれない。

あの場所は……恐らくヨロキのなんらかの計画に関係があったのだろう。

解放者の育成。あの町にはレン君がいたのだから。

事件を解決した後……俺はこの世界に俺以外のプレイヤーが残っている事を知る。

「今思えば、オインクは神隷期……いや、創世期の人間を探していたんだな」

「ええ。神隷期の人間、プレイヤーを探すのなら、創世期から今に至るまで生きている人間を見つける事が出来れば、情報も入って来ると考えていたのです。これまでそういう人間を何人か見てきましたが、あれはきっと大昔にファストリアから逃れた人の末裔。強い力を持ち長い寿命を持つ存在は、古の民の血を色濃く継いでいたのでしょう」

「そうだろうな。それで俺はオインクと出会った事で、間接的にダリア、シュン。お前達二人もこの世界にいる事を知った。そして……エルフ達が国を興している事も」

「……ある意味では、貴方の旅の目的を決定した出来事だったのですよね」

「結果論だが、お陰で俺達の国は大きく変わったよ。感謝するぞ、オインク」

そうして、他の貴族や商人とのいざこざ、そして解放者であるレン君との衝突を経て、俺は次なる大陸、セミフィナルへと渡ったのだ。

「とまぁ、エンドレシアでの俺の歩みはこんなところだな」

「最初に倒したのが龍神ってのもなんだかおかしな話だな。よく、倒せたな？」

「幸い、対ドラゴン用のアビリティも沢山持っていたし、例のコンボも使える」

「ああ、『追月《おいづき》』を使ったコンボか。なるほど……それなら一撃でも倒せるか」

「この世界に仕様上の制限はないような物だ。これが上手《うま》くいったのなら、他にも何か最終兵器になるような攻撃手段だってあるかもしれない。俺は大事な人達を救う為ならどんな手段でも使うつもりだ。一撃で倒せるなら……迷わずその方法を選ぶさ」

そう。かつて、フェンネルを殺す為だけに『天断《てんだん》〝降魔《こうま》〟』を設置していたように。

確実に仕留められる手段は、必ず用意するべきなのだ。

「さて……じゃあ次はセミフィナルに移動してからの話だな」

「あ……私の話、ですね？」

「そうだね。俺とリュエは、オインクと別れてセミフィナル大陸に渡ったんだけど、その港町のギルドに挨拶に向かったら、ある人と出会ったんだ」

港町のギルド支部で、俺は大陸の北方を治める領主、ブック・ウェルド氏と出会った。

そこで彼の歓待を受けるべく、夜の町と名高いウィングレストへと招かれたのだ。

そして彼は、俺とリュエを高級クラブ『プロミスメイデン』へと招いたのだった。

「『プロミスメイデン』議員や領主、海外の要人の接待にも使われる、上流階級では知らぬ者はいないと言われている場所です。私も何度か手配した事がありましたね」

「プロミスメイデン……それってあれじゃない？　高級アンティークの為に物凄いお金かけてるお店じゃないっけ？　私の国、セカンダリア大陸にもその名前は届いているわよ？　芸術の町スフィアガーデンの家具工房のパトロンの一人だったはずね。そこは売り上げの一部を孤児院に回してる事で有名なんだけど、きっとそのクラブのオーナーもそれを知っていたのかしらね？　毎月物凄い金額が投資されていたらしいわ」

おっと、それは初耳だ。

あの店の料金の高さは俺も知っていたが、まさかそんな遠くまで流れていたとは。

「しかしカイさんって凄くない？　そんなお店に接待で通されたんでしょ？　どうどう、やっぱり一晩だけの間違いとか……ちょっと話せないイベントとかなかったの？」

「そういうのとは無縁《むえん》の格式高い上品なお店なんだよ。けど極上の時間を過ごせたね」

その店のオーナーである、グランドマザーと呼ばれている人物との邂逅《かいこう》。

夜の町における影の女帝。様々な勢力がしのぎを削る世界で、力の均衡を保っていた存在。そんな人物に俺は自分の相手を、一緒にお酒を飲まないかと誘いをかけたのだ。

「命知らずすぎない？　大丈夫？　裏から黒服こなかった？　切り落とされなかった？」

「お前はマフィア映画の見すぎだエル。そんな事あるわけないだろ？　まぁ俺もそんな人だとは知らずに声をかけて、慌てて領主のウェルドさんに止められたけど」

さて、この会話の最中、ずっと顔をうつむけて耳まで真っ赤にして大人しくしている人物がいます。そう、そのグランドマザー本人であるレイスだ。

俺はその夜の町で暗躍《あんやく》する人物、そしてそれらを操っていた黒幕の話をする。

そして……彼女が何故自分の姿を偽ってまで一ヵ所に留《とど》まっていたのかも。

待っていたのだ。マザー……レイスは、いつか自分を迎えに来てくれる誰かを。

かつて共有倉庫を通じて様々な品を送っていた人物。

記憶の無い自分を支えていたおぼろげな物。それを与えてくれた……誰かを。

倉庫の話題が出たところで、ようやくエルはこれがレイスの話だと気が付いた。

「えええええ！　私余計な事言わなかった⁉　そしてありがとう！　あの多額の融資、金で一部は私の国にも入っていたんだけど……正直、凄く助かってました……」

「い、いえいえ……これはちょっと恥ずかしいですね……」

気が付けば、テーブルの上にある料理がほとんど消えていた。

そうして俺は、その後の話を続けていき、第二の解放者、ナオ君との出会いから……レイスを狙《ねら》っていた存在、アーカムの話を終わらせた。

「もしかしたら、古の民があちこちの国を立ち上げたのかもな。王家にはそういう血が濃く流れている可能性がある。なにせ『王伝《おうでん》』なんて言葉もあるんだ。王伝魔導、王伝剣術って。それはいずれも神隷期の奥義クラスの技だったんだ」

「そうですね……そうなると、人によって術や技の扱える幅に差があるのも納得です。あれは……どれだけ血を引き継いでいるのかによるのでしょう」

「そういう意味じゃ、アーカムは物凄い強く血を引いていたんだろうな」

やがて、セミフィナルの首都であるサイエスで、大きな転機を迎えた。

かつての解放者イグゾウ・ヨシダ氏との出会いと、レイニー・リネアリスとの邂逅。

そして七星プレシード・ドラゴンとの戦い。

「死後も世界に留まる……それこそ大地の地脈、奥底で待っていた可能性がありますね。それにそのレイニー・リネアリスという存在は、少なくともその地脈、精神世界のような場所を自由に移動できる。かつて、私がサーズガルドの大陸に術式を刻んでいる時にも、一瞬だけでしたが会話をする事がありました」

「……ガイア理論的に言えば、そのレイニー・リネアリスっていうのは……世界意思の化身かなにかじゃないのか？　詳しくは俺も知らんが、カイヴォンはどうだ？」

「俺達が使っているメニュー画面に表示される文章こそが世界の意思だと思っている。そして、レイニーはそこに介入《かいにゅう》出来た唯一の存在なんだ、俺の知る限りじゃ」

「なるほど……じゃあ、この線は濃厚って事でいいか」

そして俺は世界の秘密の片鱗《へんりん》を知る。旧世界と呼ばれる時代と、この世界を今も手中に収めようとしている何者かの存在を。そしてそれは、メニュー画面にも現れていた。解放者達に与えられた『※※※※※の使徒《しと》』という称号として。

　そして七星を倒し、様々な出会いと別れを経験し、セミフィナル大陸を旅立った。

「一番思い出深い大陸でもある。俺にとって、あまりにも大きな事が起こりすぎた」

レイスとの出会い。そして……彼女を一時とはいえ、手にかけてしまった事。

世界の秘密の片鱗を知った事。そして……自分の歪《いびつ》さ、狂える本能に直面した事。

そして最後に……オインクとレストランで過ごし、そこで語られた彼女の思い。

「本当に……濃い旅路を歩んできたんだな、カイヴォンは。タフだよお前は本当」

「あの、今現在もセミフィナル大陸にいるオインクさんに聞きたいのですが……ウィングレストの町が今どうなっているのかは分かりませんか？」

「知っていますよ。今は、町の代表としてエルスペルさんが、次期議員に立候補すべく精力的に動いています。働く女性の支援、政界の場にももっと一般女性の意見を、という理念を掲げています。ちなみに、それを支援しているのはイル・ヨシダですよ」

「まぁ……あの子ったら随分と……すみません、娘にはよく目を光らせてください」

「ふふ、そうですね。それと姉のイクスさんは、先日まで錬金術ギルドの方に冒険者ギルドから派遣された研究者、という形で働いていてくれたのですが、今は長期休暇を取って大陸中を見て回っているそうですよ。その後はアルヴィースの街にまた戻ると言っていました。現在、ギルド主導で親をなくした子供の為の施設を設立するという提案もなされているのですが、彼女にもその計画に関《かか》わってもらえたら、と」

「それは素敵な考えだと思います。孤児院は今も点在しますが、善良な人間による物とは限りません……私も騙《だま》され売られそうになった子供を何人も引き取ってきました」

「オインク、その話俺も一枚嚙《か》ませてくれ。監査、討伐、なんでもいい。子供は利益や欲望の対象にすべきじゃない。今の俺はダリアと違い融通が利く、考えておいてくれ」

「お前……ジュリアが戻ってから随分と子供好きになったんだな」

「まぁ、な。俺達の国は……いや、俺は不幸になる子供を見て見ぬふりをしていた罪人だ。だから償いという訳ではないが……少しでも幸福な子供を増やしたいんだ」

「なんだかんだで、みんな凄く立派な考えを持って動いているのね。正直、私なんて今になってようやく動き出した身だし、なんだか恥ずかしいわ」

「そんな事言ったら俺なんてただの放浪魔王だが？」

「その放浪で世界を救ってるんだから、説得力ないわよ」

「ははは……さて、一回休憩挟むぞ。テーブルの上を片付けたい」

「あ、お手伝いします」

「そうね。実はさっき良い物を見つけたの。食後のティータイムとしましょう」

本当に長い昔話になってしまった。なんて苦笑いを浮かべながら食器を片付ける。

§§§

「ふぅ、あらかた片付いたか。ほらシュン、いつまでコーラ飲んでんだ」

「まだピザが余っているからな。これくらい良いだろ」

テーブルの上を片付け話の続きをすべく席につくと、エルが自分のアイテムボックスから何かを取り出しテーブルに並べだした。

「さっき使えるようになっていた共有倉庫見たらさ、ゲーム時代のコラボアイテムとかいっぱい入っていたのよね。はい、これでもつまみながらお茶にしよう？」

「以前ミササギで購入した茶葉がありましたので淹《い》れてきましたよ」

「ぽんぽんミササギに行ったのですか？　私も一度行ってみたいと思っていた街なんですよね。茶葉の名産地で知られているのですが……紅茶への加工もしていたんですか」

　今度はティーセットが並べられるテーブル。そして、エルが取り出したのは、ゲーム時代に他企業とコラボして実装されたアイテムだった。

　……なんだっけ？　どこかのお菓子だったたと思うのだが思い出せない。

　戦闘以外のアイテムとかコラボとか興味なかったからなぁ。

「これは……なんだ、思い出せない。カイヴォン、思い出せないか？」

「五〇〇年じゃ思い出せないよな……待ってくれ、俺も市販品の菓子は詳しくない」

「まったく、これだからゲームばかりの男連中は。ほら、オインク答えてあげて」

「すみません、私もカップラーメン以外の市販品には疎くて……」

「ええ……もう、これはアレよ！　アレ！　ええと……」

結局誰も思い出せなかった模様。

「アイテムボックスに入れたら名前出て来たよ？　ル〇ンドって言うんだってさ」

「あーそうだそうだ！」

「美味しいですね、これ……市販品というと、手軽に買える物なんですか？」

「そうだね、割と安価でどこででも買えた……と思う」

「むーん……カイくん達の世界って謎《なぞ》だよね。魔法とかないはずなのに」

そんな地球産の数少ないお菓子を頂きながら、紅茶を飲む。

そして、話はサーディス大陸での出来事へと移るのだった。


「船を降りる時、一応密入国みたいな物だったし、万が一リュエの髪の事が露呈《ろてい》したらいけないからって、コンテナに隠れていたんだよ」

「そうだったねぇ……それでカイくん、すっぽんぽ……」

「はいストップリュエさん、そこまでだ」

「むぐむー！」

慌ててリュエさんのお口を塞《ふさ》がせて頂きました。黒歴史抉《えぐ》るのダメ、絶対。

そして、俺はサーディス大陸の因習《いんしゅう》と、歪んだ歴史、そして傷ついてしまったリュエの心を救う為に、ダリアとの再会を目指し動き始めた事を話す。

あの隠れ里や、協力者として支えになってくれたアマミとの思い出。

そして……かつて俺が一方的に手を出し、傷つけてしまったレイラとの再会。

「レイラ様の双子の姉妹……ですか」

「私がファーストお姫様じゃなかったんだ。もうお姫様の友達が他にいたって訳ね」

「なんだそのファーストお姫様って」

「それにしても……ぼんぼんはつくづく女性と縁がありますね？」

「まぁ否定はしない。それにこの後も数人と出会いがあったとだけ先に言っておく」

「……リュエっちもレイスも大変ね？　今のうちに既成事実作っておかない？」

「え、ええ⁉　なに言ってるんだいエル！」

「そ、そんな……既成事実とはその……」

「それについては、私の方からも少々補足がありますので」

「ああ、確かにな。オインクは知らないようだし、教えておくか」

「あ、もしかして私達の老化について？　私は知ってるからね？　一応、これでもエルバーソンだった時代にお母さんしてたんだから」

少々脱線。ここで、俺達が寿命を得る条件について言及《げんきゅう》される。

俺達神隷期の人間は歳《とし》を取らない。ダリア曰《いわ》く、この世界の理《ことわり》から逸脱《いつだつ》した存在である事が理由で、それはレイスやリュエのようなサブキャラクターにも言える事。

だが、寿命を得て天寿を全うする事も可能なのだ。

「俺の2ndと3rdは結ばれ、娘を残し……そして寿命でこの世界を去った。もしも俺が二人を育成していれば、通常よりも長い寿命を得ていたのかもしれないが」

「あ、なるほど。私って育成していなかったから子供を産んだ後は普通の人と同じく老いていったのね。確か……八七歳で逝《い》ったわね。レベルが高いと寿命も延びるのね」

「という事です。つまり、私達は子供が出来た時、初めて世界の理の輪に取り込まれ、寿命を得るんです。そういう意味ですと、私は寿命を得るのが難しいとも言えますね」

「補足すると、俺達の国は遺伝子やクローン、命に関わる研究もかなり進んでいる。その気になれば寿命も得られるだろうが……そのつもりはないんだよ、ダリアも俺も」

「ええ。私達には国を、世界を見守っていく義務があります。贖罪《しょくざい》でもあると同時に、これは私達の責任でもあると考えているのです」

ダリアとシュンの話を聞き終えた一同は、その言葉の意味を考えているようだった。

永遠を生きる覚悟。それを捨て、人として生きる方法。今はまだ急すぎる話ではあるが、いつか……選択を迫られる日もあるのかもしれない……な。

「さて、話を戻そうか。俺はひとまずダリアと出会う事で、エルフの王族に会う手段を得た訳だが……まぁ罠《わな》だったんだよ。いやぁ、あれにはさすがに参ったね？」

「ちょ、ちょっと待ってください！　それでは私が一方的に騙したみたいじゃないですか⁉　知っていたんですよね、カイヴォンも分かっていたんですよね⁉」

「まぁな。立場上、お前もああするしかなかったんだろう？　それにシュン、お前だってああしないといけなかったんだろ？　俺だって同じ状況なら……国を落とせと言われれば喜んで落とすさ。それがたとえ、オインクの国だろうが、なんであろうが……」

「……随分と聞き捨てならない発言ですね、ぼんぼん。それほどまでの状況が？」

シュンは、自分の意思を殺してでもリュエを封じた元凶であるエルフ、フェンネルに従わなければいけない状況にあった。

自分の分身とも言える二人のサブキャラクター。その二人の娘であるジュリアが、七星封印の犠牲《ぎせい》となり、囚《とら》われていたが故《ゆえ》に。

いつか訪れる解放の時まで、フェンネルの機嫌を損ねる事は出来なかったのだ。

もしも……俺もリュエやレイスを封じられ、自分ではどうしようもない状況になったなら、きっと従うだろう。二人の為なら、俺はきっとどんな事でもしてしまう。

「――と、いう訳だ。シュンにとっては娘のような存在なんだよ、その子は」

「随分と悪辣な人間もいたものですね。それで、しっかり報《むく》いを与えたんですよね？」

「そうよそうよ。子供をいじめるヤツなんて許しちゃおけないわよ」

「ああ、しっかりと報いは受けさせた。あれは……歪みに歪みきった愛をこじらせた大馬鹿野郎だったよ。真《ま》っ直《す》ぐ、迷わず地獄に落ちるように、祈っておいたさ」

肯定はしない。だが、ある種の敬意は多少抱いたのかもしれない。

そしてシュンが自分の身内の為に動いていたという事実と同時に、俺もまた……目を背けてきた、日本に残していた家族との邂逅という経験を経た事を伝える。

「妹を送り返したその後は、国の復興に尽力《じんりょく》したのさ。観光名所を作ったり」

「城の地下に出来た巨大地底湖は名前を募集中なんですが、何かありませんか？」

「本当かい⁉　じゃあリュエ湖にしておくれよ！　私の名前をあの国に残すんだ！」

「ははは……だ、そうだ。ダリア、どうする？」

「……安直すぎる気もしますが、候補に挙げておきます」

リュエのその提案は、案外悪くないような気がする。

ふん……お前が死んだ場所に、リュエの名前がつくかもしれないってよ。

少し過ぎた褒美だとは思うが、まぁ……彼女があそこにつけたいと言うのなら。

「ああ、そうだダリア。近い将来、お前のところに里長の同胞と思《おぼ》しき集団が押し掛けるかもしれないから、その時はよければ隠れ里まで案内してやってくれないか？」

「同胞……他にも存在していたのですか。分かりました、留意しておきます」

「さて、じゃあそろそろ終わりかな。サーディスで多くの人の協力を得た俺達は、戦後処理、復興の手伝いや共和国と王国間の話し合いをした後に旅立ったんだ」

共和国の多くの領主。そしてダリアとシュンや、アークライト卿《きょう》やアマミ。

隠れ里のみんなや、レストランを手伝わせてくれたミスティさん。

敵だらけだと思っていた大陸だが、気が付けば多くの人達に助けられていた。

そして……セカンダリア大陸に辿り着き、そこで解放者のナオ君と再会した。

原初の解放者であり、他の解放者がこの世界に呼ばれるきっかけ、術式を伝えた存在。

世界を狙う何者かの力で直接送り込まれた、恐るべき力を持っていた男、ヨロキ。

人心を操り、そして禁忌と言える地球の知識、核の概念を持ち込んだその人物は……文字通り、世界にとっての致死毒のような存在だった。

「なんて事を……その概念だけは一度も口にしたことがなかったのに」

「かつてフェンネルと共に研究していた存在、ですか。確かにフェンネルは地球の科学について、最初からある程度の知識を持っているような言動を見せていました……」

「地球の学者か何かか。もし核の知識が広まったらと思うと、恐ろしくてかなわん」

「あー……そっか地球の科学ってこっちじゃ危険すぎるのか。私、余計な事言ってないか不安になってきたんだけど……絵具の発色の仕方とか配合とか口出しちゃったかも」

「ま、まぁそれぐらいなら良いのではないでしょうか……？」

不可逆な物。一度広まってしまったら、もう存在しなかった世界には戻れない。

危険性を孕《はら》んでいると分かっていても、絶対に利用せずにはいられない。

平和的利用まで否定しようとは思わない。だが……その力を扱うには、あまりにもこの世界はまだ……幼いのだ。

国を導く立場にあるオインク、ダリア、エルの三人もまた、考えは同じようだが……オインクだけは、どこかその表情に『考察』が混じっているような気がした。

「……俺が、認めない。それだけは肝に銘じてくれ、みんな。俺は一人、あの力を受けた人を知っている。いいか、絶対だ。もしもその片鱗すら見えたその時には……」

釘を、刺す。そんな恐ろしい力以上に恐ろしい『恐怖の象徴《魔王》』として。

「俺が潰しに行く。それを知る者全員をこの世界から跡形もなく消す。その思想を受け継ぐ人間や、それを知っているであろう人間もろとも」

「っ！　当然です……すみません、少し色々と考え込んでしまいました」

「嫌でも考えちゃうかもだけどさ？　でも魔法って物があるんだし必要なくない？」

「いえ、そうとも限りません。カイヴォンの話では旧世界と呼ばれる世界は滅んでいますし、魔法も絶対ではないのかもしれません。もっと研究していきたいところですね」

「……それなんです。私は、ぼんぼんの言う悪性魔力という物が、何かの負の産物のように思えてならないんです。旧世界で生まれた何か禁忌の力が関係しているのかと」

「ない、とは言い切れないな。悪かったな、脅かすような事を言って」

「いえ、こちらこそ紛らわしい顔をしてしまいました」

そしてヨロキを倒した後、解放した七星エレクレールが語った内容。何故ファストリア大陸がゲームという形でその姿を大幅に縮小し、次元を超え消えていったのか。

「そもそも、世界をそのままゲームに流用なんて通常は考えられません。やはり……制作スタッフの中にも、何者かの影響を受けた人物がいたのでは？」

「今となっちゃ調べようがないがね。だがこれまで解放者が全員日本から召喚されている事から察するに、日本と繋《つな》がりが生まれていた可能性は十分にある、か」

「……なぁ、お前達は制作会社の名前、思い出せるか？」

するとここでシュンが皆に問う。制作会社？　有名じゃないか、忘れる訳が。

「〇〇〇だろ？　さすがに覚えてる」

「それはサービス提供会社だ。だが開発はどこだったか思い出せないんだ」

「カイヴォンは確かα《アルファ》テストからいたんですよね？　覚えていませんか？」

「……覚えていないな」

「私も覚えていませんね。いえ……そもそも知らない……？」

「待て、でも俺は何かの雑誌でインタビュー記事を見た記憶があるぞ」

「それは俺もある。思い出せないが……間違いなく知らない会社だ。自慢じゃないが俺はこの中じゃ一番色んな分野のゲームに手を出していたが、それでも知らない」

シュンが言うのなら、そうなのだろう。こいつは、今でこそこんな様子だが……俺とダリアとこいつの三人の中じゃ、一番ゲームやアニメに精通していた。

という事は……この世界の為だけに生まれた会社だったのか……？

「ゲーム最後の日、GMからのアナウンスがあっただろ。あれも敵のメッセージか？」

「少なくともあのメッセージを流した存在は、ゲームの事を思っていたと感じたが」

「確かにそうですね。ただ一瞬だけ触れた『下手に触ると強すぎるから、不遇のままだったアイテム。ゲームの根底に関わる』という話。あれはきっと奪剣の事ですよね」

「……だが今にして考えると、アイテムの数値が何故、根底に関わるんだろうな？」

だが、実際には俺がこの剣で七星、ゲーム時代のレイドボスからアビリティを奪った事が、今のこの状況の原因になっていたと考えると……無関係でもないか。

「ここから先は考察の余地もないな。俺達がどう動くかがそのまま答えに直結している気がする。カイヴォン、長々と話させて悪かったな。今後の方針を考えるとしよう」

「途中から私もよく分からなかったけど……見えざる神が黒幕とは限らないって事？」

「見えざる神は、与えられた世界が崩壊しないよう維持していたにすぎませんから」

「正直、私もさっぱりなんだけどね。ただ思ったんだけどさ、その何者かっていうのは地球にも影響を及ぼせるかもしれないのよね？　だったらどの道やっつけるしかないじゃない？　私、地球には両親と弟がいるのよね。何かあったら嫌じゃない？」

「ふふ、単純明快《たんじゅんめいかい》な良い答えですエル。ぼんぼんの妹さんの件がある以上、可能性としては十分にありえる。人を選んで異世界へ送る力は持っているようですし」

そうか。そりゃそうだ。

チセがこの世界に召喚されたのは、勿論《もちろん》召喚したファルニルの影響もあるが、同時にそれに便乗《びんじょう》し、意図的に選ばれる人間を選定した何者かの影響もあるのだから。

だとすれば、もうこの話はこの世界に留まらないって事にもなる。

「……俺はまずこの街を解放しつつ、この大陸に残った人間を徐々に街に戻したい。きっと伝わっていたり、残されているはずだ。かつてこの大陸で起きた事件の詳細が」

「街の解放はともかく人を戻すのは避けましょう。またここが戦場になる可能性もあります。気持ちは分かりますが、賑《にぎ》わいを取り戻すのは少し先の話にしましょう？」

「そうだな。カイヴォン、かつての姿を取り戻すのは、その何者かを殺してからだ。もしかすれば、その時には大陸も元通りに……いや、海の終わりなんて狂ったこの世界そのものを正せるかもしれない。そうなれば人の交流も戻るはずだ」

「……そうだな。少し、先走ってしまった」

「ねぇ……一つ提案というか、お願いがあるんだけどいい？」

「どうしたんですか？　エル」

「私さ、この中だと断トツで弱いじゃない？　この先の戦いについていけないから置いてきた、なんてどこかのギョウザ君みたいな展開、嫌なのよね？　だからさ……」

「ツヨクナリタイ」

「シュンちょっとそのイントネーションで言うのやめて？　今私マジなトーンだから」

「悪い、つい。だが確かに戦力強化はあった方が良いと思う。実際、この街の解放の為に戦うとしても、ダリアは毎日こられる訳じゃないからな」

するとシュンは気遣うようにダリアに目を向ける。

そこには、酷く申し訳なさそうなダリアの表情が。

「……現状、サーディス大陸のエルフ達は、急激な変化に混乱しつつあります。王族も精力的に動いてはくれていますが、今あの国を支えているのは……昔からそこに存在する聖女という分かりやすい象徴なのです……自由な時間は、確かに少ないですね」

「それでしたら私もそうなりますね……同じくセミフィナル大陸は今転換期を迎えています。長い時間姿を消していては、またよからぬ考えを持つ者が台頭しかねません」

「二人は自国を優先して構わない。動きがあればメールを送るから安心してくれ」

そうだ、二人は少なくとも自由に動ける身分ではないのだ。

だがそうなると、エルも似たような状況ではないのか？

「え、私？　私はまぁ夕方以降は暇してるし、お父様も今日明日で死ぬような状況でもないしね。ずっとこっちにいる訳にはいかないけど、融通が利かない訳じゃないわよ」

「なるほど。じゃあシュンはどうなんだ？」

「俺の役目は元々武力による鎮圧《ちんあつ》と牽制《けんせい》。だが、俺達の大陸は今や共和国とのわだかまりも消えつつある。まぁジュリアの事は気になるが、割と自由だ」

「ジュリアちゃんって今何してるんだい？　その後身体《からだ》の調子はどうだい？」

「最近は城で勉強をしているな。学校ではないが、希望者を募って次世代の研究員を育てている。自慢じゃないがかなり評価が高いんだ。身体の方も問題ないな」

「そっか、なら安心だね。でもちゃんとジュリアちゃんには説明してくるんだよ？」

「ああ、勿論だ」

　となると、シュンは常駐しエルは毎日顔を出す。オインクとダリアは、何か動きがあれば連絡し、都合が付けばこっちに来る、と。

「とりあえず現状の街のマップを用意したからメールで送る。目を通してくれ」

「……これは、敵の位置も分かっているのか。どうやったんだ？」

「ま、俺の数あるアビリティの一つだ。ククク、想像以上に俺は万能だぞ」

「……これ、間違いなく戦略的アドバンテージが取れますよ。私の［天眼《てんがん》］以上です」

「この大きな丸印が敵の中でも強大な存在ですね？　随分と沢山いますが……」

「一体だけ、教会前にいた魔物が常軌《じょうき》を逸《いっ》したレベルの強さだったが、それ以外はそうでもない。それでもレベルは三〇〇を超えていたから、単独で挑むのは危険だな」

「……自分で言っておいてなんだけど、私こいつらと戦って修行って無理じゃない？」

「一発適当に魔法打って後ろに隠れとけ。パワーレベリングだパワーレベリング」

「後程私が専用の装備をお貸ししますよ」

この世界にレベル差補正なんて物が存在していないのはナオ君やレイス、そして俺自身が証明している。ただ……地獄の頭痛でのた打ちまわる事になりそうだな、エル。

そう思っていたのだが、予定よりも早くその光景を目にする事となる。

「そうだ、ジュリアのリハビリに効果があると思って使ったレベルアップポーションがまだ残っている。四〇を超えると効果が消えるが、エルのレベルは幾つだ？」

「ふふん、聞いて驚きなさい！　なんとレベル一よ！　この世界に来てから虫一匹殺してないわ！　あ、でも昔部屋でゴキブリは殺したかも」

「そうか。じゃあ……このグレードなら一気に上げられるか？」

「待てシュン！　低いグレードのを使って一つずつ上げた方が！」

「ん？　悪いが低いグレードは身体が弱かったジュリアに全部使ってしまった」

「そうよ、それに四十本なんて飲める訳ないじゃない？　お腹《なか》がたぽんたぽんになるわ」

「……リュエ、どうにか出来るか？」

「ごめん、こればっかりは沈痛の魔法も効かないと思う……」

意気揚々《いきようよう》と、高級な瓶に収められたレベルアップポーションの蓋《ふた》を開けるエル。

「凄いですね……序盤の育成が一番の苦行だったあのゲームで一気に四〇まで上げられるなんて……売りに出せばとんでもない大金が手に入っていましたよ」

「金ならアリーナの賞金で有り余っていたからな」

「そういえばシュンってアリーナチャンピオンだったよねー最初期からずっと」

そしてそのままポーションに口を付け、ゴキュゴキュと一気にそれを飲み干した。

無駄に良い飲みっぷりだが……急激なレベルアップの代償《だいしょう》は――

「なにこれ美味しい！　桃味？　なんだろう、凄くさわやかで――」

手にしていた瓶が、カランと音を立て、彼女の手から床に落ちる。

「どうかしましたかエル」

「ん？　どうした？」

「ウグオオオオオオオオオ！！！！　アアアアアアア！！！！」

そして絶叫。頭を抱えソファから落ち、床を転がりまわるエル。

滑稽《こっけい》ではあるが、その苦しみを知っているだけに笑えない。

それに……レベル一の温室育ちのお姫様だぞ、これは辛《つら》い！

「な、なんだ⁉　どうしたんだエル！」

「シュン！　まさか毒を⁉」

「そ、そんなわけないだろ⁉　おい、大丈夫か⁉」

「グギャアアア割れる割れる！！！　シュゥゥゥウン‼　謀《はか》ったなああ‼」

「……ぼんぼん、何か知ってますね？」

俺もリュエもレイスも知っている。急激なレベルアップの反動だと伝える。

身体に害はない。だが、正直俺でものた打ちまわる程の激痛だ、とだけ。

「ホア！　ホア！　ホア！　なにこれイタイ！　子供産む時よりイタイ！」

「そ、そこまでですか⁉　リュエ、どうにか出来ませんか⁉」

「残念ながら……」

「やばいやばい！　頭がパーンしちゃいそう！」

「なんだ、案外余裕あるな」

それから数分、落ち着きを取り戻したエルが、ソファに這い上ってきた。

「カイさん……知っていたのね……」

「……今更だが、二〇上げるのを二回飲むって選択もあったんだが」

「あそこまで痛いと程度の強弱なんて分からないわよ……一回で済んでよかったかも」

「この先パワーレベリングをする以上、またあの苦しみを味わう事になるからな？」

その残酷な事実を告げると、数瞬の沈黙の後――

LvUP LvUP
LvUP LvUP
ぜー!
ぜー!
ぜー!
ぜー…!
ぜー…!

「や、やっぱり私は大人しくここで待機……っていう訳にはいかないよね？」

「……諦《あきら》めてください。私が持っている育成用装備、渡しておきますね」

「ひぃ……カイさん、出来るだけ弱めのモンスターから順番にお願いします……」

とりあえず、明日からはエルの苦悶《くもん》の声をひたすら聞き続ける事になりそうだな。

§§§

再会の宴《うたげ》から一夜明け、一度皆は自分達の国へ帰った。

シュンは午前中には戻ると言っていたが、エルは正午ギリギリになるそうだ。

まぁ、何かイレギュラーがあればメールをすると言っていたが。

「離れていてもすぐに連絡出来るなんて、本当凄いよねぇ……これが神隷期では当たり前だったのに、なんだか不思議な感じがするよ」

「ええ、本当に。この力がもっと早く戻っていたら、私の運命はどう変わっていたのか……いえ、逆に良かったのかもしれません。お陰でずっと思っていられましたから」

「自然な感じでそんな事言われると凄く照れくさいのですが」

「ふふふ、そうですか？　でも、本当に不思議な力です」

一夜明けてもまだどこか夢心地なリュエと、嬉しそうなレイス。

先行きが分からない状況でも、やはり嬉しい物は嬉しいのだ。

そんな余韻に浸っていたその時だった。屋敷の扉からノックの音が響く。

「テレポの場合は屋敷の中に現れるはずだから……そうか、レティシア嬢か」

「先日の騎士の女性ですね。今出迎えます」

丁度良い、彼女からも色々話を聞きたいと思っていた。

扉を開けると、今日も全身甲冑の彼女が、緊張した様子でお辞儀をしていた。

「おはようございます！　レティシア・シグルト・アルバートです。先日は挨拶もそこそこに立ち去ってしまい申し訳ありません。改めてご挨拶に参りました」

「おはようございます。さ、どうぞ中へ入ってください」

屋敷内に案内すると、彼女は緊張した様子でソファに座り、ようやく兜《かぶと》を外した。

現れたのは、紺の長髪を綺麗《きれい》に結び納めていた、年の頃一七ほどの娘さんだった。

「よく来てくれたね。魔物が多い中、大変だっただろう？」

「私の住む地区からここまでは比較的弱い魔物が多く、狭い路地もありますので」

「なるほど。レティシアさんが住んでいるのはどこなのかな」

「この都市の東になります。各地に集落はありますが、東は大きな町があるのです」

「へー！　じゃあ、他の集落の人もみんな移住したらいいのにね」

「それが出来たら理想なのですが……やはり一度に多くの人を護衛してこの都市を突破

する事は難しく……それに、私達の町にも収容出来る限度がありますから……」

「町を広げる事は、やはり難しいのでしょうか？」

「幸い、私の町は古の加護の力で魔物の侵入は防げているのですが、その外に町を広げても、結局は魔物に占領されてしまうのです」

恐らく、彼女の住む町というのは、ゲーム時代に存在した町なのだろう。

となると、古の加護というのはモンスター侵入不可エリアの事に違いない。

「それで……挨拶と同時に、お尋ねしたい事があって参った次第なのですが……単刀直入に問います。古の民は、再びこの地に戻って来るのでしょうか」

「それは一体どういう意味なのかな？」

「かつて、この大陸は古の民同士の争いで荒廃《こうはい》したと伝わっています。またその歴史が繰り返されるのではないかと、家の者達は危惧《きぐ》しているのです。私は、代々守り続けた屋敷の主が、そんな事をする人間ではないと思っています……ですが、やはり確認せねばならないのです。古の民達は、再びこの大陸の覇権を争うのでしょうか」

声が、震えていた。きっと、聞かされてきたのだろう。かつての惨劇《さんげき》を。

「安心して良い、レティシアさん。古の民は……もう、この屋敷の主達しか残っていないんだ。そしてこの大陸を荒そうなんて気持ちも微塵《みじん》もない。だから……落ち着いて」

なんだか、若い子を脅しているような感じがして、酷い罪悪感に苛《さいな》まれる。

レイスもそれを感じたのか、震える彼女の手を取り、安心させるよう言葉をかける。

「私達はこの地に住む人達を害しようとは思っていません、どうか恐がらないで……」

「そうだよ！　アルバートさんの子孫や他のみんなを苦しめたりなんてしないよ！　逆に、私達はこの都市を解放するって決めたんだ！」

「そ、そうなのですか？　もう、貴方達しか……？」

「ええ。他にも四人いますが、皆今はここを離れています」

「他にも……では、この都市の解放とは一体？」

この都市に蔓延《はびこ》る魔物を全て駆逐《くちく》し、安全地帯にする方法を考えている旨《むね》を伝える。

一度全てを駆逐してしまえば、魔物が自然発生でもしない限り大丈夫だとは思うが。

「可能、なのですか？　この都市にいるのは昨日のゴブリンだけではないのです。巨大な竜や巨人、それに動く岩の化け物や他にもゴーストがいるんです！　私は、屋敷の主を再び待つだけの生活に戻るのは……耐えられそうにないのです」

「大丈夫、勝てるさ。俺達はそんな連中に負けたりしないよ」

始まりはオインクの気まぐれで設置されたＮＰＣ。だがその子孫が守ってきたのだ。

他でもない、俺達の家をずっと代々。

「恩は返す。アルバート家が代々守ってきた屋敷の主達は、絶対に恩を返す。この都市の解放という形で必ず。だから、どうか安心して欲しい」

瞳《ひとみ》を見つめる。恐怖で揺れる紺の瞳を。

まだ、こんなに若いのに。魔物蠢《うごめ》くこの地に立ち戦って来たのだ。

「お前は女に縁があるだけじゃなくて無意識に誑《たら》し込《こ》む癖《くせ》でもあるのか？」

「お、シュン！　来たのか」

「ああ、さっきな。で……その娘さんは何者だ？」

「門番さんの子孫。魔物ひしめくこの地で毎日屋敷に通い周囲の魔物を退治していた」

「把握した。娘さん、俺からも礼を言いたい。よく、守ってくれた」

「は、はい⁉　あ、もしかして他の主でしょうか……」

またしても唐突に現れるシュン。もうちょっとお邪魔しますとか一声欲しいです。

そして、誑し込むなんて人聞きの悪い。真摯《しんし》に向かい合うのは当然だろうに。

「誑し込むかー……うーん、カイくんって女の子の友達多いよね？」

「言われてみると案外多いですね……それに求婚もされていますし」

「どれも冗談みたいな物だと思うけどね。そもそもリュエとレイスが第一だし」

「そうかい？　照れるね！」

「……当たり前のように言われると、少し照れてしまいますね」

「ほらな？　やっぱりお前は誑しだ。さて……じゃあエルが来るまで待機しておく」

そう言うと、シュンはソファに腰かけ、刀の手入れをし始めた。

そしてレティシアさんはどうしようかとソワソワし始めていた。

「ああ、そうだレティシアさん。この都市の伝説というか、歴史を教えてくれないかな」

「は、はい。そんなに多くは文献《ぶんけん》が残っていませんが……知っている範囲でなら」

そう前置きし、彼女は静かに語り出した。

とはいえ、それは以前集落の村長から聞いた話と大差がなく、違いと言えばこの都市での戦いの細部を知っている、という事くらいなのだが。

「——それである時古の民の一部から、大樹は切った方が良いと提案があったのです。あれは大地の力を吸い取る物だと、その結果魔物の氾濫が起きるのだから、と」

「魔物の氾濫……七星が倒された後も続いていたんですか？」

「はい、我が家の先祖の手記にはそう記されています」

「……なるほど。なら切り倒す事に反対する人間はどうして？」

「魔物を倒す事が生きがいという人も多かったそうです。ですが、それが人々の平穏を乱す、と一般人の立場になって考えてくれる方達もいました。結果、袂《たもと》を分かったと」

「ほう、なるほどな。残された連中の境遇を考えれば強敵と戦いたいという気持ちも分からなくもないが、普通の住人からしたらたまったものじゃないか」

「俺もシュンも戦闘狂の類《たぐい》だったしな。だが……確かに切り倒したくはあるか」

「そして切り倒した後の事は……ご覧の有り様です。都市の加護は失われ、そして争いは激化し、天変地異により我らは隔絶された、とあります。この手記は我がアルバート家が何代にもわたり書き続けている物です。いつの日か、ここに主の帰還を記す事こそが悲願でした……これで……先代も浮かばれる事でしょう」

「先代というと……御父上《おちちうえ》でしょうか？」

「いえ、兄が先代の門番だったのですが、ここに迷い込んだ強力な魔物に敗れ……」

「そうでしたか……お兄様の仇《かたき》、必ず私達がとらせてもらいますからね」

犠牲が出ていたのか……それでも、ずっと守り続けてきてくれたんだな。

「ふむ。どの道エルの育成に魔物狩りをするんだ。なら、仇を直接討たせるのはどうだ。エルの護衛は多い方が良いだろうし、察するにこの娘さんはかなり戦えるんだろう？」

「無茶を言うな。確かに戦えるとは思うが……」

念のため、彼女のステータスを覗《のぞ》いてみる。

【Name】　レティシア・シグルト・アルバート
【種族】　ヒューマン／守衛
【職業】　堅牢《けんろう》騎士
【レベル】　１５０
【称号】　守人

【スキル】剣術　不動　回復効果上昇　盾効果上昇
　　　　　鎧効果上昇　自然回復（中級）

　あ、強い。レベルは恐らく守衛という種族で固定なのかもしれないが、スキルの構成が防御主体のプレイヤーと同じだ。だが……鎧の性能が低いように思えるんだよなぁ。

「私が自分で……叶《かな》うならそうしたいところですが……」

「鎧を新調したらたぶんですが戦えます。自分が打たれ強いと思った事は？」

「あ、それはあります。父や亡くなった兄曰く、私はとびきり打たれ強いと」

　もしかしてランダムでスキルが発現するのだろうか。

「ねぇカイくん。昨日幾つか鎧、手に入れたよね？　それをあげたらどうだい？」

「あ、そういえばあったな」

　初日にゴブリンを倒して奪った貴重な鎧達。

　それらを並べ、どれか気に入ったものはないかと問う。

「ほう、けっこう良い出来だな。ダマスカスコートなんて結構貴重じゃないか」

「なんならシュンが使うか？　それ、あまり防御性能がなかったろ」

「俺は布系しか使わんよ。これだって、防御性能の代わりに回避と火力が上がる」

「見事な鎧です……では、この赤い鎧をお借りしたく……」

「いえ、差し上げますよ。一応古の民の作ですので、身体にもフィットすると思います」

「で、では試しに……あの、お部屋をお借りしたいのですが」

するとと無言でシュンが彼女を自分の部屋へと通した。

「ラコール鋼の赤鎧か。カイヴォン、彼女のステータス的にはどうなんだ？」

「彼女は堅牢騎士だし、防御系のスキルも彼女自身に付与されていたよ。たぶん、物理的な防御力だけならリュエにも引けを取らなくなる」

「むむ、それは凄いね。私もかなり打たれ強い方なんだけどなぁ」

「ですが、本当によかったのでしょうか……危険な目にあわせてしまって」

「……仇を取らせてやりたい。なにかに囚われているように俺には見えた。それが少しでも晴れるならと思ってな。幸い、俺達にはリュエもついている」

「へへへ、そうだよ私がいるからね！」

なるほど。彼女の中に、そんな葛藤《かっとう》を見出《みいだ》したか。

少しすると、赤い鎧に身を包んだレティシア嬢が戻って来た。

「あ、あの、この鎧に兜はないのでしょうか……」

「残念ながらないね。不安かい？」

「ええと、剣を振る時の顔が恐いと言われた事があるので……」

「恐くて結構。敵を威嚇する為にもその方が良いだろうさ」

「わ、分かりました……」

こうして彼女も探索に加わる事が決まったのだが、内心エルを守る人間が増えた事に安堵《あんど》していた。ポーションの力でレベルは上がっても、彼女がここの敵の攻撃を受けたらひとたまりもないのは変わらないのだ。だって四〇しかないし。

その後、エルがやってくるまでレティシア嬢と手合わせをしたいというシュンに付き合い、敷地内の訓練場に移動したのだが、容赦なさすぎるぞシュン。

鬼教官と化したシュンを横目に、俺はこの時間をスキルの検証に使う事にする。

「【アビリティ融合】ねぇ……融合したら消えるよなぁ元のアビリティは……」

融合というと、どんな作品であれ、素材になった物は消えるのが常なのだから。

「融合結果を先に見られないとなると、本当にイチかバチかになってしまうか……」

「なんだ？　随分興味深い話をしているな？　融合ってなんの事だ？」

「お、シュンか。訓練はいいのか？」

「レイスと交代した。俺では訓練にならないとダメ出しされてしまった。が、確かにレティシアは強い……というか打たれ強いな。良い稽古相手になる」

「お前はもうちょい手加減を覚えろよ、木人人形みたいに扱うんじゃない」

「その辺りはそのうちな、そのうち。で、融合ってなんだ？」

俺が以前、フェンネルを倒した際に習得したスキルについて説明してやる。

「ふむ、融合するデメリットが思い浮かばないな」

「あるぞ。俺のアビリティの中には、所有アビリティの数で攻撃力が上がる物もある」

「で、その上昇量とアビリティの融合で得られるであろう恩恵を比べてどうだ？」

「正直昔と違って俺の剣そのものが強い。ぶっちゃけそのアビリティもう使わない」

「マジか。あ、分かった。どうせあれだろ？　集めたのに減らすのが嫌なんだろ？」

「その通りだよチクショウ」

いやだって……全部思い出深いんですよ。それが消えてしまうのは寂《さび》しいのだ。

「手段なんて選んでいられないだろ？　あれだ、試しにあまり使わないアビリティで試してみろ。その結果を見て、主力アビリティを合成するか決めな」

「……そうだな、せめて一回は試す」

至極真っ当な意見を貰い、試しに使用頻度の低いアビリティを融合してみる。

【アビリティ融合】発動
対象スキル　［攻撃力＋5％］［与ダメージ＋5％］
【アビリティ融合】完了
完成　［与ダメージ＋10％］

完成アビリティ習得済
自動合成　　［与ダメージ＋10％］［与ダメージ＋10％］
【アビリティ融合】完了
完成　　［与ダメージ＋20％］

完成アビリティ習得済
自動合成　　［与ダメージ＋20％］［与ダメージ＋20％］
【アビリティ融合】完了
完成　　［与ダメージ＋40％］

「おいやべぇぞ！　融合結果をもう習得してると勝手にそれも融合されるんだが⁉」

「いいじゃないか、ダブってても二つセット出来る訳じゃないんだろ？」

「で、でもどんどんアビリティが減っていくぞ⁉」

「だからなんでそこで貧乏性発動するんだよ。いいだろ別に。ほら結果見せてみろ」

言われるままシステムメッセージのログを見せる。

「……これはちょっと考え物か？　乗算と加算を考えたら損になるのか……？」

「だろ⁉　10％と20％をセットするのと30％をセットするのじゃ効果が違う」

「だが枠を節約出来るじゃないか。悪い事は言わん、同系統は全部融合しておけ」

「い、嫌だ！　そんなことしたらガッツリ減るだろ⁉」

この総数は俺の今までの集大成なんだぞ？　そんな気軽に言ってくれるな！

「黙ってやれ！　ほら、融合するぞ融合！　ごちゃごちゃ言わずに合体するんだよ！」

「やめろ！　なんか勘違いされそうな言い回しすんな！」

「だったら大人しくやれ、変なこだわりなんて捨ててさっさとやるんだ！」

「そうよそうよー、ほらそこの物陰でヤっちゃいなさい。私は後ろで見ててあげる」

……ほらー！　お前が変な事言うから勘違いされただろうが！

「なんだエルか。お前からも言ってやってくれないか。変なこだわりは捨てろって」

「なになに？　どっちが受け――グフッ！」

「あ！　エルに当たっちゃった！　おーい！　大丈夫かい？　今回復するよー」

おかしな事を口走ろうとしたエルに、訓練場から飛んできた木剣がクリーンヒット。

大丈夫か、今ので死んでないか？　よかったな、昨日四〇レベルになっておいて。

その後、エルを含め全員に『強くなるのならやった方が良い』と口々に言われ、勿体《もったい》ないという気持ちを抑え、似た効果を持つアビリティを融合していくのだった。

その結果――

［与ダメージ＋１００％］
［攻撃力＋１１０％］
［全ステータス＋75％］
［素早さ＋55％］
［被ダメージ－65％］

今まで数字が違うだけで効果が被《かぶ》っていたアビリティ達を融合させた結果がこれだ。

確かに枠の節約は出来る。だが……やっぱり総数が減ってしまうのは少し悲しい。

「他にも特殊なアビリティで試したらどうだ？」

「も、もういいだろ！　結果が予想できないアビリティで試すのは流石《さすが》に恐い」

「ふむ……それもそうか？　でも使わないアビリティの一つや二つあるだろ？」

「よく分からないけど、やれる事はやろうよカイくん。そろそろ出発するんだし」

「昨日の頭痛が来ると思うと若干気が進まないけどね……それにこの装備ださいし」

エルは、いつの間にかあずき色の長袖《ながそで》ジャージに着替えていた。

なんとも懐かしさと哀愁《あいしゅう》が漂う服装だが、これはれっきとしたレア装備だ。

オインクが以前使っていた物らしく、装備中は取得経験値が増えるのだとか。

ちなみに、エルには合成して作り出した［取得経験値＋50％］も付与しています。

やったな。これで一気に大幅レベルアップだ。

「……今後使う事がないアビリティねぇ」

ふと、脳裏を過《よぎ》るあのアビリティ。

デメリットの割に効果が薄く……それを得たタイミングが印象に強く残っている物。

[救済]

それは、かつてフェンネルを消滅させ手に入れたアビリティ。

本人の悪辣《あくらつ》ぶりや、その大層な名前に反し、正直使いどころに困る性能だった。

これ、敵を倒したら自分に少しだけ回復効果が得られるってだけなんだよ。

いっそのこと、何かの素材にしてやった方がいいのかね。

「救済か……なら合わせるべきはコレか」

その字面から、救済を与えたいと思えた物。

これも同じく、手に入れた時の思い出が深いアビリティだ。

[怨嗟《えんさ》の共鳴]

忘れもしない。俺の奪剣が初めてその姿を変えた時の物。

マインズバレーの廃鉱山。その最深部でソレを見つけ……そして消滅させた。

思えば、あれもヨロキの策略の一つだったのだろうか。

リユエ曰く、あれは呪物《じゅぶつ》とされた人……という話なのだが。

「多少は関係していたんだろ、ヨロキと。ならせめて救済してみせろよフェンネル」

【アビリティ融合】発動
対象スキル　［怨嗟の共鳴］［救済］
【アビリティ融合】完了
完成　［　　　　　］

【ウェポンアビリティ】
［　　　　　］
奪剣へのセット不可。使用条件不明
複数セット可

「……なんだこりゃ？」

空白のアビリティが生まれてしまった。

それはまるで、どこぞの薄ら笑いを浮かべたガキが『お前なんかに教えてやるものか』とでも言っているような気がして、なんとも言えない気持ちになってしまう。

「本当、ムカつくガキだ」

今回はこれくらいにしておく。これは失敗だし、この結果で皆にも許してもらおう。

そうして、ようやくエルを引き連れての強行軍、パワーレベリングが始まった。

§§§

【Name】エル（メリア・メイルラント）
【種族】ヒューマン
【職業】神官（31）／なし
【レベル】78
【称号】帝国第一王女
世界を描く者
【スキル】回復魔法　神聖術　光魔術

【装備】
【武器】　素敵なステッキ
【頭】　新緑のピアス
【体】　修練の法衣《ジャージ》
【腕】　癒《いや》されそうなブレスレット
【足】　修練の絲鞋《うわばき》

【アイテムアビリティ】
［取得経験値＋20％］
［取得経験値＋５％］
［取得経験値＋10％］
［回避力－５％］
［ＭＰ自動回復（極小）］
［取得経験値＋15％］
［回避力－10％］

【カースギフト効果】

［取得経験値＋50％］付与

【サクリファイス効果】

［ダメージ転換］　対象者：カイヴォン

　完全なる育成特化装備となったエルを引き連れ、手始めに元居住区、瓦礫《がれき》だらけのこの区画を見て回り、蔓延るゴブリン達を駆逐して回った結果、やはり装備やアビリティの効果もあり、わずか一時間たらずで四〇レベルからここまで成長していた。

「ハアアア！　イダイイイイ！　ゴブリンなら大丈夫って言ったじゃない！」

「あ、あの……エル殿は大丈夫なのでしょうか……」

「大丈夫大丈夫。昨日に比べたら全然マシな方だから。ほら、そろそろ収まっただろ？　次の区画行くぞ、一応ボスっぽいのがいるから覚悟するように」

「ひぃ……スパルタすぎない？　かき氷一気に食べた時の一〇倍くらい痛いんだけど」

「あ！　かき氷なら知ってるよ！　そういえば最近アイス食べてないなー」

「うう……無邪気なリュエっちだけが私の癒しよ……」

「しかし声が大きいな。これでは魔物を引き寄せる。リュエ、沈黙の魔法をエルに……と思ったが、それじゃあ魔法が使えないか」

「シュンちゃんが鬼畜すぎる件。いいわよいいわよ、もう少し我慢するわよ」

危険地帯だと言うのにこの調子。いや、ある意味安心感の表れでもあるのだが。

「さすがに可哀《かわい》そうですが……代わってあげることも出来ませんからね……」

「いいのよ……レイス。貴女の優しい言葉だけで私はこの苦しみに耐えられるもの」

「なーに感動的なシーン気取ってるんですかね。ほら行くぞ行くぞ」

住宅街を散策し終え、かつてＮＰＣが営むショップが密集していた区画へ向かう。

途中、住宅街の中央、グランディアシードを植えた場所に差し掛かるのだが――

「うーん、やっぱり芽はまだ出ないね。世界樹になるのは数百年後かなぁ」

「普通に考えたらそうなるね。だが……何か仕掛け、条件があるように思えるんだ」

「確かに。これを植える事が条件になって世界の機能の一部が解放されたなら、他にも何かギミックがあってもおかしくはないだろう。まぁ、今は放っておくしかないが」

ダメ元で、この種にアビリティを付与出来ないか観察してみる。

だが残念ながら対象にはならないようだった。

諦めて、大人しくショップエリアへ移動する。

「うわ懐かしい……ここよく私が放置してた場所じゃない？　ここで放置してると二日に一回はイラストの依頼メールがあったのよね」

「外部掲示板じゃお前、守銭奴《しゅせんど》って言われていたよな」

「いいのよ、どうせただのエロガキの難癖だもの。ふふん、私は誰がどんなイラストを依頼したのか全部把握していたからね、私には逆らえないのよ。例えば大手チームのマスター、人格者で有名な彼なんて、相方のロリキャラが全裸で縛られた――」

「おっとそこまでだ。性癖暴露はさすがに可哀そうだ」

やだ、この人超おっかない。逆らわんとこ。別に俺は依頼してないけど。

「馬鹿な話はそこまでにしておけ。さて……どうやらここにはゴブリンはいないようだが、明らかに違和感のある岩が鎮座しているな。警戒を怠るなよ」

下らない雑談をしていると、その懐かしの区画に不自然に大きな岩が陣取っていた。どう見ても、これは魔物が擬態している姿だろう。

「気を付けてください！　これが時折、住宅街にまでやってくる先代の仇です！」

「ん、そうか。なら――止《とど》めはお前さんに譲ろう。カイヴォン、リュエ、レイス。ここは俺に任せろ。エル、お前は適当に魔法でも撃って手付をしておけ」

「ひゅー！　カッコいいシュンちゃん！」

「な……剣の攻撃はその相手には――」

瞬間、シュンの姿が掻《か》き消え、まだ戦闘態勢に移る前の岩の上に立っていた。

「回避が低そうな敵で幸いだ」

次の瞬間、鞘《さや》から抜かれた刀が無数に光を反射し、硬質な音があたりに響き渡る。

「……練度が違うってのはこういう事か。今見えたのは――」

「〝滅甲刃〟が四回。〝重鋼剣〟が八回。〝足断〟が九回。〝魔瘴連〟が三回。酷いねぇ、こんなの、弱体魔法の仕事奪っちゃうようなものだよ」

「え、ええと……全部、剣術だったんですか……？」

防御ダウンを四回。攻撃力と攻撃モーション速度低下を八回。移動速度低下を九回。魔法防御低下を三回。一瞬でこのボスをクソザコナメクジレベルまで弱らせたのだ。

「レティシア、後は好きにしろ。こいつはもうただの土くれも同然だ」

「な……何が起きたのですか⁉　古の民はここまでの力を⁉」

「はは……あれはちょっと特別。……マジでよくアイツに勝てたな俺」

その後、エルの小さな光の魔法一発で大きくよろめいた岩の魔物にレティシア嬢が切りかかり、本当に信じられない程あっさりとその巨体が粉々に砕け散ったのだった。

「まさか……本当に私の手で？　シュン殿、ご配慮誠に感謝致しま――」

「ギャアアアアス‼　いだいいだいいだいいだいいだい‼　もうやだー！」

そして、案の定急激なレベルアップの反動で、地面をのた打ちまわるエルでした。

「はぁ……はぁ……もう許して……暗くなってきたし……今日はもう、ね？」

「そうですね、こうも暗くては不意打ちに遭う可能性も出てきますし、私も家に戻るのが難しくなってしまいます。エル殿もかなり憔悴《しょうすい》しているご様子ですし……」

「ふむ。そうだな、初日としては十分な成果だと思う。カイヴォン達は先にホームに戻っていると良い。俺はレティシアを東の町まで送って来る」

「了解。先に上がらせてもらいます、レティシアさん。明日以降はどうしますか？」

「問題ありません。明日は正午頃にそちらへ伺いますね」

「わ……私はもしかしたら明日は休むかも……夕方にどうするかメールするわね……」

シュンとレティシア嬢と別れ、あまりにもフラフラなエルを背負い帰路につく。

……軽いな。ちゃんと食ってるのかこいつ。

「はぁ……ずっとこうしていたいわ。お姫様抱っこだとなおよし」

「調子に乗るんじゃない。そして順番待ちするんじゃありません」

「えー」

「えー」

悪ノリするリュエとレイスに笑いつつ、居住区に戻った時だった。

中央を通る時、耳元でエルが大きな声を出す。

「カイさん止まって！」

「ちょ、耳元でなんだ⁉」

「それ、それ見て！　その種植えたとこ！」

「あ！　カイくん見て！　小さな苗木《なえぎ》みたいになってる！」

「まだ芽すら出ていなかったのに……これはどういう事なのでしょうか」

「ね？　ね？　よく気が付いたと思わない？　褒めて！」

「ああ、はいはい偉い偉い。しかし……何がきっかけだ？」

そろそろ日も暮れる時間。満足に観察も出来ないからと、今日の所は屋敷に戻る。

「これは、一度オインクとダリアにも報告だけしておくか」

「その方がいいと思うわ。じゃあ、また明日調子が戻っていたらね」

「ばいばいエル。しっかり休んでおくれよ」

「おやすみなさい、エルさん。お大事にしてください」

「ありがと、二人とも。ほらカイさんも何かない？」

「ああ、おやすみ。しっかり食って寝るんだぞ。歯磨けよ。宿題やれよ」

「おっさんか！　ネタが古いわ！」

そのツッコミと共に消える。なんとも調子が狂うというかなんというか。

お前さんこそ……そのツッコミが出るって事は知っているんだよな？

「それにしても……なんで育ったんだ？」

「うーん……生長期かも？　明日の朝の様子を見てみないと判断出来ないけど」

「そうですね……もしも先程から急激に生長をし始めたとしたら……」

「じゃあ、また明日……になるのかね」

一旦《いったん》保留という事となり、この日は大人しく就寝する事にした。

なお、シュンは戻ってこなかった模様。まさか……朝帰りかアイツ。

§§§

翌朝。朝食の準備をしていると、申し訳なさそうにシュンが戻って来た。

「よう、昨夜はお楽しみでしたね」

「悪かった。レティシアを東の町の実家まで送って行ったら捕まってしまった。夕飯を食べろから始まって、風呂に入れ、泊まって行けと。どうやらこの屋敷の主ってのは相当大きな意味を持っているらしい。あそこまで必死に頼まれると、断れなくてな」

「ははは……お前の場合見た目が子供だしな。それもあったんじゃないか？」

「ありえるな。不本意だが、こういう経験は一度や二度じゃない。お前が羨《うらや》ましいよ」

「ところで……帰って来る時に中央、あの種を植えたところ、見てきたか？」

「いや、通ってないな。なんだ、もう伸びているとでも思っているのか？　そんなどこかの森の精が授けてくれたドングリの木じゃあるまいし」

ああ、なるほど。夢だけど夢じゃなかった的な。

だが、事実として昨日の夜見た光景をシュンにも伝える。

「……暗がりで見間違えたって訳でもなさそうだな。分かった、確認に行こう」

昨日この地区の魔物を駆逐し、さらに隣区画のボスらしき岩の魔物を倒した影響だろうか、前まで何かの気配や物音がしていたこの場所が、シンと静まりかえっていた。

早朝故の気温の低さや周囲の景色も相まって、とても寂しいと思える光景だ。

「な……本当に育っているだと⁉　芽じゃなく苗木だぞこれは」

「ふむ……昨日見た時と変わらないな。昨日ここを通った時にはもう苗木だった」

「そう、そうなんだよ。一晩で更に大きくなると私は思っていたんだけど……」

「変わりなし、ですからね……何か条件があるのでしょうか？」

そうなのだ。何かのはずみで急激に生長したのなら、その原因を突き止め再現出来れば、そう遠くない未来に大樹へと至るのではないかと思うのだ。

「……なるほど。俺達の昨日の行動に秘密があると考えているんだな？」

「俺としては、昨日隣区画のボスを倒したことが関係してるんじゃないかと」

「確かにそうですね。ゴブリンを倒している間は変化もなかったと思いますし……」

「そうだ！　レイス、魔眼《まがん》魔眼。この周囲を見てみておくれ」

「あ！　そうですね、私としたことが」

輝くレイスの目。そして――

「……昨日の魔物がいた方角でしょうか。魔力の流れがこの場所に向かっています」

「ビンゴだ。こりゃ他のボスも全部倒しちまった方がいいな、早々に」

「ああ。だがエルの育成も同時にしておきたい。昨日だけで八〇近くまで上がったんだろ？　今ならサブ職業も設定出来るはずだ。ただ倒すんじゃ勿体ないだろう」

「急がば回れ……か。そうだな、エルが俺達並に強くなれば出来る事も増えるか」

なんだか、最後の瞬間へと着実に進んでいるような気配に、少し身体が震えた。


屋敷まで戻ると、何やら中から物音が聞こえて来ていた。

外からは勝手に入る事は出来ないはずだ。もしやオインクやダリアだろうか？

扉を開けると、奥の台所でエルが鼻歌混じりに何かをしているのが見えた。

「あ、おかえりー。ご飯にする？　お風呂にする？　それとも……た・わ・し？」

「ああ、洗い物してくれていたのか。どうしたんだ、こんな早くに」

振り返った彼女の手にはたわしが握られていた。

そういえば朝食を作っている最中だったな。

「渾身のボケを無視しないで欲しいわ。いえね、昨日の影響か私、凄い顔してたみたいなのよ。だから今日の予定は全部キャンセルされて、さっき治癒術師に部屋で休んでなさいって厳命されたのよね。オインクから貰ったエリクサー飲んだら復活したけど」

「なるほど……なんなら本当に休んでもいいって言いたいところなんだが――」

先程の仮説、ボスの討伐が苗木の生長に影響している可能性を説明する。

「あー……じゃあ今日も頑張らないといけないのよね……ほら、昨日のボス倒して私のレベル結構上がったし、さすがに今日は少しくらいマシになっているわよね……？」

「かもな。それよりサブクラスの設定についてそろそろ考えよう」

「あ、それね。私どれが強いかとかそういうの分からないから、まかせていい？」

「神官と相性が良いのは『魔術師』『魔法師』『魔導師』だ。だが後衛は正直ダリアとレイスで十分すぎる程だ。なら前衛としてのサブクラス『堅牢騎士』『騎士』があげられるが、正直それはリュエの『聖騎士』の劣化でしかないからおすすめは出来ない」

「さらに言うと『付与術師』で補助メインにしようにも、オインクの付与術は恐らくこの世界でも抜きんでているだろうし出番がないだろうな」

……あれ？　エルの役割ってどうすりゃいい？　回復魔法だって既に覚えているし。

「え、なに。私いらない子なの？　泣きたくなるんだけど？」

「もう一つあるぞ。浪漫枠《ろまんわく》になるが『拳闘士《けんとうし》』や『格闘家』を入れる。まるで武闘派のモンクみたいなイメージだ。実用性はイマイチだが、ソロ向けのビルドだったな」

「そんなのもあったな。格闘系の装備なら俺もサブクラスが拳闘士だし余ってるぞ」

「身体が武器って訳ね……護身術みたいな物もいつかは身に付けなきゃって思っていたしいいわね。だったら私は格闘家になろうかしら？　ほら、寝技とかもありそうだし」

という訳で、我らのチームに新たにモンクっぽい何かが誕生する事になりそうです。

ちなみに格闘家のサブクラスを得るには、都市の中にある道場のご神体に触れる必要がある。もしもゲームと同じ条件ならば、どの道探索を進めなければならない。

「……道場がある区画は結構離れてるな。レティシアさんが来たら早速向かおう」

「なるほど……格闘家でしたら、私も訓練のお相手が出来るかもしれませんね」

「あれ？　レイスって魔弓闘士《まきゆう》と再生師じゃないっけ？」

「ふむ、そのはずだが」

いやいや、そうじゃないんですよ。うちのお姉さんはジョブシステムではなく、純粋に格闘術を修め実戦で使っている生粋の戦士なんですよ。

「そうだ、苗木の事、オインクとダリアに連絡しておくか」

「そうだな。ついでにオインクには格闘家の装備も用意しておくよう言うと良い」

連絡を入れるが、すぐに返事は戻ってこなかった。

時間的に、会食や会合の最中なのかもしれない。

ともあれ、こちらも朝食の準備を再開するのだった。

「うう……朝食食べてこなきゃ良かった……体調が悪そうだからってパン粥《がゆ》と野菜スープだけでお腹いっぱいにしてきちゃったのが恨めしい……」

「昼食は探索中でも食べられる物にするが、一応リクエストは聞いてやるぞ」

「ピザで」

「なんでシュンちゃんが言うのよ！　なら私天むすが食べたい！　エビのやつ！」

「……揚げ物か。まぁいいか、了解した。シュンは少し自重しろ」

「くっ……長年上品な食事を摂《と》って来た反動なんだ、大目に見ろ」

「テンムスってなんだい？　教えておくれよ」

「テンムス……なんだか強そうな名前ですね……」

なんだかズレた天むす談義を繰り広げていると、屋敷の扉がノックされる。

やはり現れたのはレティシア嬢。昨日譲った鎧を身に纏《まと》った姿だ。

「お待たせしました！　レティシア、ただいま参上しました」

「いらっしゃい。なんだかシュンが世話になってしまったみたいだね」

「いえ、こちらこそ無理を言ってしまい……見送りが出来ればよかったのですが」

「おおかた、こいつが書置きでも残してこっそり出てきたんだろう」

「あはは……そのようです」

レティシアさんも来た事だからと、俺も出発の準備をする。

今日の目標は街の北にある道場へ辿り着く事。そしてエルのサブ職業の設定だ。

マップを見る限り、道中でもボスクラスと戦う事になるが、エルは大丈夫か……？

§§§

「はい、じゃあ今日の進軍はエルを先頭にしたいと思います。神官の技に『聖者の行進』ってあるだろ？　昨日覚えたはずだ」

「あ、ほんとだ。『遭遇したモンスターの行動速度を低下させる』。いいわね」

「昨日、結構エル討ち漏らしてただろ？　これなら今日は完全に経験値が入るはずだ」

「なるほど……レベルは七九だし、昨日みたいにバカスカ上がったりしないわよね？」

「喜べ。道中にボスが二体、道場に一体。どうあがいても頭痛地獄だ」

「やだー！！！」

「ふふ、なんだかエルがいると楽しくなっちゃうねぇ」

「確かに明るくなりますね。なんだかカイさんの仲間と言われると、最初はどこか近づきにくそうな印象がこれまでありましたが……エルさんとは凄く仲良くなれそうです」

まぁ確かにオインクもあんな立場だし、ダリアは聖女だし、シュンも同じく。

しかしエルだって王女なんだがなぁ……ただのアホの子にしか見えないんです。


昨日通ったショップ区画を北に抜けると、運河に出る。

　この川沿いの道でも露店を開くプレイヤーや、ホームを持たない生産職が使える共有工房やアトリエがあったのだが、今ではそういった建物の殆《ほとん》どが魔物の巣となっていた。

　さらに悪い事に、この流れる運河から水棲《すいせい》の魔物も襲い掛かって来るという有り様。

　明らかに、昨日までとは比べ物にならない危険な行軍となっていた。

「ひい！　また出た！　レティシアちゃん守って！」

「はい！　くっ、邪魔だ！」

「おー、魔物の集団をいとも簡単に弾《はじ》き飛ばした」

「……カイくん、戦ってあげようよ」

「今日は二人に頑張ってもらうよ。そろそろ戦い方や心構えを鍛えていこうと思う」

「そうですよね……あの、一応すぐに対応出来るように狙いは付けておきます」

「リュエも、回復の用意だけは頼むよ。シュンは……なんで川に浸《つ》かっているんだ」

　そして戦闘が終わる。レベル的にはそろそろ一撃で致命傷を受けるような事はなくなっているはずだが、やはり神官の技だけでは攻撃手段に乏《とぼ》しく、必死に杖《つえ》で殴り飛ばすという恰好《かっこう》の悪いスタイルに落ち着いていた。

「うう……酷くはないけど頭が重い……これだけ倒してやっとレベルが一上がったわ」

「いやいや、戦闘一回でレベル上がるとか普通ありえないからな。けど、結構戦えていたじゃないか。そろそろ武器代えるか？　少し経験値は減るが火力は出るぞ」

「うん、そうする。これって結構なレア武器だと思うんだけど……これで叩《たた》いてもねぇ？」

『素敵なステッキ』ふざけた名前だが、経験値が上昇する効果を持つ神官用の短杖《たんじょう》だ。

そいつの代わりに、オインクから預かっていたもう一つの杖を渡す。

今のレベルならそろそろ装備出来るとは思うが――

「趣味わっる！　……私これで殴るの？」

「もはや鈍器というか拷問器具だよな。一応そのレベル帯じゃ最強の武器だぞ」


『獄杖テラーヘッド』

『地獄に落とされた悪人の頭蓋を貫く悪魔の棘《とげ》を頭ごと杖にした』

『攻撃の際、時折叫び声が聞こえるという』


「……ねぇ、もっと強くなったら他の武器くれるよね？　私嫌よ……これ」

「正直俺もどうかと思う。レイスが本気で恐がってるから近寄らないでやってくれ」

その後も、昨日とは比べ物にならない頻度で敵と遭遇するも、オインクからもらった杖の力もあり、次々と撲殺《ぼくさつ》していくエル。そして本日一体目のボスまで辿り着く。

「川を渡る為の橋を陣取るか。弁慶《べんけい》のつもりかね、あいつは」

「ふむ。ハイオークの一種だが体格がほっそりとしているな。本当に侍みたいだ」

「刀を構えるな、エルの手付が済んでからだ。『聖者の行進』はボスには効かない」

侍的な外見に、刀使いのシュンがうずうずしていました。

しかし……俺の目から見てもこいつは昨日のボスよりもだいぶ強そうに見えるな。

【Name】色欲のカイザーオーク
【種族】ハイオーク変異種
【レベル】311
【称号】雌喰《めすぐ》らい
【スキル】絶倫《ぜつりん》　淫毒《いんどく》　催淫《さいいん》　極剣術

Ｏｈ……これは見事な女の敵。

エルに任せるのはちょっとやめた方がよさそうだ。

「はぁ……はぁ……私ちょっと行ってくるわ……」

「早速催淫されてんじゃねーよ！　リュエ、耐性アップの魔法」

「はいほい！　やっと私の出番だね」

「どうやら私には効かないみたいですね……レティシアさんは……」

「彼女は鎧の効果で無効化されているね。俺のコートと同じくらい高性能なんだ」

「はぁ……はぁ……は⁉　ちょっとあれなに⁉　えぐいんだけど！」

「……エル、手付したら下がれ。というか全員離れろ。俺とカイヴォンでやる」

「だな。こっちの女性比率が高い所為《せい》でアイツちょっとやばいことになってる」

遠目からでもね、アレがナニな状態なんですわ。天を貫いているんですわ。

するると、エルから光の矢が飛び、それが見事――魔物の股間に直撃した。

「当然の報いよ！　シュンちゃん！　カイさん！　やっておしまいなさい！」

「はいはい分かったよご老公様」

橋の上で蹲《うずくま》る哀《あわ》れなオスを、一太刀《ひとたち》で終わらせる。

確かに強いが……それでも相手が俺やシュンだとどうしてもこうなってしまうのだ。

「ぐぶぉおおおおお！　久々に来た！　あだまわれる‼　われぢゃう‼」

そして本日一回目の絶叫。

「……ふぅ、段々癖になりつつあるのが恐いわ……私ってM気質なのかしら……」

「ほらほら、さっさと次行くぞ次」

「ストップ。アイテムドロップだ。カイヴォンにはないのか？」

「ラストアタックボーナスだろ？」

「なるほどな。……俺は使う事はないだろうな、これ」

すると、アイテムトレードの申請が。なんだ？　直接手渡せば良いだろうに。

『催淫精力剤』

『女性男性共に絶大な効力を発揮するご禁制の秘薬』

『一晩でその興奮は終わらない。激しい夜の強い味方』

なんてもん送って来やがる。

「ノーコメント」

「おま……くそっ！　貰っておく！」

いつかな！　いつか！

§§§

運河沿いの区画を通り過ぎたところで、次の区画。

『闘技場前広場』に辿り着いた俺達は、ここのボスが待機しているであろう闘技場には入らず、まず先に魔物がいない建物、恐らく飲み屋か何かだった建物で休憩をする事に。

「帰ったらお風呂入りたい、色々と汚れたわ……」

「屋敷にはお風呂もついていたっけ。俺は備え付けのシャワーで済ませてたわ」

「ふむ。ああ、さっき催淫されたから――」

「ふんぬ！」

「ぐは！」

「今のはシュンが悪いと思うな」

「はい、シュンさんが悪いです」

空き瓶の全力フルスイングを食らって轟沈《ごうちん》。君最近ゲーム時代の性格がちょいちょい出てきすぎではないでしょうか。さすがにその話題でいじるのは気が咎《とが》めるんで。

そんなこんなで、とりあえず昼食タイム。今日はエルのリクエスト通り天むすだ。

幸い、水道そのものは生きているらしいので、手洗いうがいも完璧《かんぺき》。

食器をお借りしつつ、熱中症対策なレモネードも。

「おー！　分かってるわねカイさん。そう、この尻尾《しっぽ》が上に飛び出ているのが大事なのよね！　それに海苔《のり》の巻き方も完璧よ！　ていうか海苔なんてあったの？」

「乾物全般はセミフィナル大陸で購入してあるんだ。過去の解放者が広めた物だ」

「ああ、もしかしてアギダルか？　俺もいつか行ってみたいな」

天むすを一口。うむ、アイテムボックス様々だ。まだ尻尾がサクサクしてる。

「美味《うま》いな。あまり和食は日本にいた頃食べなかったが」

「そういやお前、俺とダリアと居酒屋行ってもいつも洋食ばっかり頼んでいたな」

「今どきの若者だったからな。お前達みたいにアラサーじゃないんで、僕」

「三つしか変わらんだろうが！」

「くく、今じゃ俺の方が遥かに年上になっちまったがな。……本当、美味いなこれ」

「カイくんとシュンって本当に仲良かったんだね？　なんだかちょっと意外というか」

「俺達の再会が再会だったからな。だが俺達は元々、一緒にいる時間が多かったんだ」

「そうよねー、二人とも外部のコミュに参加してレイド戦とかにも参加してたし」

おむすびを食べながら、昔の思い出に浸る。

「カイヴォン殿は料理が上手なのですね。これは……本当に美味しい」

「お口に合ってよかった。本当はお茶の方が合うんですけどね、今日は沢山汗をかきましたし、塩分と糖分を補給出来るレモネードにしました」

「いえ、これも美味しいです。レモネードにしては……ハーブの香りもしますね」

「ミントを薄い塩水に一晩漬けこみ、それを使いレモネードを作っているんですよ」

「ほほう！　我が家ではポーション作成の為に代々大量のハーブを育てています。是非、真似《まね》をしてみたいと思います」

ゴーストタウンで交わす会話としては場違いな気もするが、こういう日常もいいな。

「ごちそう様。エル、満足してくれたか？」

「大満足！　はぁ……やっぱり美味しいわぁ……お米」

「食べ物の好みが俺と近いな。ちらし寿司やらおにぎりやら」

「うちって古い家柄だったから和食が多かったの。結婚するなら板前さんがいいなって思ってたのよね。エルバーソン時代の旦那は料理人だったわ。という訳でカイさん結婚しない？　私あれよ、幻の存在と言われている『床上手《とこじょうず》な処女』よ？」

「だからやめろって。そういう冗談が通じない娘さんがいるんです」

「冗談じゃないんだけどなー」

レイスの笑顔が恐いんです。リュエの慌てる顔が可哀そうなんです。

……そうか、実在していたのか！　ってやかましいわ！


休憩を終え、闘技場へと向かう。

道場に向かうのなら無視しても問題ないのだが、もしも苗木の生長にボスモンスターが関わっているとしたら、放置していくわけにもいかないのだ。

無論、エルの育成的にも必要ではあるのだが。

「感慨深いな。何百何千と戦った場所だ。実際に見るとこうなるのか」

「どうやら戦闘フィールドじゃなくて、地下フロアにいるようだな、ボスは」

「残念だ。シチュエーション的にはあそこで戦いたかったが」

そう言いながら、シュンは闘技場の中心部へと目を向ける。

そうだろうな。確かにお前はこの場所でずっとチャンピオンだったのだから。

「当時の闘技場はどういう様子だったのですか？」

「うーん、私は数回見学に来た程度だったんだけど、毎日五〇人くらいの選手が詰め掛けて、トーナメント形式で戦ってたんだ。シュンはねぇ、出場したら必ず優勝してたから、それからは出場禁止になって、代わりに週末の大会で優勝した人とエキシビションっていう形で戦っていたんだよ！　それでもずっと負けなしだったんだ」

「ほう、そういう形で記憶に残っているのか。大体は同じような状況だったな」

実装当初からずっと勝ち続けた所為で、チート疑惑も持たれていたっけ。

しかし、実際にこいつがプレイしている姿を一度見たことがあるが……キーボが専用に改造されているわフットスイッチがあるわマウスにありえない量のボタンが付いているわ、そもそも手足の動きが気持ち悪かったわで、マジモンの変態だったんですよね。

そりゃただのキーボマウスやパッド勢じゃ勝てないわ。

「そ、そこまで強かったのですかシュン殿は！　昨日の戦いぶりといい、やはりシュン殿は最強の古の民だったのですね！」

「いや、そこで『自分は関係ありませんよ』って顔してる男が最強だ。俺も負けた」

「俺に振るなよ。少なくとも俺はアリーナで戦った事なんてないぞ」

「事実だろ。正直ルール無用なこの世界じゃ、お前に勝てそうにない」

やめい、恥ずかしい。

というかレティシア嬢がもうなんかドン引きしてるじゃないですか。

大丈夫、僕はハーブで美味しいドリンクを作る優しいお兄さんですよ！

そうこうしつつ地下へと降りていくと、ゲーム時代は入る事が出来なかったエリアの所為か、色々と道に迷ってしまったのだが、無事にボスの反応へと到着する。

どうやらここは宝物庫のような場所らしく、広い部屋が奥に続いているようだ。

「もしかしたらこの中にアリーナの景品が大量に保管されているのかもしれないな。オインクが聞いたら羨ましがるだろうな絶対」

「はは、豚ちゃんはアリーナ関係のレアアイテムだけはコンプ出来なかったからな。そもそも譲渡不可能な品も多かったし」

「知っているか？　アイツ一度アリーナに出た事あるんだよ」

「マジで？　俺知らないんだけど」

「口止めされていたんだよ。アイツ、緊張しすぎてまったく動けないまま、自分よりも三〇近くレベルが低い剣士に負けてしまったんだ」

「……まじかよ。恥ずかしすぎるだろそれは」

ここに来て知られざる豚ちゃんエピソードが。

そんな笑い話も今は意識の外に置き、表情を引き締め扉の鍵《かぎ》を破壊する。

そしてエルが恐る恐る扉を開くと――

「うひゃー！　見て！　こんな財宝の山、ディズ○ー映画でしか見たことないわ！」

「これは……確かにちょいとびびる量だな。問題のボスは……」

いつ崩れてきてもおかしくない金銀財宝の山。そして無数に散らばる装備品の類。

一目で貴重品だと分かるその有り様に、皆感嘆の声をあげていた。

「ま、眩《まぶ》しい……凄いお宝の山じゃないか！　うわぁ……あの杖近くで見たいなぁ」

「気を付けてください、皆さん。宝の山の上に魔物の気配があります」

慌ててマップを確認すると、確かに魔物の反応が上にある。

だが、その姿を捉《とら》える事が――

「きゃあ！」

「エル⁉　どうした！」

「金貨が降って……いえ、崩れてきてる！」

「な！　レイス、魔眼を頼む！」

「は、はい！　……います！　見えない身体の魔物が滑り降りて来ています！」

金貨の山が、何かの足跡の形の凹《へこ》みを作りながら崩れてくる。

透明な魔物とは厄介《やっかい》な。これはエルに手付をさせるのは難しいか？

「リュエっち、私が金貨の山くずしたらすぐにその近くを氷の魔法で包んで！」

「うん、分かった」

するとここで、珍しくエルが指示を飛ばす。

「レイス、今魔物どっち？　方向だけでＯＫ」

「三時の方向、山の中腹です」

「おっけー！　おりゃ！」

すると、エルは自分の杖を金貨の山に投げつけ、金貨を辺り一面に散らす。

そして間髪いれず冷気が散らばった金貨周囲を包み込み――

「よしみっけ。手付完了！　金貨の色が変わった部分が魔物の位置なのよ！」

エルの魔法が飛び、魔物の声が確かに聞こえる。

「ふふん、熱伝導率が高いのよ金って。リュエっちの冷気で殆どの金貨が霜まみれになったでしょ？　でも、魔物が触れた部分は溶けちゃったって訳よ」

「手付をしたくてもお前に見えてなきゃ出来ないからな。上手い手だ」

「でしょでしょ！」

少しすると、シュンが小さなカメレオンのような魔物を仕留めて戻って来た。

よかったな、こいつが変温動物じゃなくて。

そして自分の手柄を自慢している最中《さなか》、本日二度目の絶叫が倉庫内に響き渡った。

§§§§

「道場の中じゃなくて裏にあるな、敵の反応は」

「闘技場の時もそうだったが、どうもシチュエーションとずれた場所にボスがいるな」

「そうだな。やっぱり本来イベント戦が用意されているような場所は特別な加護でもあるんじゃないか？　それで魔物を配置出来ないとか」

「確かにどいつもこいつも持ち場を離れようとしない。意図的な物を感じる」

「ちょっと二人とも、考察してないで前に出てよ！　私に一騎打ちしろっていうの？」

「いぐざくとりー」

「その通りでございます」

目的地である道場に到着し、ここにいるボスとエルを戦わせる。

反応の大きさ的にそこまで強くはないと思うのだが、道場の裏手に回り込むと、案の定そこにいたのは魔物というよりは亜人といった様相の相手だった。

「広義的に捉えたら魔族になるのかね、あれも」

「意思疎通が出来ないなら魔物じゃないのか？」

「あー確かいたよね、ああいう魔物。ワーキャット？　だっけ？」

分かりやすく言うと獣成分がかなり多い獣人といった様子の相手。

ケモナーならきっと守備範囲内だと思います。

「ええと……エルさん一人で大丈夫なのでしょうか？」

「なんだかんだで結構レベルも上がったし、オインクの装備も借りているからね。相手の能力も確認したけれど、十分に戦えるはずだ」

「しかし、エル殿は杖で殴る事しか出来ませんが……」

「頑張ってもらうさ。俺達と戦うならこれくらい倒せるようになってもらわないと」

とりあえず、もしもの時の保険は十分に用意してある。張り切って戦ってくれ。

文字通りのキャットファイトだ。

「や、やってやるわよ！　リュエっち、補助だけ頂戴！」

「うん、頑張っておくれ！」

「相手は素手《すで》です！　武器のリーチを生かしてください！」

セコンドは二人に任せ、シュンとレティシアさんと道場内の様子を調べる事に。

「ほう、綺麗なままだな。ご神体は……ああ、あの神棚か？」

「そのはずだ。やっぱりこういうイベントに深く関わる部分には干渉出来ないのか」

「これでエルがアレを倒したら、マップを見る限り残りは……まだ九体もいるのか」

「さすがに手間だし、エルも強くなりつつある。そろそろ手分けして当たるか？」

「だな。念の為エルには俺とリュエが付く。お前はレイスとレティシアとだ」

「まぁそれが安定か。ダリアとオインクが来てくれたらもっと回りやすいんだけどな」

「そういえば二人にメールしたんだろ？　まだ返事はないのか？」

「あ、そういえばまだだな」

木が育ち始めた件と格闘家の装備の件をメールで送ったのだが、やはり二人は忙しいのか、そろそろ夕方になるというのにまだ返事は返ってきていなかった。

「屋敷の主ですか？　ご挨拶をしなければいけません」

「はは、ある意味初代のアルバートさんを雇った本人だからな、オインクは」

「なんと！」

まだ見ぬ主に期待を膨らませるレティシア嬢。その時、道場裏から歓声《かんせい》があがった。

決着がついたのかと裏手へと急ぐと、そこではエルが馬乗りになり、魔物を杖で殴打するというなんとも泥臭い、そしてえげつない光景が広がっていた。

「手を緩めないでください！　頭を潰す気持ちで！」

「止めを刺すんだエル！」

「……うちの女性陣恐すぎでは？」

「純粋な応援だと思いたいな」

そして、見事ボス格の一体を撃破したのであった。

なお、既に大分レベルも上がっていた為、今回の頭痛は大きくなかった模様。

「や、やっと勝てた……じゃあ格闘家の職業貰って来るわ……」

「今更だが、先に貰ってから挑んだ方がよかったな」

「あ！　もおおお！　なんで先に言ってくれないのよおお！」

再び道場の中に入ると、エルが感慨深げに周囲を見回し始めた。

「なんだか懐かしいわ。高校時代に授業で柔道や剣道があったのを思い出すわね」

「ああ、そういえばそういう授業もあったな」

「カイさんって部活何やってたの？　やっぱりこういう道場使う系？」

「俺か？　………………やばい、覚えてない。遊び歩いてた記憶しかないな」

「くく、お前は部活なんて絶対無理だろ？　先輩殴って退部がいいとこだ」

「たぶん正解。そういうシュンはどうだったんだよ」

「俺か？　水泳と吹奏楽だな」

「え、シュンちゃん楽器弾けるの？」

「弾くというか吹くだな。トランペッターだ。肺活量には自信があった」

そういえばこいつの家に行った時、楽器が置いてあったような気がするな。

「さ、じゃあご神体にタッチしないと……どこ？」

「ほら、そこの神棚にある石だ」

「カイさん肩車して」

ゲームなら近づくだけで調べられたのだが、仕方ない。

相変わらず軽いエルを持ち上げてやると、なんとか触れることが出来た様子。

「あ……貰えたみたい。格闘家がサブに設定されたわ」

「お、やったな。さっきよりは肉弾戦も強くなってるんじゃないか？」

「そうなのかしら？」

道場でなんとなくそれっぽい構えを取り、パンチを繰り出すエル。

おい、それはボクシングのシャドーだ。ダッキングするんじゃない。

「シュッシュ！　シュッシュ！　なんかそれっぽくない⁉」

「そこは空手の型だろう。ほら、とりあえずこう構えて……」

初期で覚えられる技の中には、素振りを一定回数こなすと習得できる物もある。

とりあえずここで暫く彼女には素振りを繰り返してもらいましょう。

「なんだかこの建物って、ちょっぴり神殿みたいな雰囲気もあって落ち着くね」

「そうですね。ここは元々、武術を習う場所なんですよね？」

「そうだね。俺達の国の物をモチーフにしているから、後から生み出されたのかな」

待てよ？　もしかして魔物を配置出来ない場所というのは、ゲーム時代に後天的に作られた場所だったのではないだろうか？

あのコロシアムも、元々は地下金庫のような施設の上に建てた物なら説明が付く。

「今日はこのまま屋敷に戻るのか？　時間的にはまだ余裕があるが」

「今日はエルも頑張ったからな、早めに戻って休憩しよう」

しばしの休憩。道場の端に座り、皆でエルの素振りを眺めていた時だった。

コール音が脳内に響き、メニューを操作するとオインクからのメールだった。

From：Oink
To：Kaivon
件名：今夜伺います
非常に興味深いお話ですので、今夜直接詳しくお話を聞かせてください。
夜八時頃には時間もとれます。食事は済ませてきますので、特別準備は必要ありません。

なんというか、メールでもいつもの口調だと調子が狂うな。

顔文字とあの喋り方のメールの方が文字だとしっくりくるんだよなぁ。

「オインク、今日の夜に一度こっちに来るそうだ。メールが来た」

「ん、そうか。ダリアからはまだか？」

「まだだな。もしかして今忙しい時期だったのか？」

「そうだな。都市の有力者達と懇親会《こんしんかい》でもしているのかもしれない。これまで、あいつは絶対中立として王族以外が開催する催しには絶対に参加しないようにしていたんだ。だが、今はそうも言っていられない状況だ。連日、あちこちに顔を出していた」

「なるほど。しかしオインクが来るって言っても、レティシアさんは自分の町に戻った方が良いかもしれないな。夜遅くになってしまうし」

「泊まってもらえばどうだ？　部屋なら余っているだろ？　ぐーにゃの部屋とか」

「あれって他人がアクセスできるものなのか？」

「いけるだろ。エルの部屋にも入れたんだから」

今日の夜にオインクが来る旨を伝え、レティシアさんにも泊まれないかと問う。

「問題ありません。泊りがけになる事もある、と両親に伝えておきましたので」

「そっか、ならよかった。おーいエル、そろそろ技覚えたかー？」

「たぶん覚えたかも！　途中から動きがスムーズに導かれるみたいになったから！」

「よし、上々だな。じゃあ戻るぞ、今夜はオインクも来るそうだ」

「お、本当？　強くなった私の雄姿を見せてあげるわ」

「ふぅ……テレポで一気に帰りたいけど、そうするとお城に戻れなくなるのよね……」

「じゃあ自力でここまで来た俺やリュエ、レイスが使えばよかった話だな？」

「そうなるとレティシアを一人残す事になる。帰り道に魔物が残っていないか確認する為にも、こうして歩いて戻った方が良いだろう」

ようやく居住区まで戻ると、今日一番疲れているであろうエルが限界を迎え立ち止まる。仕方なしにと今日も背負ってやると、味を占めたのか——

「ふふ、明日から魔物が出るまではカイさんにおんぶしてもらおうかな？」

「何言ってんだ。落とすぞ？」

「ぎゃー！　やめてやめて」

§§§

屋敷へ向かいながら、あの苗木がどうなっているのかと進路を変える。

すると、遠目にも既にその変化を見て取れた。

「うお⁉　育ちすぎじゃないか⁉」

「ボス一体で苗木になったんだから……ありえない話じゃないが……」

「うわぁ……もうちょっとしたものだよこれ」

そこには、町の街路樹程度では比べ物にならない、立派な大木が聳《そび》え立《た》っていた。

これは……このペースで残り九体を倒せば、確かに世界樹レベルまで育ちそうだ。

「こいつはなんの木なんだ……ダリアなら分かるか？」

「私も森生活が長いけど……リンゴの木に似ているかも。あ、若い実がなってる」

「あ、本当ですね。若い実を発酵《はっこう》させたワインがありましたね、そういえば」

「へー……ねぇカイくん」

「ダメです」

「ま、まだなにも言ってないよ？」

「どんな危険があるか分からない木の実なんて食べちゃダメです」

「むむ……そっかぁ。あ、でももしも熟して落ちてきたら？」

よほど食べたいと見える。気持ちは俺も凄くよく分かるんですけどね？

「まぁ、これでカイヴォンの推論は証明されたな。ボスとこの木は連動している」

「だな。じゃあ戻ってお風呂にでも入ろう。あのデカい温泉、使えるはずだから」


屋敷に戻り調べてみると、使えるどころか、お湯も綺麗に保たれ温度も適温という、まさに今すぐ入れる状態になっていた。さすがゲーム時代の施設、便利すぎる。

「そういやゲーム時代は異性の浴場、脱衣所には入れなかったな。今は入れそうだが」

「シュン、試した瞬間俺は本気でお前と戦わないといけなくなる」

「冗談だから剣をしまってくれ」

ならば良いと、服を脱ぎいざ浴場へ。

しっかりとかけ湯もある辺り、デザイナーはよく分かっていらっしゃる。

温泉に肩まで浸かりながら、深く息を吐き出す。

「……案外、疲れていたのかね。お湯が染み込んでくるみたいだ」

「ああ、悪くないな……そうか、毎日温泉に入れるのか、ここは」

「ああ。もし、全てが終わってまた旅を再開しても、いつでもここに戻れるんだよな。温泉に入る為だけに来てしまうかもしれない」

「くく、便利ってレベルじゃないな。俺は、この世界に来てからアイテムボックスの存在を一番のチート、反則だと思っていたが……テレポも大概だな」

鳥の声も聞こえない。周囲に誰も住んでいない。それ故の静寂《せいじゃく》。

そしてこの浮遊大陸の特徴なのか、星空が少しだけ、近いような気がする。

満天の星空の下で温泉か。

「……これで隣にいるのがレイスとリュエだったらなぁ」

「悪かったな」

「ははは。ちなみにアギダルでは混浴してました」

「……お前の理性どうなってんだ。リュエはともかくレイスとか？　あの、アレとか？」

「アレが何を指しているのかはあえて問わないが、正直かなりギリギリだった」

「……俺は、お前の精神力に脱帽《だつぼう》だ」

「ありがとう。そういうお前はこの世界に来てから……男的な意味ではどうなんだ？」

「ノーコメント。だが子供がいないのは俺が成長していないから証明出来てるだろ」

「なるほどな」

「カイヴォン、お前が歳を取り始め、いつの日か俺達よりも先に逝くのはたぶん、決定事項だと思う。その時は盛大に見送ってやるし、お前が残した物も見守ってやるさ」

「……寿命を得るには、まだこの世界を知らなさすぎるさ。……だが、ありがとう」

しんみりとした空気が漂う。

ああ、そうだな。お前やダリアがいるのなら、何も不安はないだろうな――

『おお！　このような浴場があるのですか！　これはなんとも開放的な』

『へー！　露天風呂ってこの世界に来てから初めてかも！　いやぁ懐かしいわねー』

『私はアギダルっていう場所でも入ったよ！　いいよねーこれが屋敷にあるんだもん』

『いつでも入る事が出来るなんて、贅沢《ぜいたく》すぎます……明日の朝も入りましょうか』

そんなしんみりとした空気も、柵《さく》を挟んで向こう側の声に掻き消える。

女性陣は随分と楽しそうだな、やっぱり人数も多いし楽しいのだろう。

「くく、ぐーにゃがいれば三人だったのにな」

「まったくだ。アイツは、どこで死んだんだろうな」

「戦っても強い人間だ。きっと誰かと結ばれ……幸せに逝った事を祈るよ」

「ああ、そうだな」

が、再び作り出す、少し大人なしんみりムード。

いいんです、そんな日があってもいいんです。だがしかし——

『服がないと改めて思うんだけど……レイス胸でけぇ！　なによこれ、余裕で三桁あるでしょ⁉　それにすごい張り！　パツンパツンじゃない！　ほら！　この重量！』

『え、エルさん……』

『せめて私ももうちょっとあれば、見栄えっていうのかな？　大人っぽくなれたのに』

『やー、それはそれで需要があると思うわ』

『エル殿は肌が綺麗ですね。皆さんも綺麗なのですが、エル殿はまるで赤子の……』

『まぁ温室育ちだしねぇ……』

『エルもなんだかんだでおっぱい大きいよね、少なくとも私よりは』

『へへん、そうでしょうそうでしょう。背も私の方が微妙に高いわよ。ほら』

『あ、本当だ！　でも私の方が手足は長いね』

『ぐ……確かに』

どうやらしんみりムードを作る事は出来なさそうですね。

女性陣より先に温泉から上がり夕食を作っていると、再びメールの着信音が。

確認してみると、やはり想像通りダリアからだった。

From：Daria
To：Kaivon
件名：今

「なんだ？　この件名」

操作を間違えたのだろうか？　いぶかしみながらも本文を開いてみる。


『貴方の後ろにいるの』


「メリーさんかよ！　変な事覚えてるのな」

「ええ、割と記憶は残っているのですが、悪ふざけばかりですね」

「うお⁉」

するといきなり話しかけてくるダリア。本当にここに来たのか……。

「なんだダリア、来ていたのか？」

「シュン、ジュリアからお届け物を預かって来ましたよ。着替えと軽食です」

「そうか、悪いな」

「なんで普通にやりとりしてるんだよ。結構ビビったんだが」

聖女としての衣装なのか、上物のローブ姿でバスケットをシュンに手渡す。

いいな、あれ。なんだか単身赴任の父親に娘からお弁当が届けられたかのような。

「お、チーズ入りのホットドッグか。カイヴォン、晩飯は俺の分はなしでいいぞ」

「はいはい。まったく、幸せそうな顔しやがって」

「さて、改めてこんばんはカイヴォン。メールの件について聞きたくて来ました」

「ああ、それなんだがもう少しでオインクも聞きに来るんだ。その時でいいか？」

「構いませんよ。その間少しご飯を頂きましょう。さ、何かおすすめをくださいな」

人格こそ聖女ではあるが、根っこの部分がヒサシに似ているのか、我が物顔で料理をねだるダリアに笑いをこらえつつ、昼の残りである天むすを提供する。

記憶になかったのか、不思議そうな顔をしつつパクつく姿を確認し、調理に戻る。

「美味しいですね、これ。そういえば他の皆さんの姿が見えないようですが」

「みんなで屋敷の温泉に入っているよ」

「なるほど、そういえばありましたね、大きな露天風呂」

少しすると皆も温泉から戻り、レティシア嬢とダリアが互いに自己紹介をする。

まさか、こんな子供も主だとは思っていなかったのか、少々面食らっていたが。

そういやダリアの身長、シュンよりもさらに低いからなぁ。

「よし出来た。シュン、この間言っていたゴルゴンゾーラと蜂蜜《はちみつ》のピザだ」

「なんで俺が飯いらないって言ったタイミングで作るんだよ！　嫌がらせか！」

「いやぁ女性受けがよさそうなんで。まぁアイテムボックスにしまっといて明日食え」

「く……そうさせてもらう」

自己紹介を済ませたダリアが、先程天むすを食べたというのに再び食べ始める。

それも、エルの膝の上で。もう完全に抵抗は無意味だと学んだ様子。

そうして皆で食卓を囲んでいると、最後の一人、オインクがこの屋敷に現れた。

「こんばんは。遅くなってしまい申し訳ありません」

「バツとして俺達が食うのをそこで見ていると良いでしょう」

「そんなー！　……丁度夕食どきでしたか」

するとレティシア嬢が立ち上がりオインクの元へ。

「お初にお目にかかります。私、初代守衛の末裔、当代の守衛を務めさせて頂いておりますレティシア・シグルト・アルバートと申します」

「もしや門番NPCの……」

「正解だ豚ちゃん。よく覚えていたな」

「私が雇ったという事になるのでしょうね。初めましてレティシアさん。私はオインク・R・アキミヤと申します。ここにいる皆さん同様、この屋敷の主の一人です」

「宜しくお願い致します！　現在、カイヴォン様達と都市の調査にあたっております」

「それは有り難《ありがと》うございます。協力してくださり助かります、レティシアさん」

完全によそ行きモードというか、出来る女風を装う豚ちゃん。

ひとまず、早く説明をしてあげた方が良いだろうと、夕食を済ませるのであった。

§§§

「――という事で、やはり俺の推論は当たっていた。明日明るいうちに見れば分かるが、本当に立派な木に育っている。加速度的に生長速度が上がっているようにも感じるし、もう二体ほど倒せば屋久島の杉の木クラスになるんじゃないか？」

「なるほど……もしかすれば、私の国に生えている世界樹と似た種類かもしれません。あれは魔力を放出する種類ですが……もしかしたらここの大樹も……」

「考えられます。七星の封印による影響は大地の衰弱《すいじゃく》。ならば、悪性魔力は地脈の奥深くに流れているのでしょう。それを吸い上げているのだとすれば……」

「そういうことです。皆さんが倒した魔物達が悪性魔力のバックアップを受けていたのだとしたら、倒した事で大樹へと流れが変わり、急速に生長したと考えられます」

「なるほど……じゃあこのまま都市を解放すれば、神界への道も開かれる、か」

「恐らくは。カイヴォン、今のペースだとどれくらいかかりそうです？」

二人に木の生長について語ると、それぞれの考察を語ってくれた。

「二手に分かれたら二日。オインクとダリアが合流して三グループに分かれたら一日だ」

「なるほど。私はこの後一度戻りますが、スケジュールを調整して一週間ほど休みを作りたいと思います。……それだけあれば、決着を付けられる。そうでしょう？」

「ハードル上げやがって。ああ、きっといける」

「いよいよ大詰めですか。私の方は……そうですね、共和国に行った事にしましょうか。国内の貴族達との会合もある程度終わらせる事が出来ましたし」

「いいのか？　聖女が消えて国が混乱するんじゃないか？」

「私は貴族達と王族が手を取り合い、新たに国を導いていくべきだと伝えてきました。きっとこれから少しずつ、聖女にすがる在り方から変化していくと信じています。まずは一週間。私抜きでどうなるか見てみる意味でも、こちらに残りましょうか」

二人がこちらに来る。それはなんだか戦力以上に精神的に心強かった。

頼もしすぎるんだよ、この二人は。自分よりも賢く導ける人間がいるというのは、なるほど確かに下にいる人間にとっては居心地がよく、安心出来るのだろう。

「さてと。エルは格闘家をサブ職業にしたようですね？　そうなりますと、神官用のローブよりも、格闘家向きの道衣の方が良いかもしれません」

「格闘家……そうなりますと、武器は杖と拳《こぶし》。杖の邪魔にならないグローブタイプの武器も良いかもしれませんが、腕輪タイプの武器も持っています。お譲りしますよ」

するとと今度は二人がエルの為の装備を取り出した。

シュンが今着ているような道衣を白く変えたような、少しだけ西洋よりなデザインになった道衣を取り出すオインクと、煌《きら》びやかな装飾がされた腕輪を取り出すダリア。

「おや？　ダリアのそれは……凄いですね、そんな物を所持していたとは」

「私は煌びやかな物は苦手でして……良いモノだというのは知っていたんですが」

「ふーむ……なんなんだ？　それ」

自分の装備以外はあまり詳しくないんです。

「知らないのか？　その腕輪はＨＰ吸収効果付きの拳カテゴリ最強の武器だぞ」

「マジか、そんなアイテムあったのかよ」

「この世界なら杖で殴りつつ拳で殴って自己回復も出来る。エル向きと言えるな」

なんとも豪華な装備に変わっていくエル。

今度はオインクの持ってきた道衣を身に着け、そのデザインにご満悦《まんえつ》の様子。

「これ中々可愛いわね。神聖な感じするし、装飾も綺麗だし。オインク、ありがと！」

「いえいえ。ただ、残念ながら神官向けの杖は先日あげた物しかなくて……」

「えっ！　私こんな聖職者みたいな恰好してあんな地獄みたいな武器使うの⁉」

「そ、そうなります」

「……じゃあこれから私は拳だけで生きていくわ。ダリアのくれたこれ、凄く強いし」

まぁ、杖がなくても魔法は使えるし、問題ないのかね？

あのグロ杖の出番が無くなると聞き、少しレイスがほっとしているのはご愛敬《あいきょう》。

翌日。一度帰ったダリアとオインクが昼前に戻って来た。

どうやら無事に時間を作る事が出来たらしく、今日から本格的に合流してくれる。

「じゃあ改めて編成を考えましょうか。まず第一班はエル、リュエ、レティシアさんです。これはエルの安全を第一に考慮した結果でもありますね」

「よし来た、まかされた！　疲れたら私とエルで前衛と回復役を交代出来るしね」

「私も精いっぱいついていきます。エル殿の護衛はお任せください」

中々に防御寄りな割り振りだが、リュエは魔導師としてもやれるし良いバランスだ。

「続いて第二班。レイスとぼんぼん、そして私です。回復魔法はありませんが、ぼんぼんには回復手段がありましたよね？　それに私も大量のアイテムを所持しています。後衛は私とレイスに任せ、ガンガン前に出てもらおうと思います」

「それに、私は前衛をする事も出来ますからね」

この割り振りも問題なし。正直俺なら一人でもどうにかなるくらいだ。

そして最後が――

「第三班がシュンとダリアです。人数こそ少ないですが、お二人は言うまでもなく互いの連携はお手の物でしょう？」

「当然だな。それにダリアはもう封印に縛られていない。全力で戦える状態だ」

「ええ、そうですね。それにシュンの動きに合わせた術も沢山ありますから」

「ふふ、心強いです。では、マップに記された九つの反応のうち、南門から近い三体をエルの班が。東門に近い三体を私達の班が。最後に、街の中央付近に固まっている三つ。恐らく苦戦すると思いますが、そこをシュンとダリアの二人に任せたいと思います」

そして、オインクの持つスキル［天眼］。

これは戦場を上空からの視点で見られるという力だが、なんとこの屋敷のテラスから都市全体の様子を見ることが出来たらしい。

その結果、点在するボス格の魔物の姿を正確に捉える事が出来た、と。

「幸い有翼種の存在は確認出来ませんでした。ですが市街への被害を抑える為、広い場所に誘導し戦ってください。担当地区最寄りの広場をマップに記しておきました」

「ふむ、便利な力だな。俺達が担当する中央は……なるほど、ここはすでに崩壊している場所なのか。了解した。ここでダリアと一緒に戦っておく」

「三体同時に戦う可能性がありますが……ここなら私も本気で魔導を使えますね」

そう。この都市を解放したあかつきには、いずれこの大陸各地に散った人達も呼び寄せたいと考えている。だから、出来るだけ街に被害は出したくないのだ。

「あ、そっか。じゃあ私は戦う前に結界を張るようにしよっかな」

「私とオインクはあまり派手な技を使えませんね……」

「そうですね。まぁぼんぼんがいるなら、速攻で沈めてくれるかもしれませんが」

「ハードル上げるんじゃない。まぁ最善は尽くすさ」

一通り作戦を伝え終え、オインクが立ち上がる。

「では、解放作戦の会議を終了します。互いの班は対象を殲滅《せんめつ》し次第、他の班にメールで連絡。連絡を受け取った班は必要なら協力要請。もし何もなければ、そのまま周囲の調査をお願いします。作戦時間は……メニュー画面の時刻は揃っているはずですよね？」

「こっちは十一時半丁度だ」

「同じく。あ、いま三秒になった」

「私も同じだね」

「どうやら全員の時間は一緒のようだ」

「分かりました。では作戦終了時刻は午後四時丁度です。もしも倒せていなくても、確実にその時間には撤退を開始、ホームに戻ってください。後日皆で残りを討伐します」

「分かった。まぁ……このメンツで失敗する事は……」

談話室に集まり、戦闘用の装備に身を包んだ面々を見る。

全員、俺の自慢の仲間だ。共に戦った歴戦の強者《つわもの》しかここにはいない。

レティシア嬢もまた、長年俺達の屋敷をこの最果ての地で守り続けた騎士なのだ。

「失敗する事はないだろうな。唯一の不安のエルだって一緒にいるのがリュエだし」

「な、なによー！　確かに格闘家になりたてだけどさー！」

「ふふ、大丈夫です。エル殿はお守りします。決して負けません」

不満げにエルがシュシュッとシャドウボクシングのような動きを見せ、皆が苦笑い。

大丈夫だ。なんだかんだでお前さんの根性は買っているんだ。

そして、屋敷の外に出た一同に向かい、オインクが改めて宣言する。

「では皆さん、これより作戦開始です！」

皆がそれぞれの方角へと駆け出していく。

いよいよだ。これでようやく……大樹が完成する。

その先で待っているであろう七星が、果たしてどんな相手なのか。

そして待ち受ける、世界を狙う者がどんな相手なのか。

「オインク。懐かしいな、少し」

「ええ、本当に」

「俺達はいつもお前の指揮の下、勝利をもぎ取ってきた。安心して指示を出してくれ」

「ふふ、そうですね。それに今回はレイスもリュエもいますからね」

そうして、この街を再び人の手に取り戻す、最後の戦いが始まった――

§§§

なぁ、お前らどんな顔するんだろうな。

実際そんな素振り見せてこなかったし、とてもじゃないが信じられないだろうが。

絶対ビビるよな？　豚なんかは半泣きになりそうだ。

でも、俺は間違っちゃいなかった。当たり前だ、そういう人間を集めたんだ。

ただ……お前は、お前だけは偶然だ。見間違えただけなんだ。

あんまりにも懐かしくて、ついお前を選んでしまったんだ。

だから……ここでお前を、お前達を待っている。

そうだな、最初にかけるべき言葉は――

「ぼんぼん、次の角を曲がってすぐ反転。剣を斜め上に突き出して！」

「了解した！」

指示に従い剣を突き出すと、そこに丁度《ちょうど》追いかけていた魔物の頭が現れ消滅する。

「いや、助かった。広範囲技をぶっぱなす訳にもいかないし、あそこまで速いと俺じゃあピンポイントに攻撃は当てられない」

「申し訳ありません、私にもう少し攻撃力があれば……」

「いえいえ。レイスのお陰で誘導出来たのですから、これはレイスのお手柄ですよ」

割り振られた三体のボスのうちの一体。それを無事に撃破出来たところで一息つく。

マップの反応の強さから、俺達に振られた魔物は厄介《やっかい》な相手だったのだろう。

現に、この最初の一体だけで既にレイスもオインクも肩で息をしているほどだ。

「っ！　なるほど……これが急激なレベルアップの反動ですか……」

「お、今のでレベルが上がったのか？」

「ええ……二上がりましたね。そこまで強力な魔物だったんですね……」

「恐らく、今この都市にいる魔物は、俺達が担当している残り二体が最強だと思う。次いでシュン達の三体だが……同じ場所にいるってのが厄介だな」

「ダリアさんやシュンさんへの加勢の為《ため》にも、早くこちらを終わらせた方がいいですね」

「あの二人の強さは知っていますが……やはり不測の事態には備えるべきです」

「不測って言うならリュエ達の方も心配だ。強い反応じゃあないが、ボスはボスだ」

「ふふ、とか言いつつ、三人に何か加護を与えているのでしょう？」

「まぁな」

エルには【サクリファイス】を発動させ、ダメージを俺が肩代わりしている。

リュエには［再起］を付与して、万が一に備えている。

レティシア嬢には［回復効果2倍］を付与し、耐久力を増してある。

まぁこの三人だけでなく、全員になんらかのアビリティを付与しているのだが。

「さて、次だな、次」

「次は武器工房が密集している通りですね。ここにも一体反応があるみたいです」

「ああ、あそこか。たぶんこの街で一番人が密集していた場所じゃないか？」

「そうですね。装備を買うならあそこでした。あそこは自分の工房を持てるプレイヤーが集まっていましたから、よくここに素材を売りに行っていました」

「そんな場所が……もしかすれば強力な装備を纏《まと》った魔物もいるかもしれません」

そのレイスの予想通り、俺達がその通りに到着すると、まるで見計《みはか》らっていたかのように一体の……いや、一人と呼ぶべき姿の魔物が待ち構えていた。

「おいおい、ここに来てコイツかよ……」

「あれは……近くで見るまで気が付きませんでしたがヒヒイロセンキの色違いですね」

「し、知っている魔物ですか？　これは、教会前にいた魔物と同質の気配を感じます」

『ヒヒイロセンキ』。ゲーム時代、即《すなわ》ち神隷期《しんれいき》の七星《しちせい》であり、ゲーム最終日に俺が倒したボスとほぼ同じ姿の魔物。身長六メートル程の武者甲冑《むしゃかっちゅう》を纏った相手だ。

だがこいつは緋色《ひいろ》ではなく漆黒《しっこく》の鎧《よろい》を纏い、揺らめく青炎を瞳《ひとみ》に宿していた。

「オインク、こいつレベル四〇〇超えてるわ。全力でサポートし――」

慎重になるよう言葉をかけた瞬間、猛烈《もうれつ》な勢いの槍《やり》が飛来し、俺の身体《からだ》を貫いた。

「グァッ！　グ……」

「ぼんぼん！」

「カイさん⁉」

「下がれ！　『ウォークライ』を使う！」

槍を引き抜きながらその激痛を誤魔化すような絶叫を上げ、標的を俺に固定させる。

おいおい、こいつの攻撃力こんなに高かったか？　今のでＨＰ七割消し飛んだぞ。

「……よし。レイス、どこか遠くの狙撃ポイントに移動して援護。オインク、こいつは俺がやる。臨機応変に動いてくれ」

「分かりました。気を付けてください、カイさん」

「こちらも了解です。相手の弱体化に尽力《じんりょく》します」

……今の一撃、俺じゃなかったら即死だった。

この攻撃力の高さは不味《まず》い。元々火力特化ボスだったが、更に強化されている。

万が一にも二人を狙《ねら》わせる訳にはいかない。

「【フォースドコレクション】発動……火力直結型のスキルは無しか」

相手から［武扱《ぶきゆう》の心得］というスキルを奪い【スキルバニッシュ】で消し去る。

攻撃速度上昇の効果だが、これで多少攻撃の手は緩められるだろう。

「ぼんぼん。相手に鈍化を付与します。何か仕込みがあればその間にお願いします」

「……分かった」

巨大な刀を構える魔物が、その大きな足で地面を抉《えぐ》りながら、猛烈に迫って来る。

こちらも奪剣《だっけん》で迫る刀へ攻撃を繰り出し、凄《すさ》まじい衝撃が全身を襲う。

その瞬間、オインクの付与術を纏った一矢が魔物の肩、鎧の隙間《すきま》へと吸い込まれる。

「そっちに気を取られるんじゃねぇ！　こっち見ろコラ！」

叫びながら、刀をへし折るつもりでもう一撃放つ。

　オインクへ振り向きかけた首が、再び俺へと向く。

　その隙に、オインクが近くの工房に身を潜めるのを確認した。

「……武器破壊は諦《あきら》めるか？」

　折れない刀を諦め、大人しく身体に攻撃を繰り出す。

　が、やはり刀により防がれてしまい、思うように攻撃が通らない。

　動きが鈍ってこれか。こんな巨体で素早く動かれちゃかなわん。

「……出会いがしらに受けた一撃で七割なら……いけるか？」

　捨て身へとシフトチェンジする。

　剣をもう一度打ち付け、防がれた直後に剣を手放し、膝《ひざ》を猛烈に殴りつける。

　瞬間、まるで滑ったように魔物が膝をつき頭を下げる。

「っ！　死ね！」

　飛び上がり兜《かぶと》に手を掛け身体に上り、そのまま首をへし折るように頭をねじる。

　人間ではないがそれでも効果はあったのだろう。崩れるように倒れ、動きが鈍る。

「ぼんぼん、下がって！」

　オインクの声に飛び退《しさ》り、先程手放した剣を拾いつつ魔物の様子を見る。

　すると、倒れた身体に無数の光の矢が降り注ぎ、警鐘《けいしょう》のような音が周囲に響く。

「『地平穿《ちへいせん》〝驟雨《しゅうう》〟』か……ダメージは……通っているようだな」

「それでも微々たるものです。ですが……全《すべ》てに鈍化の効果を付与しています。これで、しばらく起き上がれないでしょう。畳みかけてください」

付与術は相手が動いていない時にしか成功しない。

俺との打ち合いで止まった一瞬を狙ったように、ダウンの隙を狙っていたのだろう。

「止《とど》めは……オインク、建物の中へ」

「え？」

「一緒に隠れるぞ。チャージ完了したみたいだ」

そして、少し離れた場所にある火の見櫓《やぐら》の天辺《てっぺん》が赤く輝く。

魔弓《まきゅう》を構えたレイスだ。恐らく、今の今まで力を溜《た》めていたのだろう。

この都市は魔力に満ちている。俺達の連日の戦いや、元々ここに住んでいた強力な魔物が放つ魔力が。その魔力を、彼女は集めていたのだろう。

「……遠目からでも分かる。あれはやばい」

「だ、大丈夫なんですか⁉　余波《よは》でこの辺りが吹き飛ぶのでは⁉」

「……あ」

そして光が、身動きの取れない魔物へと放たれる。

聞いた事のない音。高音と低音が混ざったような不気味な音が後から聞こえてくる。

「余波が……ない？」

「ぼんぼん……魔物が消えていきます。地面、見てください」

「……小さな溶岩の穴があるな」

「全てを一点に集めた一撃……魔弓を使いこなすとここまで出来てしまうんですね」

まるでウォーターカッター。水を一点に噴出し、鉄をも切断してしまう工業機械。

それを魔力で完全にやってのけたであろうレイスの一撃は、確かに隙だらけの魔物を、完全に消滅させる最強の点攻撃と化していたのだった。

「あ、レイスが櫓の上で蹲《うずくま》っています……たぶんレベルアップの反動でしょうか」

「止めを刺したら経験値一杯入るからなぁ……」

ひとまず、頭痛で動けなくなっている彼女を迎えに行きましょうか。

§§§

「さっきの反応であのクラスの敵か……となると最後の敵はどうなることやら」

「ぼんぼん、過去の七星に似た魔物とはこれまで出会っていないんですか？」

「ないな。今のが初めてだ。もしかしたら他《ほか》の担当地域にいるかもしれないが……」

「あの……あの強さの魔物がもしもエルさんのところにいってしまったら……」

「反応の大きさ的にそれはないよ。ただ、早く加勢に行くべきではある。急ごうか」

「最後は東門付近ですか。ここはゲーム時代何もなかった場所ですが」

「少し通ったが、普通に居住区みたいな場所だったたな。近くにある小さな広場にいるみたいだし、そのままそこで交戦って事になる」

「この道を途中で曲がって路地に入るとつきますね、少し走りましょうか」

その提案に一斉に駆け出すと、意外な事にレイスよりもオインクの方が素早かった。

建物の窓庇《まどびさし》や屋根を飛び移りながら、あっという間に距離を離される。

「先に向かい、地形を記憶しておきます！」

「ああ、分かった！　速いな……」

「ええ、ちょっと驚いてしまいました」

あれか、豚は逃げ足が速いのと関係あるのか。

『(、・ω・、)ビビった逃げるか』みたいなノリで。

彼女に続き東の居住区に辿《たど》り着くと、建物が綺麗《きれい》に残されている所為《せい》で、余計に寂《さび》しい光景が広がっていた。集合住宅のような物、だろうか。

アパートメントのような建物が沢山立ち並び、立派な庭付きの家も点在する住宅街。

とても生活感に溢《あふ》れた様相《ようそう》の街なみが、そのままそっくり残されていた。

「壊れちゃいないが、だいぶ荒れてるな……」

「ここにどれだけの人がかつて住んでいたのでしょうね……」

「千人二千人じゃ済まないだろうね……魔物の気配はどうだい？」

「ありません。小動物が入り込んでいる程度だと思います。ただ……先にいる魔物が余程強力なのだと思います。それで近づかないのかもしれないです」

ゴーストタウンと化した住宅街を進み、オインクの姿を探す。

するとレイスが住宅街の一角、大きなアパートメントの屋上にいる彼女を見つけた。

さすがにこの高さを飛ぶのは難しいからと、内部の階段を通りオインクの元へ。

「様子はどうだ、オインク」

「来ましたか二人とも。あれ、見てください」

視線の先の小さな広場。恐らく元々は住民の水場だったのだろう。井戸や水路のあるその広場を、殆《ほとん》ど埋め尽くすような巨体がそこにあった。

「あれは……先日の教会前にいたのとは違う種類のドラゴンですか……？」

「有翼種はいないって話だったが……なるほど、普段はなにも生えていないからな」

「はっきりと姿を確認出来なかったのが悔やまれます。ぼんぼん、どうしますか？　もしゲーム時代と同じ能力を持つのなら……この辺りは火の海になってしまいますが」

そこにいたのは……多少色味は違うが間違う筈《はず》がない。

かつて俺が倒した『ネクロダスタードラゴン』がいた。

翼はある。戦闘に入ると背中から黒炎が上がり、翼を形成するのだ。

思えば、最終日に最初に倒したボスがコイツだ。こいつがいたから、俺は他のボスにも挑む気になったのだ。つまり、全ての始まりとも言える相手。

「……だが、竜だ。俺は竜相手なら確実に殺せる。オインク、レイス。ここで待機していてくれ。俺も今からここで下準備をする。一撃で、一撃で完全に沈めてみせる」

当然だ。こんな大きな住宅街、修繕すれば大陸中の人間を呼び込めそうだ。

【ウェポンアビリティ】
［与ダメージ＋１００％］
［攻撃力＋１１０％］
［全ステータス＋75％］
［アビリティ効果２倍］
［氷帝の加護］
［滅龍剣］
［天空の覇者］
［絶対強者］
［チャージ］
［震撃］

確実に、一撃で殺す為の手段。【アビリティ融合】の恩恵をも利用する。

周囲に建物がある以上、剣の攻撃では余波を生みかねない。

だが［震撃］は、拳《こぶし》の攻撃を相手の全部位に伝えるという効果を生み出してくれる。

剣ではなく拳。この世界では剣を装備したままでも、拳を振るう事が出来る。

なら一撃で身体の全てを破壊し、周囲に影響を与えない拳が生きてくる。

……認めたくないがアビリティを融合したお陰で枠が空いて前より強くなっている。

「オインク、俺に一撃倍加の付与を頼む」

「あれは本当に次の一撃にしか反映されませんよ？」

「ああ、だからその一撃で終わらせる」

「……本当にいけるんですね？　相手のステータスは確認しましたか？」

「ああ、問題ない」

オインクから付与を受け、アパートメントの屋上で助走をつける。

全力で屋上の端を大きく蹴《け》り、無人の街なみを見下ろしながら上空へと跳び出す。

「懐《なつ》かしいな、おい。再会の喜びを噛《か》みしめながら……沈め！」

そして上空で構えた拳を、落下の勢いも合わせ、そのまま竜の背中に——

「『剛陥拳《ごうかんけん》〝玉砕〟』」

対地技。そして同時に自傷ダメージをも喰《く》らう一撃を放つ。

アビリティにより強化されたダメージ。

アビリティにより強化されたステータス。

種族特効のアビリティに、弱点属性。

アビリティによりその衝撃は余す事なく、爪《つめ》の先にまで伝達する。

そしてダメ押しで、オインクの力で全てのダメージが倍加している。

「……耐えられる訳、ないだろうが」

瞬間的に、その巨体が破裂する。

鱗《うろこ》の一枚一枚が砕け散り、牙《きば》や爪までもが周囲に飛び散り、まるで水風船でも破裂させたかのように血が周囲を染め上げる。文字通り、一撃で全てが崩壊したのだった。

「……自傷ダメージで瀕死《ひんし》とか笑えないな。［生命力極限強化］が無きゃ死んでたか」

自分に付与していた［生命力極限強化］の力で、徐々に手足に力が入る。

「ぼんぼん！　大丈夫ですか⁉」

「い、今のは……一瞬で竜が爆発して……」

「はは、回復待ち。無事、倒せたよな？」

「ええ、それは問題なく……本当に、ここまで強くなっていたんですね」

「ああ。本当に……俺はここまで強くなってしまったよ」

かつて一人で挑み苦戦し、回復薬をいくつも使い、それでようやく倒した相手。現実世界とゲームという違いはある。だがそれでも俺は、それを一撃で倒せたのだ。

「血まみれだ。こりゃ一度装備を変えて洗浄するかね」

「そういえば魔王の姿にはならないんですか？」

「あーほら、このコートあれだぜ？　法印の黒コートなんだよ。だから強いし性能も良いし。そういえばこっちに来てからずっと魔王ルック無しだったな」

「なんと……私でも持っていませんよ、そのコート」

ほら、さすがに第一村人発見時にあの姿って訳にもいかないじゃないですか。

まぁその流れですっかり忘れていたんだが……。

しかしこれ、ぐーにゃが作った物なら出所は……この大陸なんじゃないのか？

遺物がセカンダリア大陸に流れ着くという話もあるし、それが巡り巡って俺の元まで来たのだとしたら……もしかしたらぐーにゃは最後までこのコートを所持していた？

更に言うなら……ぐーにゃはもしかして、この大陸にいた……のか？

「では他の場所へ加勢に行きましょう。リュエとダリアにメールをしておきました」

「あ、ああ。じゃあとりあえず着替えて……俺はリュエの方に行くかな」

「でしたら私とレイスはシュンとダリアのところへ行きます。苦戦しているはずです」

「分かった。じゃあ、ここで別れよう。午後四時になったら撤退、忘れないように」

「はい！　カイさん、どうかお気を付けください」

「レイスも無理はしないようにね」

久々の魔王ルックに身を包み、リュエ達が担当している南西の広場へと駆け出した。

§§§

「あ、カイくんだ！　おーい！　メール見なかったのかーい？」

「え？　メールなんて……あ、オインクから転送されていたわ」

リュエ達の持ち場に着くと、いつも通りの様子の彼女がニコニコと手を振ってくれた。

メールの内容を確認すると――

From：Oink
To：Kaivon
【From：Ryue】
【To：Oink】
【件名：あといっぴき】
【さいごのとこにいくところだよ。だいじょうぶだよ】

ひらがなばかりで可愛《かわい》いです。じゃなくて、既にノルマ達成間近だったようだ。

「今最後の一匹を二人が倒したところなんだ。私は回復に専念していただけだよ」

「そうなのか、それは凄《すご》いな二人とも……姿が見えないけど」

「あそこの木陰で横になってるよ。凄い激戦だったからね」

見れば、二人とも荒い息を整える事も出来ず、ゼェゼェと息をして倒れていた。

「お疲れ様、二人とも」

「カ、カイヴォン殿……ご無事でした――その姿は……？」

「装備の一種だよ。さっきの戦いでいつもの装備が血まみれになってね」

「なるほど……私は、てっきり魔物が化けているのかと……」

「カイさん褒《ほ》めて……私達リュエ抜きで倒したのよ……でっかい化け物みたいな熊」

「そんな大きな相手を倒せたのか、そいつは本当に大したもんだ」

「私は殆ど注意を逸《そ》らす程度でした。エル殿の活躍はすさまじかった」

「そういうのもっと言って欲しいわ……でもレティシアちゃんあっての勝利よ」

完全燃焼の二人を労《ねぎら》い、リュエにこの後シュン達の加勢に向かうから先に戻っているように伝えると、リュエも手伝うと言ってくれたのだが、こんなに参っている二人を放っておくのも危ないから、と。

「じゃあ、危なくなったらメールしておくれよ？」

「了解。三人共、帰りも気を付けて。温泉にでも入って休憩していてくれ」

「分かりました。お気遣い、感謝致します」

「あーいいわね温泉……シュンちゃんからコーラ分けてもらってるし……」

フラフラの二人を連れリュエが帰路についたのを確認し、今度は街の中央へと急ぐ。

俺の班が相手した魔物ほど大きな反応ではない。だが、一体ずつ相手をするのと、三体同時とではその攻略難易度は雲泥《うんでい》の差だ。

周囲の倒壊を気にしなくて良い地区ではあるが、どうなっていることやら。

「確かに一面瓦礫《がれき》だらけだな……大樹の残骸《ざんがい》が倒れ込んできて崩壊したのか……？」

その壊れた中央地区は、どうやらあの木を植えた方角から続いている。

もしや、大樹を切り倒した時、その余波で壊れたのだろうか。

被害の範囲的に、倒れている途中で大樹が消えたと見るべきか。

なんにしても、この瓦礫が広がるどこかでシュン達が戦っているはずだ。

「向こう……か？」

風が吹いた気がした。突風のような瞬間的な。

その方向へ向かうと、視界の先に半透明のドームのような物が見えてきた。

恐らく結界。ダリアの手によるものだろうと更に近づくと――

「ダリア？　なんで結界の外にお前がいるんだ？　それに二人も」

ダリア、そして俺と別れたオインクとレイスがそこにいた。

「これが最善策なんです。どうやら、この魔物は身体を光に変え、文字通り光速で飛び回るみたいなんです。ですので、こうして完全に遮断《しゃだん》、徐々に魔物から魔力を奪いつつ閉じ込めています。ただ、結界の内部にいては私自身の魔力も奪ってしまうので……」

「内部でシュンが魔物三体を相手に戦っています。悔しいですが、私では足手まといになってしまいそうなので、こうして待機しているんです」

「私も、中に入るより再生術でダリアさんの補助をしている方が助けになる、と」

「なるほど。それで、戦況《せんきよう》はどうなんだ？」

「三体のうち一体を手負《てお》いにしました。オインクから渡されたMP回復薬を大量にストックしているので、先に魔力が尽きるのは魔物です。勝利は時間の問題でしょう」

なるほど。互いに逃げられない状態でのデスマッチ。そして片方だけは回復あり、と。

確かにこれはシュンの勝利は確定していると見て良いだろう。

ほどなくして、三体全てを一人で撃破したシュンが戻ってきた。

「お疲れ様です。まさか相手の魔力が尽きる前に決着をつけるとは」

「だんだん動きも鈍くなってきていたからな。中々良い勝負だった」

「相変わらず強いなシュン。あいつら一体一体結構なレベルだったのに」

「お前と戦った時よりは遥《はる》かに楽だったからな。それで、他の場所は終わったのか？」

「ああ、これで全部倒したはずだ。後は一度屋敷に戻るだけだ」

「そうですね。あの木がどこまで生長したのか確認もかねて――」

そう言いながら、レイスが木を植えている方角を向いたその時だった。

彼女の声と動きが止まる。無論、その動きに釣られ、同じ方向を向いた俺達も。

「なん……だと……？」

「……おいダリア、あれは俺達の国の世界樹と同じなのか？」

「い、いえ……規模が、違いすぎます！　これ、居住区は無事なんですか⁉」

「！　リユエ達が巻き込まれたんじゃないのか⁉」

ドン、と空気が震えたと思った瞬間、居住区から黒い影が天へと延びたのだ。

太く、長く、みるみる生長し空の雲をも突き抜けるその姿に、不安を覚える。

あの生長に、俺達の屋敷は飲み込まれているのではないか？　と。

「全員、俺のテレポに入るんだ！　ホームに急ぐぞ！」

そして、俺が屋敷に戻ると――

§§§§

「こ、これは美味《おい》しい！　ポーションとはまた違う複雑な香辛料とハーブの配合……焦がした砂糖のようなコクとジンジャーの刺激に、生成用水の刺激……これが、コーラ！」

「そうよー、お風呂上りにこれを飲むのが最高なのよねー」

「私もこのチクチクするのが苦手だったんだけど、この喉越《のどご》しが忘れられなくてね！」

なんか、普通にバスローブ着てコーラグビグビしてました。

「あ、みんなおかえりー。先に始めさせてもらってるわよー」

「シュン、これやっぱり美味しいよね！　キンッキンに冷やして飲むと最高だよ」

「は！　申し訳ありません、先にお湯を頂いた上にこのような美味しい飲み物まで」

「……何事もなかったなら良いんだ。リュエ、何か大きな音や揺れはなかったかい？」

「ううん、なにもなかったよ。ほら、ここってある意味隔離された場所だからさ」

「あ、なるほど。じゃあとりあえず、こちらの光景をご覧ください」

そう言いながら屋敷の扉を開け放つと、そこには昨日まであった、瓦礫の続く荒野や寂れた道の姿がなくなり、ただ眼前に大樹の根本、巨大な木の表皮が広がっていた。

「え、ええ⁉　これ、あの木かい⁉　さっき私が見た時よりも育っているよ⁉」

「うっそー！　ジャックと豆の木なんてレベルじゃないわよこれ！」

「な……な……これは一体……古《いにしえ》の民の力は……人智《じんち》を超えすぎています」

「全てのボス格を倒して神界《しんかい》への道が開けたんだ。だからレティシアさん、君は町に戻

Umai《うまい》
Syuwa《しゅわ》
Syuwa《しゅわ》
♥
ん――～♥

り、行商人やこの辺りを出歩く人間に決して近づかないように警告してもらいたい」

「私は、この先をお供せずとも良いのでしょうか？」

「はい。この街の解放という役目は、今日で一区切りがつきました。ですが……」

彼女には町に戻ってもらう。ここから先は……俺達が決着をつけなければいけない。

「レティシア、今日までよく付いてきてくれた。ここからは俺達古の民がつけなければいけないケジメだ。今を生きる者を巻き込むわけにはいかない。分かってくれるな？」

「シュン殿……はい、シュン殿。今日まで良くして頂いたご恩、決して忘れません」

「俺も、忘れない。全てが終わったら、また実家の方に顔を出させてもらう」

俺に代わり、シュンがレティシア嬢を説得する。

面倒見が良いんだな、案外。何気に稽古《けいこ》もつけていたようだし。

「では、私は町の住人に注意を促しておきます。皆様と一緒に戦えたお陰で、私は少しだけ強くなれた気がします。皆様のご武運をどうかお祈ります」

そうして、レティシア嬢は変わり果てた道へと消えていったのだった。

「ちょっとなに？　カッコいいじゃないシュンちゃん。あの子のこと気に入った？」

「ああ、気に入った。実直で、信念があり、家族思いの良い騎士だ」

「そいつには俺も同意だ。彼女の一族には恩がある。俺達の居場所を、ずっとずっと守っていてくれたんだからな。ここから先の戦いに大事な娘さんは巻き込めないさ」

「ええ、そうですね。では……暗くなる前に大樹を調べておきましょうか。ゲーム時代と同じならば、どこかに内部へと続く洞《うろ》があるはずです」

「賛成です。いざ突入する時、入り口がないなんて間が抜けていますしね？」

「……ま、さすがに茶化《ちゃか》す空気じゃないって事くらい分かっているわ。ねぇ、これで……最後になるのよね？　だったら私、一度戻ってお父様とお話してきたいわ」

真剣な空気を感じ取ったエルが、その提案をする。

……そうだ。泣いても笑っても、これが最後の戦いになるかもしれないのだ。

俺やリュエ、レイスは旅人だ。だが他の皆は……そうじゃない。

守るべき人、国がある人間達だ。

「みんな聞いてくれ。この調査が終わったら、一度それぞれの国に戻ると良い。エル同様、皆も話しておきたい人、いるよな？　それに済ませておきたい事も」

「そうだな。それに俺には一つ気になる点がある。それが済んだら戻らせてもらう」

「そう、ですね。私もアークライト卿《きょう》に少し事情を話してきます」

「私も、副長やゴルドに連絡を入れるべきですね。少々、夢中になっていました」

皆、心のどこかで感じていたのかもしれない。そして急《せ》いていたのかもしれない。

この大樹の先、待ち受けている何かとの戦いは、これまでとは違うものなのだと。

何かが……世界が狂い始めた原因である何かがきっとあるのだと。

ひとまず、大樹の入り口を探す為、それぞれ大樹周辺を調べ始めた時だった。

メールの着信音が脳内に響く。

「これは……シュン？」

From：Syun
To：Kaivon, Oink, Daria, El
件名：話がある
後で、レイスとリュエを抜いた皆に集まってもらいたい。
今後について、大事な話がある。
場所は、屋敷に隣接するぐーにゃの工房だ。

前を行くシュンを見やると、どこか申し訳なさそうにこちらを見つめていた。

二人を抜いて……？　元プレイヤーにしか話せない事なのか？

その内容が気になるところだが、まずはこの大樹を調べて回る。

そして、少し回り込んだところに、馬車一台がまるまる入れそうな洞を見つけた。

「奥まで続いているな。突入は明日、万全の準備が整い、覚悟が出来てからでいいか？」

「ええ、そうしましょう。ただ……出発は正午にします。もしもそれまでに戻らなくても恨みっこ無しです。危険度は未知数。皆、死ねない理由があるはずですから」

「……そうよね。もし怖気《おじけ》づいても、恨みっこ無し、ね」

「ああ、そうだ。俺も……大切な娘がいるからな」

洞の前で、そう取り決めをする。そうだ。最悪、この先は俺一人でも良い。

皆は、この世界に残して来た物が多すぎるのだから。

無論……本音を言えば、レイスやリュエだってこの先には連れて行きたくはない。

皆が内心どんな思いを抱えているかは分からない。そんな中、一度屋敷へと戻る。

そして――

§§§

「俺達は一度国に戻るから、今日は早めに休むと良い」

「そうかい？　まだ暗くはなっていないけど」

「いえ、確かに早く休んだ方が良いかもしれません……恥ずかしい話ですが、私も少々緊張してしまっているようです。それに今日は緊張の連続でしたから……」

「気遣い感謝する。じゃあ、俺達三人は先に眠らせてもらおうかな」

シュンの狙いを察し、俺達は自室へと戻った。

尤《もっと》も、俺はすぐに抜け出し、ぐーにゃの工房へと向かうのだが。

「工房、こんな風になっていたんだな」

「ああ。二人にはバレていないか？」

「ああ、それは問題ない。それで——」

「私達だけを呼び出すとなると、何か重要な話があるのですよね？」

「シュンちゃん、貴方《あなた》気になる事があるって言っていたわよね？　なんなの？」

「……シュン？」

シュンは、工房にある椅子に腰かけ、俺達の顔を見回した。

深く息を吐きながら、覚悟を決めたような表情で、語り出す。

「全部決まっていたんだと思う。俺達がここに来たのも、この大樹を育て神界へ向かうのも。俺達だけがこの世界に導かれたのには、理由があるってずっと考えていた」

「それは……確かに今の状況は大きな流れの中、導かれたような物だとは思います」

「そうですね。カイヴォンが最後にこの世界に現れ、そこから全てが始まり、この流れが生まれ、その果てに私達はここに辿り着いたように思えます」

それは、全ては最初から決められていたものだという、シュンの考察。

俺も薄々考えていた。だが、それが今更なんだというのだ。

「俺達は大げさに言うなら、この世界を救うために選ばれたんだと思う。なら――」

そして、その言葉に続き、シュンが口にしたのは――


「その後はどうなるんだ？」


まるで、それこそが最大の問題だとでも言うように、シュンが口にする。

「どうなるって……そりゃあ世界の混乱を収めたり、それぞれの生活に戻るだろ？」

当然のように答える。だがその時、エルが珍しく深刻な声色《こわいろ》で、語り出した。

「……私、シュンちゃんが何を言いたいのか分かったかも」

「同じく、私も分かったかもしれません。シュン、貴方は私が……ダリアである私の存在を見て……その可能性に思い至ったのですね？」

話が、見えてこなかった。

俺もオインクも、シュンが何を言わんとしているのか分からなかった。

「エル、お前の境遇は聞いた。気が付いたら洞窟《どうくつ》に囚《とら》われていた。そうだな？」

「ええそうよ。そして……そうなる前の記憶が私には無い。それに……エルバーソンだった時代も、その前の時だって、その場所に現れるまでの経緯については知らないわ」

「ダリア。お前はヒサシとしての人格が長い年月に耐えられなくなり、変化していった人格だと言っていたな。だが……本当にそうなのか？」

「……そう言われてしまうと、はっきり断言は出来ません」

「おい、さっきから何を言っているんだシュン」

少しだけ、嫌な予感がした。

「カイヴォン。お前はリュエの家の近くで倒れていた。唐突にそこに出現したようだが、こうも考えられないか？　『同胞の気配を頼りに、そこへ移動していた』と」

「な……お前、じゃあまさか！」

そして、シュンははっきりと言った。

「俺達はこの身体本来の人格に代わり、この運命を遂げる為に呼ばれた意識じゃないのか？　この戦いが終わったら……この身体を元の主《あるじ》に返す事になるんじゃないのか？」

「っ！　俺が、俺じゃなくなる⁉　まさか、俺は俺だ」

「ですが私は、もしかしたらヒサシの心が消え、本来の心『ダリア』だけが身体に残った結果、という可能性もあるんです」

「そうね。私も三度死んで、そして今ここにいる。でもそれって、意識、人格が次々に移る事が出来る証拠にもなるじゃない。もしそうなら……全部が終わったら……」

シュンの話を、ありえないと切り捨てるだけの材料を、俺は持っていなかった。

薄々考えてはいた。ゲームが終わる瞬間、俺は確かに見たではないか。

『Kaivon：本当、楽しかったよ……吉城《よしき》』


見間違いじゃなければ……確かにキャラクターがプレイヤーに宛《あ》てたメッセージ。

つまり……この身体に、本来の人格があるという何よりの証拠ではないか。

「……だから、どうだと言うのです……」

「オインク？」

大人しく話を聞いていたオインクが、うつむいたまま声を上げる。

「だから、どうしたと言うのです！　私はオインクとして歩み、ここまで来た！　この記憶も、思いも、信念も！　全て私の身体に刻み込まれています！　たとえ意識がなくなっても、人格が変わったとしても！　私の人生は、ここに刻まれている！」

「っ！　お前は本当に強いな。俺は……やはり少しだけ恐《こわ》い。だが、それを乗り越えなければいけないって、ようやく理解したところなのにな」

「私は恐くない。これまでの人生に誇りを持っていますからね。シュン、貴方だってそのはずです。私達は、この世界を全力で生きた。その痕跡《こんせき》は私達だけじゃない、世界に刻まれているんです。だから……今更、怖気づく事なんてありえないんですよ！」

オインクが、吠《ほ》える。たとえ自分の意識が身体から消えたとしても。

己の人生は刻み込まれ、そして受け継がれ、世界と共に生きるのだからと。

……強いよ、お前さんは本当に。だが……俺は……俺には……。

「俺が、伝えたかったのはそれだけだ。確定ではない。でも、ありえない話でもない。全部飲み込んだ上で明日を迎えてほしかった。悪かったな、土壇場《どたんば》でこんな話をして」

「……いいわよ。たぶん大事な事だと思うもの。だから、有り難《ありがと》う、シュンちゃん」

「私は……この件には何も言えません……私はもう、ダリア、ですから……」

「それでもお前は俺達と共にいる。それにヒサシの面影《おもかげ》だって確かにある。何も気に病む必要なんてない。これも俺の妄想な可能性だってあるんだから」

「……ああ、そうであって欲しい。俺はまだまだこの世界での思い出が少ないんでね」

「カイヴォン……ああ、そうだろうな。だが、覚悟はしておいてくれ」

聞きたくなかった、とは言わない。それは起こりえる運命だと思うから。

けれども、俺が愛した二人ともう会えなくなるかもしれないのはとても、辛《つら》かった。

元の身体の持ち主が変わらず二人と共に歩むとしたら、それはとても悔しかった。

そんなこと、あってたまるかよ。二人は……この俺が共に旅した家族なのだから。

「じゃあ……俺達は戻らせてもらう。明日の正午、戻る気がある人間は戻ってくれ」

「ええ、分かりました」

「分かったわ」

「……ええ。では、戻りましょう、シュン」

皆が戻るべき場所に戻り、一人夕日が差し込む工房に残される。

真新しい工房。使われた痕跡のない、ゲーム時代の施設故《ゆえ》の外観。

そこに小さな置物が置いてあった。ぐーにゃが置いた物だろうか。

大樹のミニチュアだった。それを、そっと手に取る。

「ぐーにゃ。お前は……どんな気持ちでこの世界で生きたんだろうな」

置物を戻し、静かに屋敷へと戻る。

「寝室の扉……閉め忘れたのかね」

少し開いていた寝室の扉をそっと潜《くぐ》り、ベッドへと戻る。

ベッドに横たわり、今聞いたシュンの話を思い返す。

……それが正しかった時の事を考え、どうしようもない感情に心かき乱される。

と、その時だった。扉がノックされる。

「カイくん、起きているならちょっと開けておくれ。お話しよう」

「リュエ？　ああ、今開けるよ」

リュエだった。部屋の外に、パジャマであるナイトドレスのまま立っていた。

「やっぱり私の部屋と同じだね。なんにも置いてないや」

「はは、そのうち置物でも並べようかな」

「ふふふ、私はもう木工品を並べているんだ。今度見せてあげるよ」

「ああ、今度……な」

一瞬の迷いが、言葉を遅らせた。だがその時、胸に小さな衝撃が走った。

リュエが、彼女がこちらの胸に顔をうずめていた。

「リュエ？」

「……カイくんは、今ここにいるカイくんだけなんだ」

「っ！　まさか！」

「うん。こっそり聞いちゃった。私、嫌だよ？　カイくんが別人になるなんて。姿形が同じでも、それはもう別な人だなんて嫌だ。私を導いてくれたのも、初めて美味しいご飯を作ってくれたのも、全部全部、君なんだ。私が大好きなカイくんなんだ」

「……俺だって、そうだ。愛したリュエを渡すものか。ずっとずっと、俺の隣にいるべきはリュエ達で、そしてその隣にいるのも今の俺であるべきなんだ」

抱きしめる。小さな手で、必死にこちらを抱きしめる彼女を、俺も――

「……最後かも、しれないなら。私は、今のカイくんと――」

「――寿命は、どうするつもりだい？」

「私は長命なエルフだから……数年に一度じゃないと……だから――」

少しだけ震える手を、握る。良いのかと、本当に良いのかと。

全てを受け入れて欲しいと、今じゃないとダメだからと、拒絶しないでと、願われる。

だから……俺は、ついに彼女を——

§§§

星が、無数に瞬《またた》いていた。

腕の中で目を閉じ眠る彼女を、星の光が優しく照らす。

すると、静かに彼女は目を覚ました。

「私ね……ずっと、夢見てた。いつか、こんな風に眠って、目を覚ましたらカイくんが優しく見つめてくれて。夢、叶《かな》っちゃったよ」

「はは……そうだったんだ」

「うん。腕の中でもっと余韻に浸っていたい。でも……君はもう行かないとダメなんだ」

「……そうだね」

「もう、決心はついたよね。覚悟を決めたんだよね。だったら……行ってあげて欲しい。

レイスも一緒に聞いていたんだ。でも彼女は私に『会いに行ってください』って」

「……ごめん、一人を選べない男で」

「仕方ないよ。私だって、レイスをのけものになんて出来ないもん。さ、行っておくれ。私はこのベッドで、もう少し余韻に浸っているから」

背中を押されるように、ベッドから抜け出し服を着る。

そして……最後にもう一度彼女に礼を言い、レイスの部屋へと向かうのだった。

§§§

扉をノックすると、こちらが言葉をかけるよりも先に『入ってください』と言われる。

扉を開くと、レイスが窓際で、珍しく一人でグラスを傾けていた。

珍しく……か。プロミスメイデンで暮らしていた時は頻繁《ひんぱん》に飲んでいたはずなのに、旅に出てからは、あまり一人では飲もうとしなかったな。

「カイさん、こちらへ」

「うん、お邪魔するよ」

対面するように座ると、用意されていたもう一つのグラスに琥珀色《こはくいろ》が注がれる。

蒸留酒特有の香りが立ち上り、心地よく鼻腔《びこう》を抜ける。

「懐かしいですね。こうして二人きりでお酒を飲むなんて」

「そうだね。本当に懐かしい」

思い出す。初めて彼女と出会った夜、俺は彼女を選び、二人で夜を過ごした。

プロミスメイデンにおけるオーナー。客を取らない、孤高の女帝。

そんな彼女が、俺の誘いに乗り、極上の時間を提供してくれたのだ。

「あの時のウィスキーの味は、今でも思い出せるよ」

「ええ、私も」

暫《しば》しの間。それを、先に破ったのは彼女だった。

「私は、貴方を心の底から愛しています。姿ではなく、その普通の人間としての在り方を。若く、未熟《まじゅく》で、それでも力への責任を持ち、不器用でも必死に正しく在ろうともがき苦しむ、真っ直《す》ぐな貴方を。だから、私は今の貴方に……貴方の魂に――」

立ち上がった彼女が、俺の手を取り立ち上がらせる。

真剣な瞳。こちらの瞳の奥を覗《のぞ》き込むような、真っ直ぐで熱い瞳。

「貴方に、私を刻み込みたい。ここに、来てくれると信じていましたよ」

「レイス……全部、知っていたんだね？」

「ええ。リュエは、きっと私の事を思ってくれる。カイさんの中にある最後の鎖を壊して……一歩を踏み出させてくれると、信じていました」

「……ごめんな、レイス。不甲斐《ふがい》なくて」

「……いいえ。あの話を聞いていてもたってもいられなくなったのは私達です。今のカイさん……私達と歩み、守り、愛した貴方と結ばれたいと思ったのは、私達ですから」

静かに、彼女はベッドに腰かけ、そして——

「先程、先にシャワーを浴びてきました。安心してください、私はこれからもずっと貴方の隣を歩きます。たとえ……変わってしまったとしても、共に歩みます。だから」

「……分かった」

夜会用の美しい彼女のドレスに、静かに手をかける。

深く、息を吸い込まないといけない。

俺が……彼女に溺《おぼ》れてしまわないように——

§§§

「私は……この思い出だけで生きていける程強くはありません。依存する喜びを知った私は……以前のように、ただ待ち続けるような強さを、もう持ってはいないんです」

「……俺だってそうだ。君達と離れるなんて、どうやっても考えられない」

窓から差し込む日の光に包まれながら、隣で横たわる彼女は儚《はかな》く呟《つぶや》いた。

「だから……諦めないで。万が一貴方が消えたとしても、きっと戻ることが出来ます。私達のカイさんは、誰《だれ》にも負けません。きっと、自分自身にも――」

「……身体を明け渡す事になったとしても、奪い取るくらいの気持ちだよ、もう」

「ふふ、それでこそです。まだ……時間はあります。一緒にリュエのところに行きましょう。最後かもしれないからではなく……これから先の、新しい私達の始まりの為にも」

「正午までまだ時間はあるからね。一緒に寝ようか」

「ふふ、はい」

朝日に照らされた女神としか言えない肢体がドレスを纏い、リュエの元へと向かう。

眠らずに待っていた彼女を再びベッドに横たわらせ、そして……川の字と呼ぶには隙間がなさすぎる形で、しばしの微睡《まどろみ》を味わいながら、静かに眠るのだった――

§§§

「もうすぐ正午か。昼食、全員の分を作ったけれど……」

「大丈夫、こんな美味しいサンドイッチ、みんな絶対に食べにくるよ」

「ふふ、余ってしまったら私が食べてしまいたいところですが……大丈夫です。残念ながら、一つも余らないと思います。皆さん、戻ってきますから」

正午前。自分達しかいないのを良い事に、混浴温泉として身体を清め、そして皆が集まってくれることを信じ、昼食を作る。

今日はホットサンド。それぞれが好きな物を無理やりアレンジして詰め込んだ、俺らしくない適当なメニュー。勿論《もちろん》エルの分は火を通したタイの身が入っています。さすがに刺身を入れる訳にもいかないので。刺身入りホットサンド……どんな罰ゲームだ。

「……そろそろだな」

部屋の時計を見れば、長針と短針が頂点を指していた。

すると――屋敷の中に、四つの光が同時に現れた。そう、四つ。全てだ。

「意外……でもないか。来たんだな、エル」

「まぁ、ね」

「お二人も来たんですね」

「ええ。私もシュンも……いずれは、国をただ見守るだけの存在になりますから」

「……私も、完全ではありませんが、もしもの時を考え出来る事をしてきました」

皆が、それぞれの決意、覚悟を決めて戻って来たのだった。

「四人とも。おかえり」

「ああ、ただいまだ。カイヴォン、勝つぞ」

「当たり前だ。俺は、俺の思い通りにならない結末なんて絶対にぶっ壊して、望み通りの結末を得るって決めたからな。俺に都合の悪いイベントなんて存在させないさ」

「本当に、傲慢《ごうまん》ですね？　さすがぼんぼん、安心しました」

「当たり前だ。お前の中にある俺は、いつだってそうだったろ？」

「いつも通り勝てます。私達が負けた事なんて、今まで一度もなかったでしょう？」

「そうだな。我らが軍師、いや豚師様がいたら負けはない」

軽口をたたき合う。すると、エルが一歩こちらに近づき小声で――

「昨日、工房の外に二人分の人影が見えたわ。その様子だと……腹くくったみたいね？　お姉さん、人生の先輩として凄く嬉《うれ》しいわ。二人を大切にね？」

「……やっぱお前には刺身サンド渡せばよかったわ」

「ちょ、なによそのゲテモノ！　嫌よ、そんなの食べるの！」

敵《かな》わんな、お前さんには。

「さて、じゃあみんな揃《そろ》った事だし、これから昼食を支給するぞー出発前に」

「おいおい、遠足じゃないんだぞ？」

「遠足だ。どうせ戻ってこられる。帰るまでが遠足だ。気負わず行くぞ」

「ふふ。そうですね？　ではここはあえて――ドングリ！　ドングリはあるの⁉」

「ああ、あるぞ」

「おほーっ！」

「え、マジで食べるの？　私はなに？　刺身サンドなんてこの世の地獄は勘弁よ？」

「残念ながらタイで作った和風ツナサンドだ」

「あ、普通に美味しそう」

それぞれに、ランチボックスを手渡す。

ただのピクニック気分で、気負わず、いつも通りでいる為に。

「ピザサンドだ。ホットサンドだからサクサクでチーズたっぷりだぞ」

「感謝する。本当に……お前が作る飯は美味《うま》い」

「ダリアは麻婆豆腐《マーボーどうふ》風の挽肉《ひきにく》入りホットサンドだ。豆腐はさすがにな？」

「ありがとうございます。豆腐はそのうち国で生産予定です。いずれ技術指導に」

「エルはさっき言った通りの和風ツナサンドだ。お前だけおにぎりって案もあったが」

「いいわよ、みんなとおそろいの方が嬉しいもの。それに、ちょっと楽しみ」

「オインクはサンドイッチというよりフレンチトーストだ。ドングリグラッセ入りの」

「おほーっ！　……お気遣い、感謝します。食べるのが楽しみです」

「はい。リュエはお馴染《なじ》みパンアイス。デザートみたいだけど、これもパンだからね」

「やった！　私はね、初めてこれを食べた時、本当に美味しくてびっくりしたんだ」

「レイスはトマト煮込みをサンドしようと思ったけど……ステーキサンドにしました」

「あ……お恥ずかしい……ありがとうございます、カイさん」

みんなの好物を閉じ込めた、簡単な、けれども気合を入れた昼食。

これ食って、最後の戦いに挑みましょうや。

「ねぇ、カイさんの中身はなに？」

「俺か？　フォアグラのソテーと大トロのステーキ」

「はぁ⁉　なによその頭悪い贅沢《ぜいたく》なチョイス！！　それ、同じの私達にも作ってよね⁉　絶対に今日の夕食で！」

「ああ、約束するさ。今日の夜、絶対に作るから」

エルの無邪気で、当たり前な怒りの言葉が、俺達の最後の決意を固めてくれる。

「……行くぞ、今日で終わらせる。俺らがこんな事を言うとおかしいかもしれないが……この世界を救うとするぞ！　遠足のついでに！」

屋敷を飛び出し、そして最後の決戦の地、大樹の洞へと出発するのだった。

§§§

「この内部を頂上まで歩いていくとなると……大分時間が掛かってしまいますね」

洞から大樹の中に入り込み、スロープ状になった道や階段のようになっている根をつたい、少しずつ内部を進んでいると、後方にいたレイスが一同に声を掛けてきた。

雲の上まで続くこの道だ。確かに歩いて進むと大変なのは分かり切っている。

「大丈夫、途中で確か、上にグーンって進める仕掛けがあったはずだよ」

「そうなの？　私ここに入るの初めてなのよね。ここ景色も良くないしさ」

「神隷期と同じなら樹液が通う道に出ます。そこの気泡の力で上昇するんですよ」

「今考えると、中々無茶な移動方法ではあるがな。懐かしいか？　カイヴォン」

ゲーム時代。俺が最後に挑んだのがこの場所だ。

神界エリアに一人赴き、そしてそこで待ち受ける『神』を冠《かん》するボスと戦った。

尤《もっと》も、攻略法が確立されていた当時は、ノーダメージで完封出来てしまった訳だが。

「懐かしいな。ただあの時と違って大樹の中に敵がいない。なんだか少し拍子抜けだ」

「そういえば……ここに来るまで雑魚一匹現れていないな」

ここに来るまで激戦を予想していたのだが、蓋《ふた》を開けてみれば本当にただの遠足。

不思議な緑の灯《あか》りに照らされた、どこか優しい自然の中をただ上るだけときた。

「だって大きくなったばかりじゃない。まだ魔物が巣くう前なんでしょ？」

「あ、そっか。街の魔物もおっぱらったし、中にいないのは当たり前なのかな」

「だが逆はどうだ？　神界の魔物がここから地上へ向かうとしたらどうだ？」

「うぇー……嫌な事言わないでよシュンちゃん」

ま、それもありえる話ではあるな。

道なりに進んで行くと、オインクの言った通り、樹液が通っている空間に出た。

無色透明ではあるが、粘度の高そうな樹液がゴポリと音を立て、定期的に泡を上へと送り出している。実際にあれに入るのか……？

「いや、無理だろ。物理的にありえない……」

「カイヴォン、安心してください。私達の国の世界樹にも似た生態がありますから」

「そういうことだ。さ、とっとと飛び込むぞ」

そう言って、一足先に気泡に飛び込み、遥か彼方《かなた》へと浮上していくシュン。

それに続きダリアとオインクが泡に入り、エルがリュエに引っ張られて次の泡へ。

「……どうにも、下手に現実的な所為で疑ってしまうな。レイス、行こうか」

「はは、は……はい！　い、一緒に……ひ……ひ……」

「そっか……周りが丸見えだもんな……レイス、目を閉じな。俺が手を掴《つか》むから」

「わ、分かりました……放さないでください、絶対に……」

セリフだけ聞くとロマンチックです。ありえないくらい震えていますが。

次に現れた気泡に身体を食い込ませると、まるで大きな浮き輪やバナナボートのような反発があり、そのまま押し込むと、ブルンと震え一気に身体が飲み込まれる。

レイスを中へ引っ張り入れると、エレベーターのような重力を感じ、浮上していく。

「……結構、楽しい気がする」

「た、楽しくないです……まだ、まだつきませんか……？」

「もうそろそろかな」

頭上に水面が見えてくる。恐らく、あそこから空気を外に排出しているのだろう。

軽い衝撃と共に気泡が止まり、足場へと脱出すると、それと同時に気泡が破裂した。

「到着。レイス、もう目を開けても大丈夫だよ」

「は、はい。深い湖みたいになっていますが……これが下まで続いているんですね」

「ええ、そうですよ。どうやら全員無事に到着出来たようですね」

オインクの声に振り向けば、皆がこちらを待ち構えていた。

どうやらまだまだ道は続いているようだが、微《かす》かに空気の流れも感じる。

「みんなが揃ったら昼食にしようと思っていたんです。良い場所がありましたよ」

「どうやらここは酸素や魔力を外部に放出する部分らしい。外が見える場所があった」

「景色が良いのは良いんだけどさ、さっきから身体に付いた匂《にお》いとれないんだけど……なんか微かにメイプルシロップみたいな匂いしない？　ちょっと胸焼けしそう」

「私はこの匂い好きですよ？」

「うー……いい匂いだけど、常時甘ったるいのって苦手なのよー」

なるほど、ここらで休憩にするか。確かに突入から一時間。丁度午後一時。

出発前に渡したランチボックスの出番という訳だ。

オインクに連れられ、明るい光が差す方向へと向かう。

するると、まるで薄い膜に覆われた展望台のような場所に出る。

「見てください。私達の屋敷があんなに小さく見えます。大分上まで来ましたね」

「ひっ！　も、戻ります！　木の中に！」

「大丈夫だよレイス。さっき突いたけど、凄く丈夫なんだ。絶対落ちたりしないよ」

「気持ちは分かるけどね。高所恐怖症じゃないけど、さすがにこれは恐いわ」

雲が目線の高さにある世界。そんな絶景を望みながらランチボックスを取り出す。

『思えば遠くまで来たものだ』何かのセリフだったとは思うが、この景色についそんなフレーズが脳裏を過《よぎ》る。本当に……遠くまで来たよな、俺達は。

「ん！　うまい！　カイヴォン、このチーズはなんだ⁉　モッチモチだ」

「モッツァレラみたいなヤツだな。隠れ里の特産品だぞ」

「そうか、あの里の……いずれは、あの里の農業、畜産業を援助することになりそうだ」

「ふふ、そうですね。私も大豆畑を里長に頼みましたから」

「そちらの大陸にも豊かな畑があるのですね？　こちらの大陸と交流を持ちたいです」

「あ、それでしたら是非《ぜひ》、いつか大豆畑が軌道に乗ったら、アギダルやエンドレシアにあるという醬油《しょうゆ》作りの技術をですね……」

ひと時の休息、その最中《さなか》の交流。

それはこれから先の未来を見据えたものばかりで、俺が言うまでもなく、皆はこの先も続いていくのだと、もはやなんの不安も感じていないようだった。

「なに？　なんだか楽しそうじゃんカイさん。微笑《ほほえ》んだりしちゃってさ」

「ん、もう食ったのか」

「うん、美味しかったわ。でも――」

「おにぎりの具にした方が美味しいかも、だろ？」

「……ごめん、正解。いや、めっちゃ美味しかったのは本当なんだけど」

「まぁ俺も分かってたさ。今度ツナマヨおにぎりでも作るよ」

「で、なんで笑ってたのよ？　もしかしてあれ？　昨夜の余韻みたいな？」

「エル、品がないぞ」

「ごめんちゃい。ま、冗談はともかくさ。みんな、先を見ているわね」

「……こっちが考えている事を知ってて茶化すんじゃない」

まったく。世の女性というのはみんな相手の思考を読めるとでも言うのだろうか。

「さっき外見たらさ、上の方にぼんやり月みたいなのが見えたのよね。あれが神界？」

「そうだ。ここから見えるって事は、そろそろ魔物も現れるかもしれない。気を付けるんだぞエル。強くなったとはいえ、戦いそのものにはまだ慣れていないんだから」

「うん。あ、でもカイさん私に不思議な力使ってるでしょ？　あれ、カイさんがダメージ肩代わりしてるんだよね？　あれ、解除してよ」

「ん、なんでまた」

すると、またしても珍しく、エルがその表情を真剣なものに変化させる。

「私とカイさん、死ぬなら私の方が良い。反論しないで。貴方は戦いの要《かなめ》なの。私は……死ぬ覚悟は出来ているわ。伊達《だて》に三回死んでないのよ」

「……分かった。別な力に変えておく。ダメージ軽減でどうだ？」

「ん、それならいいかな。ごめんね、折角《せっかく》の好意を断るみたいな事言って」

「いいや、それだけエルが大人なんだよ、俺よりも。悪いな……嫌な事言わせて」

「……はぁ。やっぱ諦めきれないわ。カイさん、いつか歳《とし》を取り始めたら連絡頂戴《ちょうだい》な」

そう言い捨てながら、彼女はリュエの元へと歩いて行った。

なんだ？　どういう意味だ、最後のは。

「ところで……レイスはいつまで俺の腰にしがみ付いているんですかね」

「こ、ここを離れるまでです……どうして皆さん平気なのですか……？　落ちたら助かりません……こんな、植物の上なんですよ？　下が透けているんですよ？」

「凄く頑丈だからなぁ。仮にレイスが落ちそうになっても、俺達が見過ごす訳もないし」

「そ、それはそうですが……」

「それより聞いていたと思うけれど……その、エルには感づかれているみたいです」

「……本当の意味で大人の女性なのは、エルさんですからね……仕方ないのかもしれません。きっと私達とは違う、厳しい人生をこれまで送って来たんだと思います」

そうレイスが認めるエル。だが、当の本人はリュエのパンアイスを一口くれと頼み込むという、なんとも子供っぽい理由で追いかけっこをしておりました。


「そろそろ出発しよう。ここからは戦闘も想定される。チェックを忘れないように」

皆が昼食を摂《と》り終えたところで、再出発の前に装備の点検を促す。

すると、どうやらパンアイスにありつけたエルが、リュエに指摘する。

「ねぇリュエっち？　どうして髪飾り片方しか付けないの？　二つ揃ったはずよね？」

「え？　だってこれ、エルのなんだろう？」

「うんにゃ。カイさんに託した物だし、それを私が付ける事はこの先も無いと思うの。片割れはずっとリュエっちが付けてくれていたんでしょ？　一緒に付けてあげてよ」

「いいのかい？　じゃあ遠慮なく……ついに揃ったねぇ」

ナオ君が遺跡の中で発見したという、エルの元から盗まれた髪飾りを付ける。

あれは、七星が眠る遺跡最深部への鍵《かぎ》だったという話だが。

「おー似合う似合う。良かったわねぇリュエっち」

「うん！　これはね、カイくんが初めて私に贈ってくれた物なんだ。懐かしいなぁ」

「そうだったの？　なんだか因縁《いんねん》めいた感じねぇ」

「確かに。ダリアといいエルといい、うっすらと関係していたんだな、ずっと前から」

リュエの弟子《でし》であるフェンネルの弟子だと判明したダリア。

初めての贈り物がエルの持ち物の片割れだったリュエ。不思議な縁もあるものだ。

「それを言うなら、私だってリュエの元で生まれたクロムウェル師の弟子ですよ？」

「あ、そういえば。じゃあ……シュン、シュンはなにかないか？」

「残念ながら、ない！」

「自信満々に言うなよ……」

皆も装備を整え、いざ出発しようとした時、リュエが不思議そうな声をあげる。

「あれ？」

「どうしたんだいリュエ」

「いや……二つ揃ったからかな？　なんだか不思議な魔力を感じるんだ、髪飾りから」

そう言って、彼女は頭に付けた二つの髪飾りを指さした。

ふむ……そういえば以前、彼女の髪飾りを調べさせてもらった事があったな。

「ちょっと見せてくれるかい？」

「うん。私もさっき調べたけど……ちょっとだけ変わってたんだ」

『エリスの羽飾り』

『旧世界の遺産　製作者シュテル・カノーネ』

『蒼月《そうげつ》の神シュテルが、愛弟子《まなでし》を運命から救う為に生み出した』

『たとえ多くの悲劇を生み出したとしても、世界を人の手に託す為に』

『付与アビリティ』
[運命反射]
[宿命勝者]
[技量＋３００％]

「ふむ。見覚えがある気がするな、このエリスって名前」

「本当かい？　前はもっと難しい名前だったよね？　蒼星がどうたらって」

製作者の名前や、新たに付け加えられたフレーバーテキスト。

そして消えかけていたアビリティの名前が明らかになる。

これは確か——

「なになに？　今懐かしい名前聞こえてきたんだけど」

「ん？　知っているのかエル」

そう言いながら、この二つ揃った髪飾りをエルにも見せてみる。

一瞬アイテムボックスに収納し、同じくテキストを読んでいるのだろう。

「え？　これって歴史的発見なんじゃないの？」

「何がだ？」

「カイさん、うちの大陸の神話知らない？　姫騎士エリス。救済の女神のことよ」

「あー……ちらっと見たかもしれない」

「そ。この女神様ってさ、名前が伝わっていない『蒼月の神』の弟子なんだってさ。て事はこの製作者の名前って、伝わっていない神様の名前なんじゃないかしら？」

「あーなるほど……とりあえず貴重な資料って事かね。リュエに返してあげてくれ」

「リュエっち、全部終わったらうちの国に遊びに来てよ。歴史家と話をして欲しいわ」

「うん、分かったよ。そっか、これって神様の髪飾りだったんだねぇ」

まさか場末のお土産屋で買いました、なんて言えない空気ですねこれは。

そういえば、レイニー・リネアリスもこの髪飾りに拘《こだわ》っていた気がする。

いずれ、またあの神様もどきにも会いに行くべきだろうか。

「そろそろ行きますよー！　ここからの先頭はエルですからねー」

「あ。はーい！　よし、じゃあ行くわよみんな。レッツ『聖者の行進』」

そう言いながら、彼女は懐かしい地球の楽曲をハミングしながら歩きだす。

アメリカに伝わる曲だったか？　陽気なメロディがなんだかミスマッチではあるが。

「エル、音程が違う。そこは半音下げるんだ」

「もー！　うっさいわね元吹奏楽部！　うろ覚えなのよ！」

「だが気になる。もう一度最初からだ」

君達、さすがにマイペースすぎやしませんか？

§§§

「ぼんぼん、左の敵集団に『大地裂閃《だいちれっせん》』そのままシュンのところへ！」

「了解」

「エル、ダリアに回復魔法を！　ダリアは回復後、手数重視に切り替えて！」

「了解しました！」

「わ、分かったわ」

狭いフロアを埋め尽くす、魔物。

明らかに一体一体の強さが常軌《じょうき》を逸《いっ》しているそれらを、必死に食い止める。

「レイス、数の減ったところに範囲攻撃を！　場の魔力は使わないでください、ダリアに使わせます！」

「分かりました！」

「オインク危ない！」

魔物の大群から飛ぶ白銀の閃光。それをリュエが剣で弾《はじ》き落としオインクを守る。

「シュン、ダリアにヘイトが向かうはずです！　迎え撃って！」

「了解」

「ぼんぼん、敵がダリアに向き始めたら範囲攻撃のチャージ開始！」

無数の炎や雷がダリアからとんでもない速度で射出され、魔物の数が次々と減る。

すると、オインクの予想通り魔物の標的がダリアへと移行した。

すかさず、その行軍にシュンが立ちはだかり、単独で押しとどめる。

そこへ、同じく待ち構えていたオインクの援護射撃が入り、数がさらに減る。

「レイス、エル、オインクの元へ！　デカいの決める！」

そして極限まで強化した一撃を放ち、集まっていた魔物を一網打尽にする。

「……討ち漏らしは四体！　飛行三、壁に一！」

「リュエ、止めを！」

「おっけい！」

それでようやく、何度目になるか分からない魔物の群れを退けたのだった。

「……舐《な》めてたわ。なんで雑魚のはずのアイツらがあそこまで硬いんだ」

「お疲れ様です。ええ、正直一体一体が都市にいたボスクラスの耐久を持っているなんて考えてもいませんでした……これ、ちょっと異常です」

肩で息をするオインクに、リュエが回復魔法を施す。

皆に指示を出しながら自分も攻撃に加わっている彼女は、やはり疲労の色が濃かった。

なんでも、右目で見下ろし視点、左目でそのままの視界という、普通は頭が混乱するような視界を作り出し、それらを同時に見ながら指示を出しているそうだ。

「オインク、大丈夫？」

「ええ……すみません、目の周りにもお願いします。少し冷やしていただければ」

「この狭さにあの数だ。オインクの指示にも限界がある。戦い方を変えるべきか？」

「ですがシュン、私達ではあの大群の正確な動きは分かりません……」

全滅はしない。だが、痛手を負うのは十分にありえる状況だった。

正直、出会いがしらに範囲技を使っても殲滅《せんめつ》出来なかったのは、俺からしても中々にショックだった。明らかに俺達の火力に対して、対抗しているような頑丈さだ。

「うーん……カイさんなにか良い案ない？　マンチプレイはカイさんの十八番《おはこ》でしょ？」

「一応確実に一体殺す手段ならあるが……大群相手じゃなぁ」

「例の自然回復効果を反転させて付与する技か？」

「ああ。けど、それでも確実に三三秒かかる方法だしな」

［生命力極限強化］の反転付与。確かに特別な相手でなければ殺せる手段ではあるが、即効性に欠けるのだ。マンチプレイ……ゲームならまだしも、この世界となるとなぁ。

「木の中だし火を放つってのはどう？　魔物も上手に焼けましたー！　って」

「燃え広がったら俺達も危険だ。それに、先の通路が崩れたらどうする」

「うーん参ったわね。『聖者の行進』で動きを鈍らせようにも、一瞬で解除されちゃうし」

ふむ、フィールド攻撃か。だが木の内部という事もあり、あまり使いたくはない。

ダリアだって、使う炎魔法は小規模の物に留《とど》めているくらいだ。

「あーそうだ……ダメ元で試してみるか？」

「なになに！　カイさん名案浮かんだ？」

「効果があるか微妙だがね。ダリア、リュエ、ちょっとこっちきて」

「うん？　なんだい？」

「何か攻略の糸口が見つかりましたか？」

「あ、ついでに一応エルもカモン」

「ついでってなによー」

ひとまず、このメンツの中で魔法に秀《ひい》でた人間を集める。

「全力じゃない炎魔法。範囲に秀でたヤツをこの先の通路に使ってみてくれないか？」

「私が考えた上手に焼けました作戦じゃない。シュンちゃんにも却下されたわよ？」

「ちょっと違う。まぁとりあえず試してくれないか？」

さっき、シュンが『俺達も危険だ』と言っていた。

だが、危険なのは別に炎によるダメージの事とは限らないのだ。つまり——

「分かった！　お蔵入りになったあの魔法だねカイくん！　懐かしい！」

「実は何回か使った事があったりします」

「ひっ！　なんて残酷な！」

無力化するのには便利なんです、あれ。

とにかく、三人に通路に向け炎を放ってもらう。

出力の抑えられたそれは、一瞬で通路の壁を焼くという結果を出すことはないが、それでもジワリジワリと壁が焦げていく。

「ダリア、風で後押し。先の先まで炎を行き渡らせてくれ」

「了解。何か考えがあるんですね？」

「ソナー」の力で先のマップを観察すると、この先にいる魔物達が全て動き出したのが分かった。だが、倒すには至らないし、それまで木が持つとも思えない。

「よし、全員停止！　後は俺が！」

そして剣のアビリティを魔法用に組み替え、全力で広がっている炎にむかい——闇《やみ》の魔導を発動させ、炎を侵食し、紅蓮《ぐれん》の炎が黒く染まり、そして見えなくなっていく。

だが確かに、そこに無色の炎がある事を、景色の揺らぎが教えてくれた。

「オインク、MPポーション」

「はいどうぞ！」

一気にそれを飲み干し、さらに魔力を込める。すると――

「来た来た！　一気に経験値流れ込んできた！」

「おお⁉　なになに、カイさんなにしたの⁉」

「秘儀、燃えない炎！　しかし酸素はしっかり奪う！」

「マジかよ。俺がその作戦に名前つけてやる。題して『闇の炎に抱かれて馬鹿な！』」

「やめろ！　縁起でもない！」

マップの光点、魔物の反応がどんどん減っていく。

一部残っているのは、恐らく無機物の魔物だろう。

「……よし、大分減らしたぞ。ただ……ちょっと休ませてくれ」

「お、お疲れ様です……ぼんぼん、そんな事も出来たんですか……」

「ここが狭い通路なのが幸いした。屋外じゃここまでの効果は見込めないさ」

「まさか本当に役立つ時が来るなんてねー……魔法の師匠として鼻が高いよ」

「……魔物の殆どが窒息死って……マンチプレイってレベルじゃないわねぇ」

ひとまず、急激なMP消費の反動で訪れる頭痛が回復するのを待つのだった。

首元に当ててもらっている氷が、火照った身体を冷やしてくれる。

渡されるポーションを少しずつ飲みながら、体調が回復していくのを自覚する。

頭の中に溜まっていた、重たい何かが流れていくような、そんな感覚だ。

「カイヴォン、先の様子を見てきた。一部生き残っていた魔物も全て討伐してきたぞ」

「殆どの魔物が死んでいました……拠点攻撃としては最強の魔法ですね……」

戻って来たダリアとシュンが先の様子を伝えてくれる。

そして、哨戒《しょうかい》に当たっていたレイスとオインクもこちらに戻って来た。

「後方にも討ち漏らし、いませんでしたよ」

「私の力で見えない物陰も調べてきましたが、精々取りこぼしたアイテム程度しかありませんでした。かなり貴重な素材が大量です」

「はは、そいつは良かった。後でしっかり分配するからな？」

「……はい」

なんで嫌そうな顔するんだよ！

「ふぅ、ありがとうリュエ、エル。だいぶ気分が良くなったよ」

「本当かい？　あまり、無茶はしないでおくれよ？　カイくん魔法の才能はあっても、普段あんな大規模な魔法は使わないんだ。身体への負担は相当大きいはずだよ」

「そうね。魔法で体力は戻っても、内臓や筋肉、骨格のダメージはすぐには治らないんだから。感謝してよね、私にマッサージや整体の知識があることを」

はい、そうなんです。ダリアも整体に似た知識はあったのだが、エルに至ってはマッサージ、テーピング、ストレッチなどの実践的な知識が豊富だったのだ。

曰《いわ》く、高校時代、空手部のマネージャーだったとか。

それで道場にいた時、あんなにしみじみと辺りを見回していたのか。

「よし。本職ほどじゃないけど、魔法と併用したし、少しはマシになったでしょ」

そう言われ立ち上がり、軽く屈伸をしてみると、確かに違和感が消えていた。

「凄いな、戦う前より調子が良いくらいだ」

「そ、そんなにかい⁉」

「なんと……エル、今度私にも教えてください。本格的な知識が欲しいです」

「あ、私にも教えておくれ」

「ふふん、少し気分がいいわね！　私にも教えられる事があるなんて」

そろそろ攻略再開の準備に入る。だが、シュンがその必要はないと言う。

「先を見てきたと言っただろう？　この先は……また、あの樹液の道があった。恐らくこれが最後だ。たぶん抜けた先は……神界だ」

「そう、か。じゃあ後はほぼ一直線だな」

「ああ。今更覚悟は問わない。皆、準備は出来ているか？」

皆が振り返る。そして、ただ静かに首を縦に振る。

「俺の記憶だと、神界はほぼ『創造神アストラル』専用のフィールドだ。分かれずに一緒に向かおう。ただ、気泡に乗る前に皆には補助魔法を念入りにかけてもらう」

「うん、分かった」

「同じく、分かりました」

「オインクもここからは指揮ではなく、攻撃と補助に専念で頼む」

「了解。アイテムによる補助もおしみなく行います。エルもリュエも、回復魔法は程々で構いません。最高級の範囲回復薬を投入します」

「頼もしいな。シュンは最前線。ひたすら切り込んでくれ」

「了解。動きを探る」

「リュエは途中からシュンに合流。魔法控えめで大技を狙い続けてくれ」

「……本気でやるね」

「レイスはオインクのいる位置から離れた場所で援護射撃。射線には気を付けて」

「……はい、いよいよですね」

「そして俺も今回はシュンと一緒に最前線に出る。ゲーム時代みたいなハメ技は効かないだろうけどね。ただ、俺は最高の耐久構成で挑む。相手の能力を確かめる意味でも」

「カイくん、いつもの相手を調べる能力は使わないのかい？」

今回、ステータスに関係ない力は入れない。

……そんな余裕、ないとすら思っている。

そもそも、相手の能力を見られるとは限らないのだ。

もしレイニー・リネアリスの自由を封じた相手だったとしたら、それこそステータス画面に介入《かいにゅう》してくるかもしれないのだ。

「使わない。本気で殺す事だけを考える。小細工は通じない相手だと踏んでいるよ」

「……そっか。分かった、じゃあ準備するね」

「カイさん私は？　正直回復程度しかする事ないと思うけど」

「いや……隙を見つけて『背負い投げ』を狙ってくれ。ゲームとは違うが、人型の相手なら確実に転倒させられる技だ。効果があるかどうか確かめるだけでもいい」

「……おっけー。まさか神様相手にそんな事する日が来るなんて思っていなかったわ」

作戦を決め、道を進む。

やがて現れる、一際大きな樹液の道。

ここまで来ると、もうレイスも恐いなんていう思いは消えているようだった。

そして現れた気泡に潜り込み、この巨大すぎる大樹の頂上へと向かうのだった。

§§§

「……大樹の中、じゃあないな。夜空が見える」

「先程一瞬外の景色が途切れた時、そのまま神界まで飛んできたのでしょうか？」

「そのようだ。地面を見ろ、木じゃない。石畳だ」

「……確かに見覚えがありますね。ここは間違いなく神界です。そして――」

「本当に一本道なのですね……魔物の姿も見当たりませんし」

「全部、木の方に投入したのかしら？」

「恐らくな。討ち漏らしの中にゴーレム種も混じっていた。あれは本来神界の敵だ」

辿り着いたのはまるで天井のない神殿。石造りの広間から一本道が続いている。

そしてその果てには……黄金の扉が鎮座していた。

「……この光景、懐かしいですね。最終日、プレイ画面を配信していたでしょう？」

「そういやそうだったな。あの時とは違う、今回は俺一人じゃない」

「ああ、そうだな。それにレイスとリュエもいる……」

一歩、また一歩と踏み出す。

カツンカツンと硬質な足音が響く中、その扉が目の前までやってくる。

そして、まるで代表するかのように、その黄金を俺が押し開く。

「……やっぱりいたな、カミサマ」

そこは、舞台だった。美しい円形の、神々しさを感じさせる黄金の。

そして、中央に佇《たたず》むローブ姿の人物。

その手には、独特な形状の杖《つえ》が握られており、静かに身体をこちらの方に向けてきた。

……顔は、見えない。だがそれでも確かに感じる、圧倒的強者の視線。

「舞台に上るのを待っている、か」

その誘いに乗り、一斉に最後の戦いの舞台へと飛び込む。

§§§

黄金の舞台に七人が降り立ち、待ち構えていた神が手にしていた杖を掲げる。

「フッ！」

着地と同時に、シュンが猛烈に駆け出し、杖を構えた神へと刀を振り下ろす。

だが当然のように杖に阻まれる。しかし間髪入れず、もう一人の剣士の追撃が迫る。

「シュン、手を緩めるな」

「ああ！」

二人が猛烈な剣戟《けんげき》を浴びせる。けれども長杖《ちょうじょう》を巧《たく》みに操り、それらを防ぎきる神。

そんな膠着《こうちゃく》した攻防に二人の表情は曇り、その場から飛び退ってしまう。

「最初からオーラ纏ってやがる。シュン、スリップダメージの程度は？」

「毎秒七％。結構デカイ」

「……だよな」

カイヴォンの愛用している［生命力極限強化］ですら上回るダメージを毎秒受ける。

どうすべきかと一瞬攻撃の手を止めたその時、神が音もなく一行へと突撃する。

「っ！　俺が抑える！　シュンはエルに指示を！」

カイヴォンが再び神へ挑もうとした次の瞬間、神はまるでその動きを読んでいたかのように上空へと飛び、まるで『お前になど興味はない』とでも言うように彼を無視し、後方で援護の用意をしていたメンバーの元へ向かう。

そして――

「くっ！　リュエ、お願いします！」

「分かった！　こっち見ろー！」

リュエが飛び込んできた神に向かい剣を繰り出す。

無数に分裂したかのような高速の剣術。それらを神が翳《かざ》した右手、そこに現れた障壁だけで完全に防いでみせ、残る左手で杖をリュエへと向けて高速で突き出す。

「あ⁉」

攻撃を受け、そのまま遥か後方まで弾き飛ばされるリュエ。だが今排除した相手に興味すら持たず、神はそのままオインクに向かい、妖しく光る杖を突きこんだ。

「グッ……ふっ……」

「オインク！」

貫通する杖。溢れる血液。一目で致命傷と分かる深手。

そして止めと言わんばかりに杖が光を放ち――

「させるかクソが！」

シュンが間に合い杖を摑み取り、乱暴な方法だがオインクを蹴り飛ばし杖から離す。

すかさずエルの回復魔法がオインクを包み込み、同時にオインクも虚空《こくう》から神々しいビンを取り出し、一口飲んだ後に上空に投げ、それが霧へと変化する。

「……真っ先に私を狙いましたか」

霧が全員を癒《いや》す。瀕死の深手を負っていたオインクですら、その傷が消える。

シュンが再び神に斬《き》りかかり、追い付いたカイヴォンも攻撃に加わる。

戦線に復帰したリュエが第三の剣として現れ、さらに神を追い詰める。

だが――それでも、神業とも呼べる杖さばきにより、一行の攻撃は届いていなかった。

「皆さん離れて！」

その時、遥か後方より飛来する極太の光。真紅の奔流が神を飲み込む。

レイスが溜めていた攻撃。それが、後方から飛来し神を飲み込んだのだ。

ギリギリで避《よ》けた三人。だが飲み込まれた神は――

「……無傷、か」

「いや、杖の色が変わっている。あいつは杖を本体から引き離せば防御が下がるが、杖があると三回まではダメージを無効化してしまうんだ。忘れたか？」

「そういえば昔は杖を奪って戦っていたな……」

「ここじゃ出来ないがね。いつも正攻法で戦っていなかったから忘れがちだったろ」

「手強《てごわ》いのは覚悟していたが、これは少々……」

神も、さすがに今の一撃に驚いたのか、足を止めていた。

だが次の瞬間――

「そぉい！」

こっそりと背後に近寄っていたエルが、神を見事に一本背負いしてみせたのだ。

床に叩《たた》きつけられる神。あまりに唐突だが、すぐにシュンが刀を突き立てる。

それを杖で防ぐ神。そして一瞬で距離を離し、体勢を整える。

「よっしゃあ！　見た⁉　背負い投げ決まったわよ！」

「効果はある、か。エル、隙を探り続けろ。これであいつの注意はそれる」

「おっけい。何度だって転がしてやるわ」

今の攻撃を受けて、再び神の杖の色が変わる。金から銀、そして、銅へと。

「あと一撃で、一度杖が消える。再召喚されなければ普通に攻撃が通るはずだ」

「再召喚の隙を見せてくれた方が都合も良いが」

「……シュン、ここからは前衛はリュエ一人に任せる。大技を狙ってくれ」

「……いけるのか？」

カイヴォンはリュエへと視線を送る。一人でいけるか、と。

「私なら持ちこたえられるよ。大丈夫」

「……頼んだ」

リュエが一人挑む。魔導を駆使して、相手の動きを制限しながらの剣戟。

その瞬間、リュエの氷魔導に呼応するように、後方から閃光が奔《はし》り神の足元を焼く。

ダリアだった。戦闘開始から、この場に魔力が蓄積されるのを待っていたのだろう。

場の魔力を利用し、次々と高速で神の足元を焼いていき、動きを制限する。

リュエの攻撃が、どんどんと神に触れそうになる。確実に、その時が近づく。

「リュエ、ジャンプ！」

そして、声と同時に蒼《あお》と紫の光の波動が迫る。

シュン、カイヴォンの放った技が、神をついに飲み込んだのだ。

破裂にも似た音と共に神の杖が砕け散り、そのまま光の奔流に飲まれ続ける。

その隙を逃すまいと、リュエが魔導の詠唱を始める。

ダリアもそれに続き、さらにレイスとオインクが上空に向けて矢を放つ。

降り注ぐ無数の矢と光。氷が金の舞台を埋める。雷が奔る。剣が更に向かう。

「終われよ、ここで終わっとけ！」

光の奔流が止《や》み、全ての攻撃が止むと、そこには氷の塊だけが残っていた。

ここに、封じ込めることが出来たのだろうか。

「っ！　ああああ！」

「オインク⁉　ガッ⁉」

……だが神。その名は伊達ではなく、頂点に君臨するかのようにそこにあった。

いつのまにか後衛よりもさらに後方に移動していた神が、先程の攻撃が消えたと同時に再びオインクを襲撃し、同じく離れた位置にいたレイスに光弾を打ち込んでいた。

走り回っていたエルが、レイスに回復魔法を施す。だが、オインクには届かない。

またしても舞台を染める彼女の血。リュエが駆け出すも間に合いそうにもない。

だが、カイヴォンがすかさず虚空に手を伸ばし、なにやら操作をし始めていた。

次の瞬間、オインクの血が止まり、代わりにカイヴォンが膝をつく。

【サクリファイス】でオインクが受けるべきダメージを肩代わりしたのだ。

「ぼんぼん……！　リュエ、ぼんぼんを回復――」

「わ、分かった！」

「ダリア、レイスとエルを連れて固まれ！　離れるとまずい！」

「カイヴォン、ダメージは？」

「まだいける！　オインクからあいつを引き離してくれ！」

一転攻勢と言わんばかりの全員での怒濤《どとう》の攻めが、一瞬でひっくり返される。

そうなのだ。これはゲームではない。誰かの死はそのまま全体の崩壊へとつながる。

そしてカイヴォンは、仲間を無視する事が決して出来ないのだ。

結果、神はオインク一人への集中攻撃だけで、全員の動きを止めてみせたのだ。

「……何故《なぜ》、オインクだけ……」

「実質あいつは司令塔で物資係でもある。狙うのは当然だ」

「……いや、この戦いでアイツは援護に回していた。なのに……」

一行の動きを止めた神は、悠々と杖を再召喚してみせる。

これで、再び神は三回の攻撃無効化の効果を手に入れる。だが、その時だった。

ローブを深くかぶる神が……言葉を紡いだ。

「……条件は十分。だのに弱い。お前ら、やっぱ物足りないな」

それは、あまりにも印象とは違う、軽薄な言葉だった。

若い、軽々しい、そんな威厳とはかけ離れた声色。

「甘いし、弱い、ここまで待たせておいてそりゃないだろうよ。遅すぎる上に弱すぎる。こっちに勝つ条件は揃ってんだろ、もうちょい頑張れよカイヴォン」

当然のように、名を呼ぶ神。そして……顔は見えずとも、その口調と、まるで一行の働き、役割を理解しているかのような攻め口に、気が付いてしまっていた。

故の――絶叫、慟哭《どうこく》。

「なんで――なんでお前が！！！」

神へ詰め寄るカイヴォン。だが、それを神が見えない力で吹き飛ばす。

その突風はカイヴォンだけでなく、そのローブのフードをも吹き飛ばす。

現れたその顔は……見知った者。

「なんで……なんでお前が神なんだ！！！　ぐーにゃ！！！！！！」

§§§

訳が分からなかった。だがその言葉と顔が、紛れもない本人だと理解させる。

黒い髪をポニーテールにした痩身《そうしん》の男が、呆《あき》れるような声で言葉を紡ぐ。

「教えてやんね。けどまぁ、勝てたら全部教えてやるわ。でも……無理じゃね？」

「ふざけんな！」

「おっと。さっきよりマシじゃん。キレた方が強いよお前」

剣を何度も叩きつけようとするも、避けられ、逸らされ、反撃で吹き飛ばされる。

それに続きシュンがぐーにゃに切りかかるも、やはり結果は同じ。

だが、ここで後方から援護がこない事に気が付いた。

「オインク！　リュエ！　ダリア！　援護どうした！」

振り返ると、三人とも呆然《ぼうぜん》と立ちすくんでいた。

オインクは涙を流し、必死に首を横に振る。

リュエは剣を構えようとしても、すぐにその腕を下ろす。

ダリアは意味が分からないと、小さく『待って、待って』と呟く。

「あーあ、声出したのは失敗かね。みんな戦意喪失してるわ」

「黙れ、死ね」

「っとと、シュンはブレねーな。それに強い。やっぱ神隷期最強は伊達じゃないな」

「お前、なんなんだ」

「っと、魔王様もブレないな。二人で俺に勝てるのかよ？」

軽口に乗せられてたまるかと、シュンと共に剣を振るう。

杖で弾こうが、知るか。手を伸ばし、スリップダメージをも無視してそれを掴み取る。

だが、俺以上の怪力に振りほどかれてしまう。

自前のポーションを口にしながら、後ろに声をかける。

「こいつは敵だ！　戦えないならせめて回復だけ頼む！」

「で、でも！　話せば分かるよ！　だってぐーにゃだよ、私達の仲間なんだよ！」

「そ、そうです！　何か理由が――」

だが、後方から再び赤い閃光が奔り、ぐーにゃへと突き刺さり杖が変色する。

「レイス……」

「私には、ぐーにゃさんとの思い出がありません。だから……戦えます」

「へぇ……なるほど、そりゃ盲点。カイヴォン、やるじゃんお前の分身」

今度は、シュンと俺の斬撃《ざんげき》に、レイスの援護が加わる。

後方からの援護射撃。だが、その射撃と同時にレイス本人が前衛に加わる。

そうか、設置型攻撃か。ここまでの攻防で蓄積した残留魔力。それを吸い取ったレイスが、シュンにも劣らない攻防を見せる。

俺とシュンの攻撃を避けると、レイスの赤黒い炎を纏った拳がぐーにゃに突き刺さる。

杖の色が銅に変わる。だが同時に――

「……吸収は攻撃にあらず、か。面倒だなお前は！」

「くっ！」

どうやらレイスのあの一撃は、無効化を貫通してぐーにゃのＨＰを奪えるらしい。

目の色を変えたぐーにゃが、レイスを集中的に狙いだす。

だが――更に盤上を狂わせる一撃が決まるのだった。

「そぉい！！！」

「ぐっ」

強制的に相手を床に叩きつける技『背負い投げ』を決めるエル。

そのままその拳を、ぐーにゃを名乗る神へと突き刺す。

「一発は一発か」

ぐーにゃの杖が、再び消える。

体勢を立て直したぐーにゃに弾き飛ばされるエル。だが、彼女は立ち上がり――

「ふっざけんじゃないわよバカ！　アンタ達そんなに昔が大事なの⁉」

吠える。敵ではなく、味方に向かって。

「私はね、今が一番大事！　失ったモノより、新しく手に入れた物の方がずっとずっと大事なの！　それくらい、分かりなさいよ！」

泣きわめくように、戦えない者を責める言葉。

そして泣き顔のまま、無謀にもぐーにゃへと挑み、俺達前衛の戦列に加わる。

杖がない今、再召喚さえさせなければダメージは通る。

レイスの援護。俺とシュンの剣技。そして、エルは隙を窺《うかが》い続ける。

杖がないせいだろうか。ぐーにゃの動きは少しだけ慎重なものになっている。

……意外な事に、戦意を失っている者達への不意打ちはするつもりがないようだ。

「エル、背負い投げを狙えない時は、適当に足払いを頼む」

「分かったわシュンちゃん」

「どうだ、今度は足元にも注意をしろ、ぐーにゃ。レイス、さっきと同じように一度下がって『地平穿〝驟雨〟』、出来なければフォールスアローで頭上から攻撃を」

「分かりました、一度下がります」

「聞こえたか？　今度は更に上にも気を付けな」

言葉による牽制《けんせい》。無効化出来ない以上それを無視することは出来ないだろう。

そして本当に猛烈な足払いが炸裂《さくれつ》し――転ぶのではなく、ぐーにゃが吹き飛んだ。

「え⁉　私強すぎ⁉」

「いや……今のは――『倍加』か」

オインクが、泣きはらした目で手を掲げ、エルに、『倍加』の付与をしていたのだった。

「……終わらせてください、この戦いを」

同時に、吹き飛んだぐーにゃに幾千もの雷が絶えず降り注ぎ、動きを止める。

「……頼みました」

ダリアが呟く。そして――リュエが呪文《じゅもん》を唱え始める。

「カイくん、ごめんね。今から一番強いの唱える……龍神《りゅうじん》を封印した時の魔導を」

後衛三人の戦意が、蘇《よみがえ》っていた。

「……ちっ、一番弱いヤツの言葉が一番重かったか」

「ふん、弱くて悪かったわね！」

エルが再び迫り、レイスの攻撃が上空から降り注ぐ。

「アンタ、絶対に倒して全部吐かせるわ。馬鹿じゃないのそんな恰好《かっこう》して」

『強制転倒』を警戒し鈍った動きに、俺とシュンの攻撃が刺さる。

レイスの一矢。視界外からの一撃を避けると同時に、もう一本の矢が飛来。

オインクの放ったそれはエルに刺さり、彼女の身体がオインクへと引き寄せられる。

当たった対象を自分の元に引き寄せる不思議な技。それを、攻撃手段として使う。

エルが見えない力でオインクの元へ向かう――その進路上にいるぐーにゃもろとも。

巻き込まれ膝をついたぐーにゃ。そして今度こそ避けられない状況で、リュエの魔導がぐーにゃを捉《とら》えたのだった――

「チェックメイト。こればっかりは、抜けられないよ」

「……お前に流れを持っていかれた。エンジョイ勢だった癖《くせ》に、やるじゃん」

氷に封じられたぐーにゃが、床に転がるエルに向かい、称賛の言葉を投げかける。

「私は世界をエンジョイしてるのよ。エンジョイする為に出来る事を全部やっているの！　アンタみたいに諦めた顔して笑ってるヤツに負けるか、バカ」

俺とシュンが、封じられたぐーにゃに剣を突き付ける。

刀身に禍々《まがまが》しい程の黒炎を纏わせる俺の剣と、不気味な蒼を纏わせるシュン。

それは、今すぐにでも確実に止めを刺せる、そんな破壊力を秘めていた。

「……全部教えろ。お前はなんなんだ？　何者だ？」

「脅しじゃない事くらいお前なら分かるだろ。確実に、お前を殺す」

そして……この場を乱し、七人を相手取り互角以上に戦ったかつての仲間。

神として立ちはだかったぐーにゃがその口を開く。

「お前らさ、あの世界……グランディアシードってなんだと思う？」

俺達がプレイしていたゲームがなんだったのか。ある意味では原点への問い。

ここまで得てきた情報を元に、俺は自分の答えをぶつける。

「あれは、この世界だ。この世界を欲した何者かが放った七星を、グランディアシードが生まれる前の時代の人間達が追い詰めた『ファストリア大陸』が変化した物だ」

「お、ちゃんと真実を探し求めていたと見た。七割正解」

その答えを聞いたぐーにゃの顔から、薄ら笑いが消える。

「この世界は『アイツ』が受け継ぐはずだった。世界は生きている。だが寿命ってのはなんにでも存在する。アイツはな、死にゆく世界を引き継ぎ、新たな世界を創造しようとしていた。だがそれを、今を生きる人々の手に託そうとしたヤツがいたんだよ」

「その結果、今の世界が生まれたのか？」

「世界意思が滅び、人間の手による世界が生まれた。だが……自分が引き継げなかった事に納得出来なかったんだろうな。ソイツは手を出し始めた。強力な手駒、七星と呼ばれる魔物を送り込んだ。とにかく人々の意思を折りにかかったんだ」

「それでも人は抗《あらが》った。その結果、ファストリア大陸に七星は封じられた」

ぐーにゃは自分が喋《しゃべ》りすぎたと思ったのか、一瞬口を噤《つぐ》む。

だが、『勝ったら全部話す』という約束を思い出したのか、再び口を開く。

「そうだな、そこまではよくやった。薄々気が付いているかもしれないが、俺は元々こっち側、旧世界の神みたいなヤツだよ。七星をこの大陸におびき寄せる為のな」

「……だが実際には大陸ごと逃げた。俺達の地球に、お前を巻き込んで」

「そういうこった。俺も七星も、世界縮小と共に次元の狭間《はざま》に消えた。それをどうやってかは知らんがゲームって娯楽に落とし込められた訳だ」

ぐーにゃは言う。俺達のいた世界は、元々異質な世界だった、と。

魔法や世界意思のない世界なのに、あらゆる形で異世界を認知し、蔓延《まんえん》していたと。

決して越えられない隔絶された世界でありながら、魔法が存在する様々な異世界と隣接している、おかしな世界だったのだと。

「後は知っての通り、俺達が愛したグランディアシードの誕生だ。たぶん、作った会社は世界を得られなかったアイツの手中にあったんじゃないか？」

「それでお前は、ずっとあのゲームの中にいたのか……？」

「ああそうだ。世界の裏側で膨大《ぼうだい》な量の情報を取り入れ、ずっと見ていたよ。けどな、やっぱり面白くないんだわ。俺を犠牲にした作戦が失敗、それどころかゲームの中で徐々に七星が育ってるんだ。絶対にいつか、元いた場所に戻るつもりだって分かった」

だから、ぐーにゃは動き出した。いつか戻る時、世界を守る為の仲間を集めようと。

ゲームの裏側に生きていたこいつは、当然全てを知っていた。

「まず一番強いプレイヤーを選んだ。シュン、お前だ。お前は間違いなく最強だった。その経験はキャラクターに息づく。最強という自我を得てこの世界で育っていたよ」

「俺が……か」

「ダリア。お前さんは運が良すぎた。お前はその運命すら引き寄せるような幸運で、幾度となく俺の予想を飛び越え、凄《すさ》まじい力、武器を手に入れた。だから選んだ」

「私……ヒサシが、ですか」

「お前が改造してぶっこわした杖の事だぞ」

「すみません、アレ以外にも沢山壊しました」

お前マジふざけんな。ぐーにゃも苦笑いしてるぞ。

「オインク。お前は自分でも分かっているだろうが、ゲームをしているどんな人間よりも支配者としての器があった。参謀として、軍師として、お前を選んだ」

「……光栄、なんでしょうか」

「ちょっと待ってよ、私ただのエンジョイ勢よ？　なんでここにいるの」

「単純な話だ。お前には商才があった。金持ちだったんだよ、お前は一番」

「……エロ絵で稼《かせ》いでいただけなんだけど」

「それでも金を生み出す力は絶対必要になる」

何故、ぐーにゃのチームに入れられたのか、その理由が語られる。

だが俺には何があった？　奪剣を手に入れる前に既に俺はチームに入っていた。

「ただなぁ……カイヴォン。お前は本当に、ただの好奇心で仲間にしたんだ」

「へこむぞ」

「ああ、へこんでいいぞ。ダリアとシュンの隣にいた。そしてオインクとも友達だった。エルとは無関係だったが、とにかく俺はお前が気になった。それに……」

「それになんだよ」

「見間違えたんだよ。古い知り合いと名前が似ていた。ただ、そんだけだ」

「……キレそう」

一体何と見間違えたのか。だが確かに、俺は特別なプレイヤーなどではなかった。

ただ、人より多くプレイをして、沢山戦っていただけ。

人が減る前なら、どこにでもいるようなプレイヤーでしかない。

まぁ、ダリア、シュン、オインクと友達だったのは事実だが。

「ある時、実装された武器の中に俺は可能性を見出《みいだ》した。『力を奪う』それだ、と。もしも世界が終わるのなら、その時はきっとゲームと異世界の境界が曖昧《あいまい》になる。その時までに、その剣の力を磨き、使い続ける存在が現れたら……と」

「だが俺以外に使い続けるプレイヤーなんていなかった」

「お前は、本当に苦行とも言えるあの職業を貫き、単独でボスを倒すまでとなった」

「……ああ、あれは俺の意地だ」

そして、ぐーにゃは俺に目をかけるようになっていった。

ある時は情報を、ある時は装備を。そして、一時はゲームから離れたと俺達に思わせておいて、少しずつ世界の支配権を奪おうと試みてきたという。

「結果、運営は俺というバグを解決できず、これ以上の運営は不可能と判断。いよいよ異世界とゲームの境界が曖昧になり……最後の最後でお前が七星を倒してくれた」

「ああ、今はお前がその七星だけどな」

「それは後で話す。結果、アイツは世界の支配権を取り戻す事が出来ず、あくまで大陸の一つとしてこの世界に戻され、俺はお前達だけをこの世界に呼び寄せたんだよ」

本当は、全員一緒に呼び出したかった。

だが、それをするだけの力がなく、時代も場所もバラバラになった、と。

「リュエもレイスも、そしてシュンの２ｎｄと３ｒｄも、本当は多くのキャラクターと一緒にファストリアに残るはずだった。だがカイヴォンとシュンとの結びつきが強すぎて、引っ張られていった。結果として、それがうまい具合に転がってくれたが」

「……俺達の事はおおよそ理解出来た。そろそろ、なんでお前が神なのか、言えよ」

「力を使い果たし、そしてついに俺の存在がバレちまった。俺は殺されそうになったんだが、俺の身体が欲しかったんだろ。もう抵抗は出来ないと軍門に降《くだ》った訳だ。……表面上はな。だが密《ひそ》かにこの大陸に残った人間達を争わせ、大樹を切るように仕向けた。そうすりゃ、この世界と神界との繋《つな》がりが消え、アイツの動きを鈍らせる事も出来る。その結果、アイツの力は世界に届かず、この大陸周辺を漂い、一種の異界として隔離する事が出来た訳だ。異界化した部分、お前は見てきただろ？」

「……あの終わりのない空の話か」

「それだな。悪性魔力はアイツの力の一部。それが行き場を失い異界と化した。だから俺は最後の賭《か》けに出る事にした。まぁ、本来の筋書きとは大きく違うんだけどな？」

俺は折角《せっかく》切り倒した大樹を、俺達が再び育てたのは間違いだったのか。

その疑問に答えるようにぐーにゃは言う。

「間違っちゃいない。大樹が切り倒される直前、俺はあの大樹の種を隠してやったんだ。アイツが手出し出来ない、ゲーム時代のシステムに深い関《かか》わりを持つ場所に。そして再び世界樹を植え、この場所まで辿り着けるのは、お前達しかいないと踏んでいた」

「初めてログインした時の教会の地下、か」

「イエス。アイツはどこまでいってもこの世界を受け継ごうとする意思。けどあの場所を始めとした一部の施設は、地球のプログラムが元だ。アイツは手出し出来ない」

するとここでぐーにゃがくしゃみをする。

氷に閉じ込められて寒いのだろう。解除はしてやらないが。

「はい回復。全部話しておくれ。それで納得したら解除してあげる」

「あいよ。それで新たに大樹が植えられ、これ幸いにとアイツは自分の器を作ろうと俺に大樹の力が流れるように仕向けたんだ」

そこまで語られ、ようやくコイツの狙いを理解した。つまり――

「……依《よ》り代《しろ》に、なるのを狙っていたのか？」

「元々、依り代になるのは龍神のはずだった。けど封じられ、あろうことかどこかの誰かさんが倒しちまった。だからアイツの筋書きは大いに狂い、結果として俺が付け入る隙も生まれたって訳だ。本当、リュエがこの世界で強く生きていてくれたのが一番のイレギュラーであり、同時に……状況を打破するきっかけになった」

最初から、自分を犠牲にするつもりだったのか。

「何故、俺達と戦った」

「本気で戦い、そして負けそうになれば、いよいよ俺という依り代を失わない為に中に入ってきてくれると思っていたんだよ。まぁ何故か入ってくる気配がないんだが」

「……どうりで、最初に私を潰《つぶ》しにかかったはずです」

「お前がいると年単位で戦う羽目になるだろ。本気で戦うならお前を狙うさ」

「ですが、結果は回復薬を放出し始める前に敗北した。私達は強かったでしょう？」

「……ああ。正直リュエとレイスがいる所為でかなり苦戦していたが……なによりもお前、エルがすげえ活躍すんだもん。お前戦力外だって思ってたけど超強いじゃん」

「当たり前じゃない。こう見えても苦労してきたの。辛い状況、悲しい状況には慣れっこなのよ。くじけている仲間がいたら、そりゃ発破くらいかけるわよ。私にとって、アンタはもう過去の仲間になった。敵対したその段階でね」

「ククク……誰かさんみたいな事を言うな」

そろそろ時間だろうか。ぐーにゃの顔が苦痛に歪《ゆが》み始めた。

「カイヴォン、今のお前なら俺を殺せる。俺さえいなくなりゃ、もうここにアイツと所縁《ゆかり》のある存在はいない。最後の器を壊して大樹を切り離す。それでゲームクリアだ」

「抜け道はないか？　お前を復活させる手段もあるが」

「元々神みたいなもんだし、今更惜しいとも思わんよ。何より、俺という魂がもうアイツの依り代になってんだ。もう十分に生きた。そろそろ休みたいから頼むわ」

「……解放者はどうなる」

「ああ、大丈夫大丈夫。アイツら程度じゃ器になれんよ。器を育てるって計画もあったみたいだが、そいつもどっかの誰かが破綻させてしまったし？」

「……凄いな俺。褒めて良いぞ、どうやらあっちの思惑を幾つも壊してきたみたいだ」

「いいや、凄いのは俺だね。そんなお前を気まぐれで仲間に引き入れたんだ」

話を聞いていた皆が、もはやこれはどうする事も出来ない、いや、元々決まっていた事なのだと、反論しようとする事も無く成り行きを見守る。

何百年、何千年、いや、もっとか。

自分の死を受け入れ、それでも死ねず、なおも世界の為に足掻《あが》き続けたぐーにゃ。

唐突に俺達の前に現れて、様々な条件をちらつかせて勧誘してきた、胡散臭《うさんくさ》い癖に面倒見の良い、ふざけた調子の……俺達のチームマスターで、神様みたいなの。

俺は剣を上段に構え、その長すぎる運命から解放してやろうとする。

「あ、ちょい待ち。それで俺斬ったら俺の力吸い込まれね？　ほら、新しい剣やるからそっち使え。もしもその剣が所縁の品になって器になったら嫌っしょ？」

「お前さぁ、もっとタイミング見計らって渡せよ。今俺振りかぶってたよね？」

「いやつい。ちょっと待て、今具現化する」

そう言うと、ぐーにゃの身体から光が溢れ、一振りの長剣が現れた。

見かけは……俺の奪剣と同じ。だがその色は、空のような澄み渡った青色だった。

「なぁカイヴォン。お前には剣、作った事なかったよな。趣味装備ばかり作ってた」

「ああ、そうだな。最後の最後に、ようやく実用性のあるプレゼントをしてくれたな」

今度こそ剣を振りかぶる。

オインクも、シュンも、ダリアも。エルも、リュエも、レイスも。

一言も話さず、ただぐーにゃを見つめ、見届ける。

「この剣にもアビリティがセット出来るんだな」

「一応な。だがそれは奪剣じゃない。お前が新たな道を進めば、使えるようになるさ」

「本当だ。奪ったアビリティがセット出来ねぇ。やっぱり実用性はないな？」

「なんだと？　その剣すげーんだからな、後でちゃんと剣の説明確認しろよな」

その言葉の終わりと共にぐーにゃが強く目を瞑《つむ》り、そして――剣を、振り下ろす。

血は、流れなかった。ただ光が溢れ、身体が空気へと溶けていくようだった。

「……じゃあな、チムマス。お前は良いリーダーじゃあなかったが、良いヤツだった」

「……これで、本当に全て終わったのでしょうか？　なんだか実感が湧《わ》きません」

天へと昇り消えていく光を見送りながら、オインクが呟く。

「私よりも、ずっとずっと長い間、待っていたのかな……こうなる時を」

「……私には、彼の思い出はありません。ですが……優しい人……そう思いました」

リュエとレイスが、ぽつりと漏らす。

「……違和感はあった気がする。アイツは、絶対に自分の素性を話そうとしなかった。いや、もしかしたらあったのかもしれないが、それも全部誰かの情報だったのかね」

「大樹が神界から切り離されるらしいですが……退避した方がいいかもしれません」

きっと、アイツは学んだのだろう。ゲーム世界の裏側で、多くの知識を。

本来なら知りえない地球の知識。そんな異世界の情報を多く取り込み、アイツはどんな事を思ったのだろうか。願わくは、その退屈を一時でも忘れさせてくれた事を祈る。

「私、酷《ひど》い事言っちゃった。過去の仲間は大切じゃないって言ったようなものよ」

「逆に感心していただろうさ。エル、お前は確かにぐーにゃの思惑を超えて、俺達を勝利に導いたんだ。やるじゃん、大金星だ。きっとアイツもそう思っている」

エルの後悔。だが、俺にはアイツがその程度で悲しむようには思えなかった。

「戻ろう。もしかしたらここも危ないかもしれない。大樹を降りて――」

そう言いかけて、口を噤み辺りを見回す。……おかしい、何かがおかしい。

「カイヴォン、このフィールドから出られない。これは……なんだ？」

「閉じ込められた？　いえ、ですが――」

空気がざわめくのを感じる。見えない何かが渦巻いているような、そんな感覚。

それはどうやらみんなも感じているようで――

その瞬間、聞きなれた音が、脳内に響いた。

「メールの音？」

それはどうやら、俺だけではなく皆の頭の中にも聞こえてきていたようだ。

その時、オインクから悲鳴が上がる。

「ぼんぼん！　何かいます！　メールじゃありません、これは何者かの介入です！」

その時、俺の意思とは関係なくメニュー画面が開き、見覚えのないウィンドウが大きく空中に広がった。そしてそこに……リアルタイムで文字が刻まれていく。

『逃がさない。

世界の境界に。

お前達が来た。

それで十分だ。

人間が何度も出し。

抜けると思うな。

愚かな、出し抜くの。
がお前達だけだと誰が決めた。
器ならある、あった。
すぐ近くに。
近づくまで分か。
らなかった。
でも、もう見つけた』

使い慣れていないのか、酷く歪《いびつ》な文章がそこを流れていく。
だが、最後の一文が流れた瞬間——心臓が、止まったような気がした。

『ずっと、私の器。
龍神の隣で過ごし。
その身に魔力を。
宿した器がここにいた』

【Name】 リュエ・セミエール

【種族】エルダーエルフ　？？？
【職業】聖騎士（50）／魔導師（50）
【レベル】281
【称号】封印の女神
　　　龍神の守人
　　　がっかりエルフ
　　　魔導の極地に至りし者

　表示されるのは、リュエのステータス。そこにある、種族の名前。

　ああ……彼女はずっと、それを抱えていた。

　クエスチョンマークが、変化する――［器］という名へと。

　見えない。探れない。けれども何かが確実にリュエへと迫っていた。

「なんだい、なんなんだい⁉　来るな、こっち来るな！　止めろ、あっちに行け！」

「リュエ！　俺の近くに！」

「カイくん！　何かが来る、何かが！　私に！」

　彼女を抱き寄せ、迫って来ているであろう何かを追い払うように睨《にら》みつける。

　だが、それも虚《むな》しく腕の中、リュエの身体が大きく震える。

「嫌だ！　嫌だ嫌だ！　いやだ――――――！」

「リュエ！　カイヴォン！　どうすりゃいい、どうしたらいい⁉」

「シュン、離れろ！　巻き込まれるかもしれない！」

「カイさん、リュエ！　なんで、どうしてリュエが⁉」

もう彼女と戦うしかないのか？　彼女の中に何かが入るのを止められないのか？

そう思ったその時、腕の中の彼女が、その頭が強い輝きを放つ。

それは……二つの髪飾り。エルと俺の手を経て、彼女へと渡った羽の髪飾りだった。

「あれ……あれ？　なんともない、なんともない！」

だが次の瞬間、空間そのものが震えるような絶叫がどこからともなく響き渡る。

『アアアアアアアアアアアマタオ前ガアアアアアア！　何度ダ！　何故ダ！　何故出シ抜ケル！　ココは私ノ、私ノモノダ！　ジャマダ！　ソコヲドケ！！！』

目の前に広がる空間に色が付く。淡い人影を作り、絶叫を上げ続けていた。

「そうか……［運命反射］とはこれのことなのか？」

「分からない……でも、私はこれ、外しちゃいけなかったんだ……」

青く静かに輝く二つの髪飾り。

かつて神が弟子に授けた、運命を越える為の祈りが込められた品。

……なぁ、お前はどこまで知っていたんだ、レイニー・リネアリス。

一瞬、思考が逸れた。それを見計らうようにその人影が消える。

「どこに行った⁉」

「何の話だ⁉　俺達には何も見えない！」

「今、リュエに跳ね返されたんだよ、何者かが！　それが消えた！」

「本当ですか⁉　リュエは、リュエは無事ですか⁉」

「う、うん！　なんともない……この髪飾りが守ってくれたみたい……」

「え、本当？　本当に防いでくれたの？」

皆が安堵《あんど》の声を上げるも、何かがおかしい。

アレはどこへいった？　もう本当にアイツの所縁の器なんて……。

「……カイヴォン、気配がする」

「シュン？」

「……足元だ！　カイヴォン！」

その時、ぐーにゃに止められ足元に置いていた奪剣から……手が生えた。

「ちょ！　気持ち悪！　シュンちゃんやっつけて！」

「カイヴォン、悪い！」

シュンが刀を振り下ろしたその時、剣からさらに腕が生え、それを受け止める。

足が生える。触手が伸びる。顔が無数に浮かび上がる。

口が開く。瞳が増える。頭が生える。膨らむ。伸びる。枯れる。燃えあがる。翼が生える。羽ばたく。

「おい……おいおい……なんだよ、これ」

「所縁、たっぷりだろそれ。お前、それでなんの力を奪って来た」

「……クソ、一緒に剣も壊すべきだったか」

目の前にはもう、剣の影も形も残されていなかった。

数多《あまた》の人が、魔物が溢れ満ち、あらゆるものをまき散らしながら空を覆っていく。

これが……今まで俺が奪って来た物の化身だとでもいうのか。

「都合が良いだろ。これで殺せる。実体があるなら殺せる。そうだろ、カイヴォン」

「……ああ、そうだ」

ぐーにゃに貰《もら》った剣を手に、かつての愛剣に切りかかる。

シュンの言葉に勇気づけられ、リュエも剣を手に並ぶ。

レイスとオインクの矢が飛び交い、ダリアとエルの魔法も炸裂する。

だが、効いているのか分からない。なんの反応も示さずにただ鎮座し続けていた。

「効いていない……いや、苦しんでいる。だが……」

「次々何かが生えてくる……俺の剣の怨念《おんねん》は取り払われたんじゃなかったのか」

かつて、セミフィナル大陸でレイニー・リネアリスと関わりのある謎《なぞ》の鍛冶《かじ》職人に、剣に渦巻く怨念を取り払ってもらった。だがこれは……。

「中に詰まっていた分……なのか？」

生えてきた頭には見覚えがあった。

竜だ。龍神の頭だ。それがこちらを睨みつけ、その口から極寒の息吹を吐き出した。

瞬く間に凍り付く舞台。そして、一瞬で砕けるこちらの足。

「ガァ！　オインク、薬全部ばらまく気持ちでやれ！」

奪剣につけていたアビリティは回収出来ていない。だが、身体に付与していた［生命力極限強化］だけは生きている。だが次の瞬間、俺に付与されていたアビリティが――

［システムメッセージ］

『カエセ』

現れたメニュー画面。そして表示された言葉に悪寒がする。

消えていた。俺の持つアビリティが、消えていた。

そして最悪な事に……それは俺だけではなかったようだった。

一瞬、皆の表情が固まる。それは恐らく、俺と同じ物を見たから。

「待ってください！　そんな……そんな！　私のスキルが、どんどん消えていく！」

「ああ⁉　私も……魔法が、魔法が使えなくなってる！」

「嘘《うそ》でしょ……私の数少ないスキルが……」

俺だけではない。皆が……習得していたスキルまで失い始めていた。

「……自分の地力だけで挑むしかない、か」

「シュン……ああ、分かった。だが回復手段は――」

「私のアイテム、全部使いますから！　在庫全部、使っちゃいます！」

皆で固まり作戦を練ろうとした時、またしてもメールの着信音が脳裏に響く。

だが今回は俺にしか聞こえていなかったようだ。

「……ぐーにゃ？」

それは、ぐーにゃから送られたメールだった。

From：Gu-Nya
To：Kaivon
件名：見ろって言ったじゃん
また俺の目論見《もくろみ》見外れてんだけどw
さっさと倒せよ、俺の渡した剣、ちゃんと調べろ。
ソイツは今まで奪って来たお前さんを戒める剣のつもりだ。

もうお前は奪わなくても良い。みんな『貸してくれる』。

奪うなんて悪者みたいだろ。最後くらい主人公っぽく行こうぜ。

みんな力を『貸してくれる』。

だが残念ながら俺にはもう力が残ってない。

こんな魔物だらけの中に一緒に取り込まれて狭苦しいわ。

一人だけだ。お前が仲間を取り込める枠は一つだけ。

俺のおすすめはシュンだな。まぁ……早く倒せよ。


「……本当、作戦練ろうって時にこれかよ。みんな、メールを転送した。確認してくれ」

「……これは、俺が何かすればいいのか？」

「ええと……私にはよく分かりません」

「同じく分かんないけど……あれ、倒せるのかい？」

剣を見る。そこには、こう書いてあった。

『斬られる事を受け入れる者の加護を得る絆《きずな》の剣』

『その魂を封じ力と化す』

「誰か一人……なら俺か？」

「そう、なるのか？　だが……」

武器のステータス欄そのものにはスロットがあった。

だが、俺が奪ってきたアビリティはセット出来ないし、既に奪われている。

だが、全てのアビリティが奪われていた中、ある一つだけが残されていた。

「……奪い返すも何も、名前も効果もなけりゃ関係ない、か」

「　　　」

名前のないアビリティが、残されていた。

［怨嗟《えんさ》の共鳴］と［救済］。この二つを合わせたそれだけが残されていた。

そして……なんの効果もないが、一応セット可能な様子。

「セットしても効果なし、か。……シュン、いいか？」

「ああ、やれ。もしもこれで死んでも……恨みはしない」

「どの道ここで負けたら終わりでしょう。ぼんぼん、シュン、貴方達に託します」

一思いに剣を振るう。するとぐーにゃと同じように光となり剣に吸い込まれていく。

アビリティ効果発動
［最果ての剣聖の加護］
習得の有無に関わらず全ての剣術を発動可能
攻撃速度が15倍になる
シュンの魂を封じて生まれた

「き、消えちゃった」

「大丈夫だ、一時的に剣の中にいるらしい……」

だが、気になる事があった。力を借りる。それは一つだけ。

だがシュンのアビリティは、どう見ても俺がセットしていた空白のアビリティに埋まったように見えるのだ。そして押し出されるように空白のアビリティがそこに並ぶ。

もし、そうなのだとしたら……。

「……もしかしたら、みんなの力も借りられるかもしれない」

「なら、私で試して！」

そのぼやきと同時に、エルが名乗り出る。

そして有無《うむ》を言わさず剣の刃《やいば》を手に持ち、自分の首にあてがった。

「……一か八かだぞ」

「カイさんになら殺されても良いわ。ヤっちゃって」

「……そいつは洒落《しゃれ》にならない殺し文句だろうが」

アビリティ効果発動
[創造の姫の加護]
自身が思い描く通りに身体を動かすことが可能となる
戦いの力を渇望した姫の願いが込められている
エルの魂を封じて生まれた

「成功した！　これなら、これならいけるかもしれない！」

「そうも言っていられません！　私が時間を稼ぎます、他の力も借りてください！」

次の瞬間、かつての愛剣から生えた首、竜の姿のそれがもう一つ現れる。

ネクロダスタードラゴン。その頭が炎を吐き出す。

ダリアが魔法で防ぐも、その熱はじりじりとこちらの肌を焼き始める。

「カイさん、私もお願いします！　これで……力になれるのなら！」

「私もだよ！　守ってもらったんだ……だったら、今度は私が助けになる！」

「正直、二人に剣を向けたくはないけど、頼む、二人とも！」

リュエとレイスが受け入れるかのように両腕を広げ、それを横なぎで一閃する。

痛みはないのだろう。二人が微笑みながら、剣の中に吸い込まれていく。

［救済の女神の加護］
全ての衝撃を完全に無効化する
ダメージは受けるがその歩みは決して止まらない
リュエの魂を封じて生まれた

［偉大なる母の加護］
場に存在する魔力に応じてステータスが大幅に上昇する
同時にMPとHPにリジェネ効果が生まれる
レイスの魂を封じて生まれた

一人、また一人と戦場から姿を消す。だが、それを寂しいとは思わなかった。

ここに、みんないる。その存在を何よりも近くに感じることが出来ていた。

「オインク！　こっちだ！」

「いえ！　私は回復係、最後に回してください！　ダリア！」

オインクがダリアを呼び寄せ、交代するように剣の化け物に挑みかかる。

挑むというよりは、その動きで相手を攪乱《かくらん》し時間を稼いでいるのだろう。

「ダリア、行くぞ」

「……自然と、言葉が出てきます『ああ、やっちまえ』って」

「……ありがとよ、親友」

§§§

［永劫《えいごう》の聖女の加護］
全ての魔術魔法魔導を発動可能になり回復効果が15倍になる
友を共に思う心が全ての状態異常を無効化する
ダリアとヒサシの魂を封じ生まれた

「……なんだよ、やっぱりそこにいたんじゃねぇか二人とも」

そして、もはや世界を滅ぼす意思と化した相手を翻弄《ほんろう》するオインクの元へ向かう。

「オインク！　そのままこちらに飛べ！　……お前の力、俺に貸してくれ！」

「トリは私ですね。ふふ、少し気分がいいです！」

「お前は鳥じゃなくて豚だ！　いくぞ！」

「そんなー！」

すれ違いざまに一閃。彼女の加護を得る。

[救国の聖女の加護]

自身を思う人の数と自身が心から救いたいと望む人の数だけなんとステータスが倍加するわよー！

オインクの魂を出荷して生まれたわ、おほー！

「なんかこれだけ口調がらん豚なんだけど……」

だが最後の加護は、これ以上ないくらい俺に力を与えてくれそうだ。

この場にいる人間だけじゃない。俺が出会って来た人だけじゃない。

俺は、心の底からこの世界を愛している。

全員が善人とは思わない。だが、それでも俺の愛する人達が住むこの世界には、その愛する人達がさらに愛する人も住んでいる。

俺は……心の底から、それらを救いたい。

『人は敵か味方の二択』だから俺にとっちゃ敵以外は全員、救うべき仲間なのだ。

俺のポリシーであり、これぱかりは絶対に揺るぎようがない。

「……はは、これ何倍になっちまったんだよ。画面に入りきらねぇ」

何万倍か、何億倍か。もはや推し量る事も出来はしない。だが一つ言えるのは——

【武器】　絆剣　グランディア
世界を愛した神が残した剣
絆を紡ぎ、心を受け取り真価を発揮する

この剣が、多くを奪ってきた俺の元愛剣を、完全に超えたって事だろうな。

「これが、俺が最後に奪う物だ。失《う》せろ、お前にこの世界は譲らねぇよ」

思い描く軌道で身体が宙を舞い、剣が分裂するような速さで敵を切り刻む。

炎も氷も、肌を撫《な》で上げるだけとなり、ダメージは感じない。

幾千の腕が摑みかかるも、この動きは止まらずに、頭の中も澄み渡る。

力が漲《みなぎ》る。全能を越えた何か。言葉では表せない感覚に引かれるまま、かつて剣だったそれを、世界を欲したそれを……。

「天断《てんだん》」

剣を振り下ろしその波動が全てを飲み込み、空にまたたく星々すらかき消す。

そこに残る物もなく、断末魔すら上がらず、そして——周囲の景色が歪み、砕け散る。

見えていた星空は消え去り、何もない空間が広がり、そこに漂う何かが集まる。

「私の世界だ。私がもらい受けるはずだった」

「まだいたのか、お前」

小さな人影になったそれの言葉が届く。だが、端の方から消えていくのが見えた。

「世界が欲しい。私も世界が欲しい。なんで譲ってくれない」

「ここに生きる人間だけで、世界は巡る。それで滅びるなら、そいつは運命だ」

「欲しい……欲しい……」

「悪いが俺は魔王でな。奪った世界を半分たりとも返したりはしないんだ……よ！」

もう一度剣を振るうと、ソレは今度こそ本当に……完全に消滅したのであった。

静寂《せいじゃく》が残される。本当の無音。耳の奥がシンと静まりかえる空間。

星空も消え、ただ何もない場所に黄金の舞台だけが取り残される。

「……で、この剣に封じた力ってどうすればいいんだ」

ぼやいた瞬間、剣が輝き、そこから六つの人型が現れる。

確認するまでもなく、それは——

「リュエ、レイス！　ダリアもオインクもシュンも！　ついでにエル！」

「もう突っ込まんわ！　で、どうなったのよカイさん、私の力役立った？」

「空が壊れている……やったのか？」

戻った皆には、外の状況が見えていなかったようだった。

「倒した、今度こそ本当に。たぶんここ、壊れるんじゃないか？　早く大樹に戻ろう」

「やった！　本当に倒せたんだ！　でもカイくんの剣は壊れちゃったんだね」

そう言われ、倒した跡を見てみると、砕け散った俺の愛剣が散乱していた。

……その破片を一つ取り上げる。

何の力も感じない、ただの鉄片が、ひんやりとした温度を手に伝える。

「……ああ、壊れた。この場所を……こいつの墓にするさ」

「お前にはぐーにゃが残した剣がある。お前は少々強すぎだ。それで丁度良いさ」

「……だな。でも奪われたスキルもアビリティも戻って来ているな、使い道はある」

「お、本当だ。助かった、俺には極剣術しかなかったからな」

皆が安堵の息を吐き出していると、俄《にわ》かに今いる舞台が揺れ始めた。

「みんな、走るぞ！　あの大樹の……降り方は知らんがとりあえず樹液に飛び込め！」

「うぇー！　甘ったるい匂い嫌い！」

崩れ始める黄金の舞台。そして、まるで作り物のように崩れる空を背に走り去る。

その瓦礫の中に……見た気がした。ニヒルな笑みを浮かべ消える男の姿を――

『じゃあなカイヴォン！　お前を誘って本当に良かったわ！』

§§§

「こっちだ、ここに樹液が少ない隙間がある。ここから滑り降りるぞ」

「シュンちゃんなんでちょっと楽しそうなのよ！」

「あ、でも楽しそう！　急いで滑り降りよっか」

潤滑油が塗られたウォータースライダーのような隙間を滑り、大樹の中へと戻る。

だが振動は止む気配を見せず、この大樹から神界が切り離されているだけではなかったのかと不安を煽《あお》って来る。

「急いで大樹から出るぞ！　次の樹液まで走れ！」

「ひぃ、ひぃ……少し、遅れます」

「ダリア、もう少し運動した方が良い、エルにも追い抜かれてるぞ！」

「ふふ……格闘家になって少しは動けるようになったわ……ダリア、最後尾任せた」

「く……」

揺れが激しくなっている気もするが、それでも足を止めず再び樹液の道へ。

そしてついに、大樹の中から外に脱出したのだが――

「なんでだ⁉　外に出たのに揺れが止まらない！」

「これは……大樹だけじゃありません、大陸そのものが揺れている⁉」

街の中は相変わらず無人。だが、確かにその揺れは周囲の瓦礫を崩していた。

空中にあるこの大陸が地震なんて……。

「……シュン、その辺りにある樹の根を切って、ベンチみたいなの作れないか？」

「ああ、出来るが……ダリアも手伝ってくれたらしっかりしたものが作れる」

「何か考えがあるんですね？　分かりました、少し待ってください」

頭の中で、話しかける。ケーニッヒはまだセカンダリア大陸にいるはずだ。

ここに来て欲しいと。俺とその仲間を、大陸の端まで運んでほしいと。

「ッ！　何か来るぞ！」

「剣をしまってくれ。あれは仲間だ」

「あれは⁉　ぼんぼん、ここまで呼び出せるのですか⁉」

「ああ、ケーニッヒにここまで運んでもらったんだ」

「うひゃあ……黄金のでっかい竜……カイさんの使い魔なの？　やばくない？」

「実際ヤバイ。挑もうとなんて考えないでくれよシュン」

「……ああ」

やってきたケーニッヒに、俺達が最初に降り立った浜辺へと運んでくれと頼むと、初めて見る多くの顔を運ぶことにいい返事をしてくれなかった。だが——

「皆、俺の大切な仲間だ。……俺の生まれた時代の、仲間なんだ」

『オインク総帥と同じ仲間であるのですか？』

「そうだ。たぶんこのピンク髪以外はお前と互角に渡り合う程の使い手だ」

『分かりました。それでしたら是非もありません。そのベンチに座ってください。一緒にお運びします。その花の色の娘以外を運べばよろしいのでしょうか』

「お願い私も乗せて！　そのうち強くなるから！　みんなに修行つけてもらうから！」

「ははは、言うようになったなケーニッヒ。エルも運んでくれ、大事な仲間だ」

『心得ております。申し訳ありません、エル殿。戯れが過ぎました』

「……主そっくりじゃない……」


ケーニッヒに運ばれ、浜辺へと下ろされる。

皆、セントラルタウン周辺しか見たことがなかった為、その変わり果てたゲーム時代のマップに言葉を失っていた。

「本当に海がない……空に浮いている」

「ですがこの揺れは一体……」

「まさか……空中崩壊!?」

「え、嘘!?　バ〇ス？　ラ〇ュタなの？　逃げよう、早く！」

「……ケーニッヒ、大陸の外から様子を見てくれ。何か異常はないか？」

するると、飛び立ったケーニッヒが大陸の外周に沿うように猛烈な速度で滑空し、あっという間に戻って来た。まさか今の一瞬で大陸一周してきたんですかね？

『主。この大陸……ゆっくりとですが、降下しております』

「な……じゃあ下は、下はどうなっている！」

『永遠に続く空です……このままではどこまでも落ちてしまうのではないでしょうか』

「……住人全員を避難させるのは不可能、か」

「逃げるしか、ないのでしょうか」

「いや……もう敵は倒したんだ。世界をあるべき姿に出来るはずだろ？」

「見て、大樹の上！　あれって神界かしら？　消えていく……」

だが完全に神界から大樹が離されても、まだ振動は収まらない。

さらに聞こえてくる振動音に混じり、何か別な音が聞こえだした。

「ゴゴゴゴゴって聞こえてくる……でも……水の音？」

リュエのその言葉に慌てて砂浜の端、大陸の下を覗いてみる。

すると、そこには本当に海の姿が見えて来ていた。

もう一度、ケーニッヒに周囲を見てもらう。すると——

『空が消え……大陸が海の上に。大陸の周囲に海が生まれたような光景でした』

「そうか……異界化が解かれたって訳か」

気が付くと、浜辺に水が押し寄せ、本物の浜辺になっていた。

突然現れたかのように、何事もなかったかのように、ただ静かに波の音が聞こえる。

……世界との繋がりが、元に戻った。そう判断するのには十分すぎる音色。

「本当に……これで全部終わり、か」

「凄い！　近くの集落に教えてあげようよ！　あの振動でみんな不安だったはずだよ！」

「……そうだな。セントラルタウンにも戻って、レティシアの家にも伝えた方が良い。この大陸は……もう孤立した世界なんかじゃないって。外と繋がったんだって」

「本当にお隣さんが新しく出来ちゃったわ……この先、まっさきに交流を持つのはセカンダリア大陸よね……うー……頭痛くなってきたわ……やる事多そう……」

これからに皆が胸弾ませ、中には頭を抱える者もいる。

ただそんな中……俺は一抹の寂しさを覚えながら……ぽつりと呟く。

「……旅の終わり、か」

再び皆で運んでもらい、手始めにセントラルタウン最寄りの街に向かう。そして——

エピローグ

　応接室として利用している屋敷のホール。かつては談話室だったその場所で、俺は初老の男性と、以前お世話になった集落の村長さんに頭を下げられていた。

「残念ですが、お断りさせて頂きます。無責任と思われるかもしれません。ですが、これまで貴方《あなた》達はこの地を独自のやり方で平定してきました。確かにこれから先は広い世界、多くの人間を相手にする事になると思います。もちろん手伝えることがあればお手伝いさせて頂きます。ですが……俺をこの大陸の代表にするのは間違っています」

「……そう、ですか。私も、不安だったのです。外の世界を私は知らない……」

「我々は長いこと閉ざされてきました故《ゆえ》、臆病《おくびょう》になっているのかもしれませぬ」

「悪意からは俺が守ります。いえ、俺達が守ります。時には衝突する事もあるでしょう。でも、それは今までだって同じだったはずです」

　神界から切り離されたあの日から、ファストリア大陸は世界に組み込まれた。

　だがその大きすぎる変化に、住人は対応出来ずにいた。

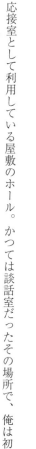

代表を決めるべき。外部とのやり取りの矢面に立つ誰《だれ》かが欲しい。

そんな思いも分かる。だが……それはきっと、俺の役割じゃない。

オインク辺りがうまい事丸め込んで、様々な利権をかっさらう事も出来るだろう。

だが、そんなアンフェアな真似《まね》、きっと世界中が許さない。

無論、サーディスの代表であるダリアも、セカンダリアの王族であるエルも。

「セントラルタウンへの移民の件はどうなっていますか？」

「それでしたら、地方の村から代表が訪れ、一度視察をしたいと。ですが、今は初めて現れた……ウミ？　という水に興味が向いており、中々動きが遅く……」

「それは仕方ないですね……けど、二人ともなんだか顔、笑っていますよ」

「は！　すみません、つい先の事を思うと……」

「私も娘も、町の者にも笑顔が伝染しております……希望、という言葉の本当の意味を、この歳《とし》になり初めて知った思いです……」

課題は山積みだ。まだ暫《しばら》くはこの大陸で、これからの為《ため》に俺も働こうと思う。

それは、今東の町で魔法の授業を開いているリュエだったり、この都市にいち早く移住を決めた周囲の村の人間を護衛しているレイスだったり。

俺もこの流れに力を貸したいからと、今もこうしてこの屋敷に留《とど》まっているのだ。

幸い、協力者達は毎日ここに顔を出してくれるのだから——

§§§

「こんばんはーっと。カイさんやっほ、お水頂戴《ちょうだい》」

「ん、エルか。今日は早いな」

夜。来客も帰り、一人屋敷の中で書類に目を通していると、唐突にエルが現れた。

「船酔いしたって事にしたの。たぶん、あと三日もすれば上陸出来ると思うわ。船長曰《いわ》く、大陸雲っていうの？　それが海の上に現れたから、そろそろ見えてくるはずだって」

「そうか。案外、近いんだな」

「ね。それにしても早いわね……もう半年、だっけ？」

「ああ。長いようで、短かった。よくこの短期間で船団を纏《まと》められたな」

そう、あの戦いに勝利し、世界が本来の姿を取り戻してから、既に半年もの時間が経《た》ち、季節は廻《めぐ》り暦の上では三月に入っていた。

あの後すぐに周辺の集落に報告へと向かい、シュンもすぐさまレティシア嬢の住む町へと伝令、先程まで訪れていた男性、レティシア嬢の父親に事態を説明していた。

それらの情報が徐々に大陸中に広まり、そしてようやく今日、一段落ついたのだった。

「元々、カイさんの出発をガルデウスがバックアップしていたからね。私の船団だって大半がガルデウスの船よ。まぁ、私は特使よ、特使」

「女王様が特使ってのもなんだかおかしな話だけどな」

「私、今じゃ大陸で二番目に強いもの、選ばれて当然よ。民衆の支持もあるんだから」

「果たしてそれは統治者としてのものなんですかね？」

エルは、養父である父王を看取《みと》り、予定通りメイルラント帝国初の女王となった。

だがガルデウスに降《くだ》る形となってしまい、反対派からの暗殺未遂やクーデターも起きたという……しかし、それを肉体言語で全《すべ》て叩《たた》き伏せたんだよこの女王様は。

「間違っても戦争を扇動するような事はしてくれるなよ？」

「大丈夫。折を見て叔父に王位を委《ゆだ》ねるわ。今は宰相だけど……いずれはね」

「……そうか。そしたらオインクのところにでも行くのか？」

「ううん。まだまだ時間はかかるけど、いつか私の国をキチンとした形で引き渡すことが出来たら、私も自分の足で旅に出るわ。手始めにお隣、サーディス大陸にでもね」

「ああ、それは良い考えかもしれないな。俺達も……折を見てまた旅立つさ」

今はリュエもレイスも、この大陸の為に働きたいと言っている。

だが、それをずっと続けようとは思っていない事くらい、俺にも分かっていた。

「さてと、そろそろ戻ろうかしら。船室空けたままじゃ誰か来た時大騒ぎになるしね」

「ああ、そうだな。海に身投げしたと思われるかもな」

「なんでよ！　じゃ、三日後にね。浜辺に真っ先に接岸するのは私の船だからね」

そう言いながら、エルは姿を消す。

そう、エルはテレポではなく、本当に海路でこの大陸へと向かっている最中なのだ。

まぁ毎日夜になるとこうしてテレポで屋敷に会いにくるのだが。

あの一戦の後、リュエとレイス以外の仲間達は一度自分達の国に戻り、それぞれ動き始めていた。まぁ、中でもお隣さんにあたるセカンダリア大陸の王女であるエルは、文字通り毎日こうしてこちらに飛んできては、様々な愚痴をこぼしているのだが。

「記念すべき最初の来訪者……俺達を抜かしたらエルがファーストコンタクトか」

なんだか前途多難だと思える反面、それも楽しそうだな、なんて。

まぁ信頼できる人材、ケン爺《じい》も船団に参加しているらしいから安心だな。

「……世界は巡る。変化する。これが……望んでいた結末で良いのか？」

エルが消え、誰もいなくなった屋敷で、俺は虚空《こくう》に向かい話しかける。

世界から消えた神……みたいなの。ぐーにゃ。

そして未《いま》だ残る、自由を取り戻した他《ほか》の神みたいなの。

それは、時には道化師の姿となり、世界を見守る存在となる事もあるだろう。

それは、古《いにしえ》からただ全てを見て、希望を託そうと悪あがきをする事もあるだろう。

……たぶん、今ここに来ているよな。なんだかそんな気配がする。

「ええ、私は貴方が辿《たど》り着いたこの結末に……満点の花丸を差し上げましょう」

その時、誰もいないはずの屋敷に、嬉《うれ》しそうな一人の女性の声が聞こえてくる。

「……久しぶりだな、レイニー・リネアリス」

「お久しぶりですカイヴォンさん。ありがとうございました、本当に」

屋敷に俺以外がいない瞬間を見計《みはか》らうように現れたのは、フードを脱ぎ、ローブを脱ぎ、どこか神々しい衣装に身を包んだ友人、レイニー・リネアリスだった。

「……もう、私がなんなのか、お分かりですね?」

「どっちかな……候補が二つある。ぐーにゃの同類、旧世界の神みたいなのと思ったが……違うな? お前は死にかけたこの世界の意思そのものだ。違うか?」

「惜しい。私は言うなれば残滓《ざんし》。残された意思を宿した人間の成れの果て、ですわ」

「そうかい。まぁ正解って事でいいよな?」

「ふふ、そうですわね。世界は人の手に。私はただそれを見守るだけ。いずれは消え行く存在ですわ。けれども……心残りでした。神を名乗る英雄が苦しみ続けていた事が。ぐーにゃと名乗る彼は、決して神と呼べる偉人ではありませんでした」

「だろうな。あんな奴《やつ》だし」

「ええ、ですが彼は神を……この世界を解き放つ選択をした神を信仰した神官でした。名を伝えられず、消えていった神《KANONE》に変わり、世界を守ろうともがき苦しんでいた」

それは……神話に登場する神の話だろうか？　リュエの髪飾りの製作者という。

「きっといつか……貴方達も同じように伝説となり、やがて神話になるのでしょう」

「おっと、俺はもう既に伝説の魔王、解放者だぞ？」

「ふふ、そうでしたわね」

いつの間にか用意されていた紅茶に手をつける。

もう、術式の中限定ではない。文字通り神の力を持つのだ、この友人は。

「ふふ、不安そうでしたから答え合わせにきましたが……そろそろ私も戻りましょう。世界は人のもの。私はそれを見守りながら、貴方達の軌跡を読ませて頂きます」

「なんだ、前に行ったあの空間の本は全部伝記なのか？」

「ええ、そうです。これからも続く物語を私だけが読み続けられる。贅沢《ぜいたく》ですわね」

そう言いながら、レイニー・リネアリスがソファから立ち上がる。

「私はもう、どこにもいません。術式の中にも。ですからたぶん、これが最後ですわ。カイヴォンさん、私、貴方とお友達になれて本当に嬉しかったです」

「俺もだ、レイニー。寂《さび》しくなるな」

「私はずっと見守っています。私が朽ちるその時まで。ですから……そうですわね、来世というものが本当にあるのなら……また、お友達になってくださいまし」

「ああ、約束する。じゃあ……さようなら、神様みたいなレイニー」

「ええ、さようなら……魔王様みたいなカイヴォン《KAIVON》」

§§§

それから、更に時は流れる。

春の陽気にはしゃぐ子供達の姿を眺めながら、人の増えたこの都市を見て回る。

屋敷の周りにあった瓦礫《がれき》も撤去され、小さな家々が立ち並ぶ新しい居住区となったこの場所だが、今もあの大樹が聳《そび》え立《た》ち、住人達を見下ろしていた。

「おーいカイくん、そろそろ行くよー！」

「ああ、分かった！　今戸締りするよ」

「リュエ、そんなに急がなくても馬車の時間まで余裕はありますよ？」

「う、うん。ただ、気が急《せ》いちゃってね！　また、旅に出られるんだもん」

俺達は、セントラルタウンを今日旅立つ。

大陸の代表として暫定だがレティシアさんのお父さんが立ち上がり、今ではセカンダリア大陸、機人《きじん》の力で完成した港町と交易をしつつ、大陸の発展に尽力《じんりょく》している。

そして俺の代わりに相談役として名乗りを上げたのは……予想通りオインクだった。

日替わりでセミフィナルとここを行き来して、上手《うま》い具合にセカンダリア大陸にまでその魔の手、もとい蹄《ひづめ》を伸ばしつつある豚ちゃん。

元々ガルデウス王と面識があったこともあり、上手くやっていけているようだ。

「よし、鍵《かぎ》も閉めたし準備OK！　じゃあレティシアさん、行ってきます」

「はい！　長い間お世話になりました、カイヴォン殿！　また、いつでもいらしてください。毎日は難しいですが、週に一度はこの場所の守衛をさせて頂きますから！」

「ふふ、やっぱりレティシアちゃんがいると安心だね。じゃ、行ってきます」

「行ってまいります、レティシアさん。今まで、本当にありがとうございました」

相変わらず門番を務めている彼女に礼を言い、乗合馬車へと向かう。

歩いても良い。だが、船の出航に間に合わないのだ。

その気になれば、テレポで一気にセミフィナル大陸までは移動出来る。

だが、そうではないのだ。俺達は旅をしたいのだから。

「目的地はどうしよっか？」

「とりあえず一度、エンドレシア大陸を目指さないかい？　リュエの家に」

「あ、それはいい考えです！　それなら途中で皆さんにもご挨拶《あいさつ》で出来ますし！」

「賛成！　うわぁ懐《なつ》かしいなぁ！　どうなってるかな、氷霧《ひょうむ》の森！」

「暖かくなってるかもなぁ……ワクワクしてきた」

「行った事の無い道を通りましょう。まだ見た事の無い場所が沢山あるはずですから」

「そうだねぇ！　まずはセカンダリアの港町で……ガルデウスの前にメイルラント……スフィアガーデンにもまた行きたいよね、レイス」

「勿論《もちろん》です！」

「……ああ、本当に楽しみだ」

本当の目的地のない旅は、終わる事はない。

けれども、始まりに戻る事で一区切りをつける事は出来る。

その一区切りで人は、己を見つめなおし、旅を見つめなおし、未来を見つめなおす。

再び旅立つか、それともそこを目的地と定めるか、それはその人次第。

けれども俺は、まだもう少しだけこの愛する二人と旅を続けていたいんだ。

二人ともごめんな。まだ俺達が寿命を得るには早いと思うんだ。

もっと世界を見て、そしていつの日か……あの森の中の小さな家で――

「よーし！　出発進行！　停留所まで競争！」

「あ、待ってくださいリュエ！　自分で合図して走るなんて！」

「よし、じゃあちょっと本気出すからなー！」


ぶらり旅は、終わらない。

あとがき

(、・ω・、)ご無沙汰《ぶさた》しています、藍敦《あいあつし》です。

まず初めに、ここまで読んで下さった皆様に深い感謝の念を捧《ささ》げたいと思います。

初めて出版された本が、というよりも、初めてしっかりと書いた物語がここまで最後まで本になるなんて想像だにしていませんでした。

何も知らず、出版関係の知識もなく、ライトノベルもほぼ読んだ事のない私がここまでこられたのも、この本に携わった皆様と読者の皆様のお陰に他なりません。

今後自分がどうなるかは全く分かりませんが、恐らく『物語を書く事が好きになった』自分の欲を満たす為《ため》、WEBで細々と活動していくことになると思います。

もしも見かけることがありましたら『ああ、まだ出荷されてなかったのかあの豚』とでも思って、生暖かく見守ってもらえると助かります。

それでは、暇人《ひまじん》魔王の物語はこれにて完結。この後の旅は、物語の楔《くさび》から解き放たれた彼らにお任せするとしましょう！　今までありがとうございました！

暇人魔王、いままでありがとうございました！

イラスト担当　桂井よしあき

■ご意見、ご感想をお寄せください。……………………………………………………………

ファンレターの宛て先
〒102-8177　東京都千代田区富士見2-13-3　ファミ通文庫編集部
藍敦先生　　桂井よしあき先生

FBファミ通文庫

暇人《ひまじん》、魔王《まおう》の姿《すがた》で異世界《いせかい》へ

時々《ときどき》チートなぶらり旅《たび》12　　1784

2021年1月29日　初版発行　　◇◇◇

著　者　藍敦《あいあつし》
発行者　青柳昌行
発　行　株式会社KADOKAWA
〒102-8177 東京都千代田区富士見2-13-3
電話 0570-002-301(ナビダイヤル)
編集企画　ファミ通文庫編集部
デザイン　coil
写植・製版　株式会社スタジオ205
印　刷　凸版印刷株式会社
製　本　凸版印刷株式会社

●お問い合わせ
https://www.kadokawa.co.jp/ (「お問い合わせ」へお進みください)
※内容によっては、お答えできない場合があります。
※サポートは日本国内のみとさせていただきます。
※Japanese text only

ISBN978-4-04-736477-6　C0193

賢者の孫13

雷轟電撃の魔竜討伐

既刊 1～12巻好評発売中!

著者/吉岡剛
イラスト/菊池政治

最強魔道具で一撃必殺!

東方の国クワンロンと国交を結ぶため、オーグが政治家ハオとの交渉を進めていると、近隣の村が魔物化した竜に襲撃されているとの報せが届き、討伐に向かうことに。そしてシンたちが討伐を終えると、シャオリンから「竜の襲撃はハオの策略かもしれない」と聞かされて……。

ファミ通文庫

―経営学による亡国魔族救済計画―
社畜、ヘルモードの異世界でホワイト魔王となる

著者／波口まにま
イラスト／卵の黄身

経営学で魔族国家を最強に!!

御《み》神《かみ》聖《ひじり》は通り魔に殺された……はずが、目を覚ますと角の生えた少女がいた！　そして少女に「お前は今日から魔王です！」と告げられた聖は、魔王として滅亡の危機にある魔族を救済することになるのだが……。経営学の力で亡国を改革せよ。今、社畜の英雄譚が始まる！

ファミ通文庫

気づけば悪役皇帝になってた俺氏の超平和戦略
～侵略するならSRPGチートで殲滅しちゃうぞ～

著者／氷上慧一
イラスト／オギモトズキン

悪の皇帝プレイで世界を救う！

事故で命を落とした遥人《はると》の転生先は、大好きなＳＲＰＧの世界だったのだが――転生したのは主人公に討ち取られるＥＮＤが決まっている悪の皇帝！　せっかく得られた居場所を守るため、ゲームで培ったストーリー知識を活かして負けフラグを回避しようとするのだけど――。

マジカミ イビルオブテイルコート

著者／しめさば
原作・監修／Studio MGCM
イラスト／GSK(Studio MGCM)
本文イラスト／あこと

学園祭に最凶の悪魔、現る!

魔法少女として日々「悪魔」と戦う遊部《あそべ》いろはたち。けれど今日はみんなで都《と》立《りつ》有羽《ありはね》の学園祭を楽しんでいた。そんな時いろはの親友の朝永《ともなが》花《か》織《おり》が「悪魔が現れた」との連絡とともに行方不明になってしまい!? 新世代型アーバンポップ魔法少女RPG『マジカミ』小説版がついに登場!